백서

백서

ⓒ 함문평, 2023

초판 1쇄 발행 2023년 1월 10일

지은이   함문평
펴낸이   이기봉
편집   좋은땅 편집팀
펴낸곳   도서출판 좋은땅
주소   서울특별시 마포구 양화로12길 26 지월드빌딩 (서교동 395-7)
전화   02)374-8616~7
팩스   02)374-8614
이메일   gworldbook@naver.com
홈페이지   www.g-world.co.kr

ISBN   979-11-388-1543-7 (03810)

백서

白書

함문평 지음

좋은땅

책을 펴내며

1980년 여름, 개인적으로 재수(再修) 중이라서 정치적인 것에 관심 둘 형편이 아니었습니다. 부모님께 명문대에 합격하겠다고 약속을 하고 노량진 학원가를 어슬렁거리다가 답답한 마음에 달마사가 있는 곳을 올라갔습니다. 산 중턱 바위에 중년의 부부가 자리를 펴고 막걸리를 마시고 있더군요.

"젊은이!" 하고 불러 가 보니 "한잔하게나!" 하면서 막걸리를 한 잔 주기에 "고맙습니다!" 하고 받아 마셨습니다.

예의상 한 잔 어른들에게 따라 주었더니 "요즘 전국적으로 정의사회 구현 외치고 있는데, 젊은이 생각에는 정의사회 되는 것 같은가?" 하고 물어서 "예, 불량배 소탕은 잘하고 있습니다"고 했다.

"공무원, 교사들 숙청은?" "글쎄요, 제가 깊이 알지는 못하지만 아는 분이 참으로 청렴한 공직자였는데 해직되었더군요."

그날 밤부터 며칠 동안 습작노트에 생각나는 대로 썼습니다. 그리고 소설로 잘 다듬어 신춘문예에 보냈지만 낙선만 반복했습니다. 하루 하루 살아가는 데 급급해 차일피일 미루다 40년이 되었습니다.

늦었지만 백서(白書) 때문에 마음에도 없는 신군부와 5공화국을 억지로 미화하고 찬양하느라 마음고생하신 분들에게 위로가 되었으면 좋겠습니다.

목차

1.

백서(白書)

이수정 서기관이 우근호 사무관을 불렀다.

"부르셨습니까?"

"국보위에서 우 사무관을 찾는다고 하는데, 아마도 작년 행정백서를 우 사무관이 종합한 것을 알고, 국보위 백서 작업에 가담시킬 모양이야. 일단 가서 국보위에서 하는 말을 들어 보고 사실대로 함 부이사관님께 보고하도록 해요."

"예, 알겠습니다."

삼청동 국가보위비상대책상임위원회는 인산인해였다. 언론대책반장이라는 사람이 이수정 서기관에게 전화를 해서 그를 부른 것이다.

"국무총리실 우 사무관입니다. 국보위에서 찾는다고 해서 왔습니다."

"예, 언론대책반장 이경재 반장입니다. 반갑습니다."

간단한 인사를 하고 본론으로 들어갔다. 그의 요지는 국가보위비상대책위원회 100일간의 업적을 한 권의 백서로 만들 예정인데, 작년도 백서를 총괄했으니 국보위 백서도 총괄실무를 맡아 달라고 했다.

국가 공무원 개인이 총괄을 맡는다고 말할 수 없으니 공문으로 보내

라고 하고는 되돌아왔다. 국무조정실 함석윤 부이사관과 이수정 서기
관에게 사실대로 보고했다.

함 부이사관은 "아니, 국보위가 100일 동안 무슨 큰 업적이 있다고
행정백서도 아니고 국보위 백서를 별도로 만든다는 거야? 우 사무관
국보위에서 파견이라도 보내라는 거야?"라고 성을 냈다.

국보위를 다녀온 후로 밥맛을 잃었다. 왕성한 식욕이 뚝 덜어졌다.
무거운 발걸음으로 퇴근했다. 대문을 열면 샛강이 보였고, 뒤로는 대
방역이 있어서 지나가는 열차 소리로 시끄러웠다. 오히려 그런 소음이
남녀가 데이트하기에는 좋았다. 지나가는 열차소리에 둘이 키스를 해
도 주변을 돌아볼 필요가 없었다.

그는 대학 시절 4명의 여자와 연애를 하고 차였다. 첫 번째는 학보
사 기자 김미숙, 두 번째는 유아교육과 배순선, 세 번째는 가정교육과
고영숙, 네 번째가 국어교육과 최송현이다.

그가 차였지만 먼저 작업을 걸어온 것은 여자들이었다. 첫 번째로
사귄 여자 학보사 김미숙은 유신헌법에 반대하는 교내시위든 명동거
리나 종로, 신촌 시내에 데모가 있으면 메모지에 다음과 같이 적혀 있
었다.

수신 : 우근호

발신 : 김미숙 기자

내용 : 동상 앞으로 코닥 필름 2통.

메모를 받으면 그는 필름을 구해 약속장소에 전달을 했다. 연일 계속되는 데모에 학교는 위수령이 내려졌다, 중간고사, 기말고사를 생략하고 레포트로 학점을 부여한다고 했다. 교양 헌법개론, 문화사, 교양한문까지 모든 레포트를 2개 작성했다. 한 부는 자신의 것이고 다른 한 부는 그녀에게 주면 표지만 만들어 제출했다.

그녀는 학보사 기사를 쓰거나 필름 중에서 '이 한 장의 사진'을 고르기 위해 수업시간 이외는 학보사에서 살았다. 졸업한 선배들이 학보사에 찾아와서 후배들에게 회식을 시켜주는 경우도 있어서 영어교육과 김미숙 기자와 국어교육과 그가 사귄다는 소문만 무성했지 정작 데이트다운 데이트는 못했다.

그해 5월 14일 커피전문점 '전설의 언덕'에서 6시 30분에 만나자고 했다. 그는 6시 20분에 도착해 기다리는데 그녀는 6시 40분이 되어도 나타나지 않았다.

수신 : 영어교육과 1학년 김미숙

발신 : 국어교육과 1학년 우근호

내용 : 6시 20분에 와서 40분까지 기다리다 간다.

메모를 알림판에 부착하고 나왔다. 그 사건으로 국어교육과 선배들은 '그놈 멋진 놈이야!' 했고 영어교육과 선배들은 '남자가 인내심이 한시간은 되어야지 너무하네' 했다. 그녀는 무슨 남자가 그렇게 인내심이 없냐고 했고, 그는 10분이면 전투기가 수원 비행장에서 출격해 평양주석궁을 폭파하고도 남을 시간이라고 대꾸했다. 거기까지가 그녀와 인연이었다.

두 번째는 유아교육과 배순선이다. 그녀는 교양한문 수업을 함께 수강했다. 교양한문 이경우 교수가 출석을 부른 후에 교재를 무작위로 읽게 했다. 교양한문(敎養漢文) 교재에 연필로 음을 달아 달라고 했다. 연필로 한문에 음을 달아서 다음 수업시간에 전달했다. 그녀는 털실로 조끼를 짜서 주었다. 줄자로 가슴둘레를 잰 것도 아닌데 딱 맞았다.

그녀와의 연애도 오래가지 못했다. 이유는 청평으로 데이트하러 나갔다가 그녀가 눈길 가는 것을 사 주다 보니 돌아올 무렵에는 수중에 돈이 떨어졌다. 몇 번 그런 일이 있더니 "너는 말이야, 연애상대로는 98점인데 결혼상대로는 58점이야" 하고 떠났다.

세 번째 여자는 가정교육과 고영숙이다. 그녀는 집이 제주였는데 초등학교시절부터 웅변을 했다. 매년 6.25만 되면 전국 웅변대회가 있어 상도 여러 번 탔다고 했다. 대학생부 웅변 원고를 5분 분량을 써주었다.

6.25가 발발하기 전 전쟁이 나면 평양에 가서 점심을 먹고 신의주에 가서 저녁을 먹겠다고 국방부 장관은 호언장담을 하였습니다. 정작 6.25가 발발하자 국민 여러분! 국군이 북한군을 물리치고 북진을 하고 있다고 거짓 방송을 하고 이승만 대통령

과 각부 장관 국회의원들은 수원, 천안, 대전으로 피난을 먼저 갔습니다.

순진하게 방송을 믿었던 서울 시민만 한강 다리가 폭파되어 한강물에 수장되거나 공산 치하에 몇 달을 지내게 되었습니다.

(이하 생략)

그녀는 대학부에 출전 1등 트로피를 받아왔다. 자취방에 모여 막걸리를 마셨다. 그녀도 몇 달 지나자 헤어졌다.

네 번째 여자인 최송현은 국어교육과를 4년 동안 다니면서 좋아하는 마음만 있었지 말 한마디 제대로 하지 못한 상태였다. 졸업여행으로 지리산을 종주했다. 지도교수가 등산에 일가견이 있어서 준비물을 알려주었으나 침낭을 제대로 준비해 온 사람은 그뿐이었다.

세석산장에서 첫 밤을 보냈다. 침낭을 그녀에게 주었다. 산장지기가 남학생들은 산장 2층으로 올라가고 여학생들은 1층에서 자도록 했다. 코고는 소리가 너무 커서 산장지기가 그를 산장 밖으로 데리고 나왔다. 둘이 산장 옆 평상에서 밤을 보냈다.

3년 동안 4명의 여자에게 차이고 군복무를 마치고 4학년에 복학을 하니 졸업하고 무엇을 하여 먹고살지가 걱정이 되었다. 도서관에서 고시공부를 하는 중학 동창 김홍기를 만났다. 그가 행정고시 준비를 한다고 했다. 친구를 따라 강남에 간다고 고시공부를 시작했다. 행정고시에 합격하고 공무원 연수원에서 연수를 마치고 첫 발령지가 국무총리실이었다.

무슨 연유인지 모르나 국정홍보는 문화공보부가 있음에도 불구하고 행정백서(行政白書) 발간업무는 총리실에서 하고 있었다. 그가 국어교육과 출신이라 한자를 많이 안다고 행정백서 담당자로 국무총리실 함 부이사관이 업무지시를 했다.

1978년 행정백서는 어떻게 발간했는데 1979년에 10월 26일 박정희 대통령이 서거하고, 12.12 하극상 군사반란이 일어나고, 하나회가 군권을 장악하더니 1980년 광주사태가 발발하고 평정되자 5월31일 신군부는 삼청동 총리실 근처에 국가보위 비상대책상임위원회라는 것을 만들었다. 대통령이 있지만 대통령보다는 국보위 상임위원장 전두환이 뉴스의 초점이 되었다.

수해현장도 대통령보다 상임위원장이 가는 곳에 수행하는 인원이나, 기자들도 더 많은 인원이 취재를 했다. 9시 TV뉴스는 땡과 동시에 전두환 동정이 첫 뉴스였다. 공무원들이나 기자들이나 알아서 기는 것인지 대통령은 꾸어온 보릿자루 대접이었다.

말로는 사회악을 일소한다는 명분으로 무소불위의 권력을 휘둘렀고 공무원이나 신문기자나 다 알아서 국보위에 기었다. 요즘 말로 '스타 탄생' 만들기에 들어갔다.

국가보위비상대책상임위원회는 8월 4일 '우리 사회 저변에서 선량한 국민을 괴롭혀온 폭력 사기 밀수 및 마약사범 등 각종 사회적 독소를 뿌리 뽑기 위해 이들 사범에 대한 일제소탕을 시작했다'고 발표하고, 사회 정화를 위한 정부의 조치가 범국민운동으로 승화될 수 있도록 시민 모두가 협조해 줄 것을 당부했다.

헌법을 무용지물로 만들었다. 많은 민원이 행정관서로 가는 것이 아니라 삼청동 국보위로 날아들었다. 무력으로 국회를 해산했다.

작년 12.12부터 정권을 탈취하는 과정에서 시간에 쫓긴 신군부는 대통령을 하야시키고 집권하는 과정에서 정통성이 약한 것을 희석시키기 위해 대국민 홍보가 필요했다. 정통성이 약한 정권의 특성이 국민에게 환심을 사기 위해 선심성 행정을 하였다. 3S 정책이라고 스포츠, 스크린, 섹스 정책을 펴서 국민들이 정치에 대해 무관심을 유발하고 눈을 3S로 돌렸다.

한편, 대국민 홍보수단으로 개혁백서를 펴낼 예정이라고 했다. 통상적인 행정실적과 박대통령 시기부터 해 오던 것들도 개혁의 성과로 둔갑시켰다. 지금이야 '5.18 광주민주화운동'으로 부르지만 그 당시는 좌익의 사주에 의한 폭동으로 규정짓는 것이 국보위의 의도였다.

삼청동 국보위로부터 전화가 왔다. 국보위로 와 달라고 해서 실장님에게 보고를 하고 국보위 문공위원회 사무실에 갔다. 사복을 입었으나 옆머리가 짧고 사복이 북에서 귀순한 사람 같은 중령, 대령들과 공무원이 한 사무실에 있었다. 허 중령이라고 소개하는 사람이 아는 체를 했다.

"우 사무관님이 행정백서 발간을 담당하십니까?"

"예, 그렇습니다만….“

"국보위 발족 이후 연말까지 개혁성과를 정리해서 백서를 만들 계획입니다. 광주사태의 진상도 좌익 사주를 받아 일으킨 폭동이라는 것을 기록으로 확실하게 남길 것입니다."

"광주의 일은 아직 정리도 안 된 것을 어떻게 기록으로 남기나요?"

"이 양반이 무슨 소릴 하는 거요?"

"사건의 발단 원인부터 사건 종료에 대한 조사가 나온 것이 없지 않습니까?"

"광주사태는 좌익이 사주한 민란으로 기록해야 됩니다."

"민란으로 정부에서 공식 발표했나요? 그럼 국사편찬위원회에 그렇게 기록하면 되는 것이지 저를 부른 이유가 뭔가요?"

"국보위 발족 이후의 국정 전반에 대한 백서 작업을 해야 하기에 우 사무관을 불러 의견을 들어 보려는 것이오."

"저는 국사편찬위원도 아니고 그냥 국무총리실의 사무관입니다. 앞으로 저를 부르거나 백서업무를 하게 하려면 공문을 보내주시기 바랍니다. 이만 돌아가겠습니다."

"당신 말이야, 현실을 직시하라고. 따끔한 맛을 봐야 알겠어?"

"따끔한 맛이라니? 당신이 내 상관이라도 된다는 거요? 국보위가 국무총리실에 지시하는 기관이요? 여기 중령, 대령들이 많은 모양인데 고교 동창도 육사, 공사, 해사 나와서 다 대령으로 있는데 그들에게 당신들이 말한 것처럼 백서를 쓰라면 쓸까요?"

군인으로 상관이 명령하면 그대로 따르는 습성으로 행정도 지시하면 그대로 될 줄 알았는데 그의 당돌한 말에 그들도 어쩔 수 없었다.

날아가는 새도 떨어뜨릴 기세의 국보위사무실에 와서 서슬이 퍼런 군사반란 주역들에게 무모한 말을 한 것 같아 슬며시 겁이 났다.

국무총리실로 돌아오면서 어쩔 수 없으니 한발 물러서자 이 상황에서 백서작업을 피하는 방법은 국정홍보에 대한 일이니 문화공보부에서 책임지고 만들도록 건의하기로 했다.

오자마자 함 부이사관을 찾아가 보고를 했다. 자초지종 말을 듣고만 있던 부이사관이 "맞는 말이야. 박정희 대통령이 청와대에 홍보비서관도 있는데, 백서 편집을 국무총리실 사무관에게 담당한 이유는 모르지만 백서에 관심 많은 대통령도 서거했고, 총리로서 백서발간 초안이 종합되면 한자(漢子), 영어 단어 철자 하나까지 검토해서 최 주사라는 별명이 붙었던 분이 대통령인데, 이거 대통령보다 국보위 상임위원장이 더 판치는 세상이니 백서 업무는 문화공보부에서 하는 것이 바람직하다고 국무조정실장님께 보고할게."라고 말했다.

전두환을 정점으로 하는 하나회는 지휘계통을 무시하고 하극상을 저지른 후에 국보위에 중령, 대령들은 사복을 입었지만 어깨에 힘이 잔뜩 들어가고 머리는 짧아 꼭 귀순한 탈북자 기자회견을 보는 듯했다. 주먹구구식으로 일처리하고서 뭐 그리 당당한지 속에서 치밀어 오르는 분노를 삭이면서 그는 봄에서 여름을 보냈다.

10.26은 김재규가 숨 막히는 유신체제를 벗어나려고 한 선의의 일인거사로 좋게 평가한다 해도 12.12와 광주사태가 평정되자 국보위가

설치된 것은 점진적인 쿠데타에 불과했다.

신군부는 국회를 해산하고 헌법을 폐기했다. 그들이 집권하는데 방해가 되는 인사 김대중을 내란음모 주동자로 검거하고 김종필 등 정관계 고위직들은 부정축재자로 체포했다. 이런 것들이 정의사회 구현을 위한 사회개혁이라고 했다.

전두환의 하수인들은 공직자 숙청, 삼청교육대 설치, 언론통폐합, 언론인 해직 정리를 정의사회 구현을 위한 조치라고 했다. 모든 관공서에 정의사회 구현이라는 입체 간판을 설치했다. 공무원과 학교 교사들도 정의사회 구현 궐기대회라는 것을 출석부를 만들어 점검했다.

국무총리실에서도 평생 부정과는 담을 쌓고 지내온 선배가 그 정의사회 구현 궐기대회에 휴가를 갔다고 사직서를 냈다.

원주고등학교 남궁태환 선생도 횡성지역 교사들 정의사회 구현 궐기대회에 불참했다고 학교에서 퇴직을 당해 노량진 D학원 강사가 되었다.

권력에 눈이 먼 군인들이 정의와 개혁의 나팔을 불어대는 모습을 아니꼬운 눈길로 바라볼 수밖에 없었다. 공무원이 되고 나서도 국어교육과 출신이라 교사에 대한 미련을 버리지 못하고 있는 터에 국보위 지시라고, 무조건 시키는 대로 기록을 만들고 신군부 집권 음모의 조력자가 될 수는 없었다. 그해 여름은 후회와 번민의 나날이었다. 백서 발간 작업을 하는 척만 하고 탈출할 길을 모색했다.

백서의 목차와 골격은 구상해 놓았지만 세부 내용의 집필은 여백으로 두었다. 각 부처에서 개혁실적이라고 넘겨온 것들은 박정희 대통령 시기부터 해 오던 것들을 개혁성과로 포장한 것이었다. 그는 함 부이 사관에게 갔다.

"백서 작업을 문화공보부로 넘긴다고 약속하신 거 어느 정도 진전이 있습니까?"

"그런데 그게 말이야, 문화공보부로 넘기기는 하는데 우 사무관 백서 발간 동안에 문화공보부로 파견을 보낼 수 있냐고 묻더군, 그래서 본인에게 그걸 물어보고 알려주겠다고…."

"부이사관님, 공무원 사표를 쓰는 것이 편하지 백서에 가담하지 않겠습니다."

"그러게 말일세…. 우 사무관 심정을 알지, 그래서 고민이야…."

신군부는 진드기처럼 그를 괴롭혔다. 군사독재는 박 정권 18년으로 충분하지 또 장군 계급장에서 사복으로 갈아입고 대통령을 한다? 그런 나라에서 공무원을 한다는 것이 너무너무 싫어졌다.

8월 16일에 최 대통령이 하야를 하고 통일주체 국민회의에서 전두환이 대통령으로 당선되어 대통령으로 취임했다. 그는 공무원을 그만두기로 했다. 9월 말일에 공무원 사직서를 제출했다. 통상적인 행정업무를 개혁성과로 부풀리는 백서 작업을 하는 것을 내면의 소리가 거부했다.

아내는 놀라서 얼굴이 하얗게 변했다. 그가 아내를 처음 만난 곳이 대방역 1번 출구 앞 도로였다. 그녀는 집이 강원도 횡성군 강림면 강림리에서 Y대학교 행정학과를 다니느라 대방동에서 공부를 했다. 행정고시를 위해 대방고시원에서 공부를 하다가 머리를 식힐 때는 대방 지하차도를 빠져나와 샛강 오솔길을 걸었다.

어느 날 고향에 부모님이 다녀가라고 해서 청량리 도착해서 지하철 1호선으로 대방역에 내려 계단을 다 내려와 횡단보도를 향하는데, 그만 하이힐 굽이 도로 배수로 망에 걸려 부러졌다. 한쪽은 굽이 높고 한쪽은 낮아서 걸을 수가 없었다. 뒤에서 그것을 본 우 사무관이 "아가씨 구두 벗어 보세요" 해서 받아들고 도로 견치석에 굽을 내리쳐서 양쪽 높이를 같게 만들어 주었다. 그것이 인연이 되어 연애를 하고 결혼까지 하게 되었다.

백서 만들기 싫어서 사직서를 내자 처음에는 놀라더니 여름 내내 고민한 이야기를 들어 보더니 사직서 내는 것에 동의를 했다. 사무실에서 함 부이사관을 제외한 나머지 인원들은 사직을 만류했으나 그의 결심은 확고했다.

그가 떠나고 백서 작업은 중단되었다. 그 후임으로 백서를 담당할지 정해지지 않고 시간만 흘러갔다. 전두환 대통령 취임 후 10월 23일에 개정헌법이 확정되자 국보위는 국가보위 입법회의로 개편되고 11대 국회 개원과 함께 해산했다. 국보위 사람들은 대부분 군복을 벗고 신군부 5공의 핵심 자리를 꿰찼다.

1980년 11월 30일 짐을 정리하고 총리실을 떠났다. 떠나는 날 백서 발간 업무가 문화공보부로 이관되었다. 그 무렵 미국에 있는 고교 동창생 노 로버트 호식 박사로부터 초청장이 왔다. 고고학을 공부하고 싶었으나 춥고 배고픈 학문이라고 부모님이 반대하여 사범대학 국어교육과를 진학한 것을 알고 있는 친구였다.

유학비용은 대학원에서 지급하는 장학금으로 충당하고 일부는 노 로버트 호식이 마트를 운영하고 있었는데 그곳에서 일을 해 주고 약간의 경제적 도움을 받았다.

미국에 온 지 한 달이 지나자 지도교수가 찾는다기에 교수 연구실을 찾아갔다. 대머리에 턱수염이 산적같이 난 교수가 질문을 했다.

"Mr. Woo, 한국에서 한국어교육과를 졸업했는데 왜 관련도 없는 고고학을 하려 하는지, 혹시 정치적 이유로 도피성 유학은 아니냐?"라고 물었다.

"한국어교육학이 전공은 맞지만 그건 부모님이 고고학이라는 건 공부하기만 힘들고 돈벌이가 안 된다고 해서 접었던 꿈을 늦었지만 이루고자 왔습니다."

등록절차를 마친 뒤 지도교수 Peter. Park을 다시 찾아갔다.

한국 정치 상황을 미국에서는 많은 사람들이 좋지 않게 생각하고 있으니 그런 소릴 들어도 불쾌한 대응을 하면 안 된다고 조언해 주었다.

잠시 자리에 앉으라고 하더니 슬라이드를 보여 주었다. 그것은 지난해 일어난 광주사태 슬라이드였다. 한국에서는 보도통제로 보도가 전혀 되지 못한 15분 분량의 활동사진이었다. 외국 기자들이 광주사태 현장에서 계엄군과 몸싸움을 벌이면서 찍은 것이었다. 사람을 짐짝처럼 차량에 집어던지고 대검을 착검한 총으로 시민을 구타하는 장면을 보고 눈물이 나고 부끄럽고 치가 떨렸다. 공수부대원이 개머리판과 총검으로 시민을 공격하고, 부녀자의 머리채를 낚아챘다. 시위대를 향해 무차별 총격을 가했다. 국민의 세금으로 유지되는 군대가 전방을 지키는 것이 아니라 광주에서 시민을 상대로 진압을 했다.

Peter. Park 교수는 상영 중간에 혼잣말로 "전두환 보안사령관? 신군부는 깡패야 깡패!" 어디서 배웠는지 한국말로 욕을 하였다.

그 무렵 미국 한인사회는 반전두환 팬클럽 수준이었다. 노 로버트 호식이 운영하는 마트에도 한국인 교포가 직원으로 여러 명 있었는데 가끔 일하면서 한국 관련 뉴스가 나오면 욕부터 하였다. 화면에 전두환이 나오기만 하면 채널을 다른 곳으로 돌렸다.

> 9시 ○○○뉴스를 전해드리겠습니다. 제12대 대통령에 민정당의 전두환 후보가 당선되었습니다. 25일 상오 8시부터 전국 77개 선거구에서 일제히 실시된 대통령 선거는 5,271명의 선거인이 투표에 참가, 전두환 후보가 유효투표수의 90.23%인 4,755표를 얻어 당선권인 선거인 재적과반수 2539표를 훨씬 넘는 압도적 득표로 당선되었습니다.
>
> 중앙선관위는 이날 밤 9시 각 시도 선관위에서 집계 보고해 온 선거록 작성을 마친 후 주앙위원 전체회의를 열고, 전두환 후보의 당선을 확정 공표했습니다. (이하 생략)

오리건주 원주민 인디언들은 땅을 어머니라고 했고, 배 속에 있는 아이의 얼굴이라고도 했다. 조상이 묻힌 곳이며 그들의 어머니이며 뱃속의 아이의 얼굴을 밟는 동안 인류가 저지른 죄에 대하여 한 번쯤은 묵념을 해야 하지 않을까? 백인의 점령에 의해 인디언 선조들이 학살당하고 쫓겨난 곳에서도 그 아픔을 기록했다.

어떤 비극이 일어나건 해가 지고 다음 날 해가 떠오른다. 지난 5월 광주사태가 여기 미국 인디언들이 백인에 의해 저질러진 비극과 교차되었다. 고통스런 삶의 자취와 슬픈 전설이 오리건 주 숲속에 구전되었다. 서부개척 시대에 황금을 찾아 서쪽으로 향하던 백인들이 강변에서 마주친 인디언들을 학살하고 수천 년간 살아온 삶의 터전을 불태웠다. 어쩌면 오늘의 광주사태가 백인이 인디언을 해치고 오히려 당당함이 광주시민을 학살하고 정권을 차지하고 당당하게 지내는 신군부가 백인으로 겹쳐보였다.

인디언은 아침에 해가 떠오르면 산과 강의 정령들에게 기도드리고 사람이 꾸는 꿈을 정령들이 만들어 내는 자연현상으로 받아들였다. 태양의 신에게 길을 잃고 헤매는 사람들과 가엾은 영혼들이 지혜로운 안내자를 발견할 수 있게 해달라고 기도했다.

자신들의 천막이나 마을을 찾아온 손님에게 정성스러운 마음으로 좋은 음식과 잠자리를 제공했다. 인디언들에게 대지 위의 모든 것은 존중과 경외의 대상이었다. 작지만 신기한 오리건 주의 마을에 숨겨졌을 이야기와 바람에 스쳐가는 풀잎 요정의 피리소리가 들렸다. 감미로

운 향기를 풍기는 라일락과 이름 모를 야생 꽃나무들 속에서 샛강변의
오솔길이 연상이 되었다.

정치학과 세미나인데 다른 과 학생들도 참여가 가능한 파슨스 교수
의 정치학 강의실에서 역시 광주사태의 활동사진 상영이 있었다. 소총
에 대검을 착검한 공수부대원이 광주 시민을 위협하고 두 손을 묶고 짐
짝처럼 트럭에 실었다. 파슨스 교수는 한국의 5공 정권을 군사정권으로
규정하고 정권의 실세는 군부 사조직의 핵심인 대령들이라고 주장했다.
그는 한국정치를 '대령정치(Colonel Politics)'라고 정의하면서 미국이 전
두환 장군과 그 부하 대령들의 집권 기도를 완전히 방치하였다고 워싱
턴 백악관을 비판했다. 교수의 발표와 참석자들의 질문과 교수의 답변
을 들으니 한국에서 공무원 시절 여름에 국보위를 찾아갔을 때 짧은 머
리 사복차림으로 로봇처럼 움직이던 대령, 중령 장교들이 떠올랐다.

전두환과 하나회를 몰랐던 한국교포들은 떠나온 조국이 나라를 지
키는 군인들이 국민들 위에 군림하는 것에 부끄러웠다. 한국인이라고
말하는 것이 수치스러웠다.

한국은 언제쯤 문민통제가 되는 국가가 될까? 세미나에 참석한 우근
호가 한국에서 온 지 얼마 안 되는 것을 알기에 질문이 그에게 향했다.

"미스터 우는 교수가 한국정치를 대령정치라고 하는 것에 동의하십
니까?"

"동의합니다. 저는 여기 오기 전에 파슨스 교수님이 말하는 대령들
을 실제 만나서 대화를 했으니까요."

"미스터 우는 정치인입니까?"

"아닙니다. 국무조정실에서 일하는 공무원이었습니다."

"그럼, 부당한 정부와 싸워야지 왜 미국에 왔습니까?"

"거기 대령정치집단에 도움 주는 공무원이 되고 싶지 않아서 비겁하지만 대령정치가 끝나면 돌아갈 것입니다."

미국인 참석자들의 그를 보는 눈빛이 어떤 사람은 애정 어린 눈빛이었으나 더러는 경멸의 눈빛으로 보고 있었다. 세미나는 한국인 유학생들과 교포들도 참석했기에 오리건 주립대학 밖으로 퍼져나갔다. 그날 세미나는 그와 한국 유학생과 한국 교포들을 우울하게 했다.

숙소로 돌아오니 한국에서 아내로부터 편지가 와 있었다.

> 보고 싶은 당신에게
>
> 당신이 백서를 만드는 책임자가 되기 싫다고 사표를 내고 간 후로 누가 만들었는지는 모르지만 백서가 발간되어 정부 각처와 공공 도서관에 배포한다고 뉴스에 나오더군요.
>
> 천명은 해군에 입대했어요. 딸 미아는 치기공과를 졸업하고 서울 강남에 있는 강림치과병원에 취직을 했어요.
>
> 아버님은 당뇨병에 점점 체중이 불어나서 걱정이 됩니다. 여기 걱정은 마시고 공부 잘해서 고고학 박사가 되어 돌아오기 바랍니다.
>
> 19××.×.25. 아내 경희

백서는 미국 공공도서관에도 배포되었다. 두꺼운 표지를 넘기면 전두환 사진과 하단에 한자로 '全斗煥 大統領 閣下'라고 주석이 달렸다. 다음 장을 넘기면 1980년 6월 5일 국가보위비상대책 상임위원회 현판식 사진이 나온다. 그 아래 대장으로 전역하는 사진이 있고, '1980년 8월 22일 새 역사 창조의 시대적 소명에 따라 상임위원장은 30여 년 봉직해 온 군을 떠나 예편하였다'고 쓰여 있다. 다음 장을 넘기면 발간사가 나온다.

발간사

새 시대, 새 역사 창조의 기초를 닦는 데 크게 공헌한 국가보위비상대책위원회가 그동안 업무 실적을 모아 백서로 출간하게 된 것을 매우 보람 있고 뜻 있게 생각합니다. 지난 5월 학원 소요와 광주사태 등 국가가 위태로웠던 상황에서 발족된 국보위는 사회의 안정 회복과 정화조치 등 당면한 중요정책을 신속히 집행함으로써 10.26 사태 이후 야기된 국가적 위기를 극복하고 새 역사 비전을 여는 전환기를 마련하였습니다. (이하 생략)

아내에게 답장을 쓰고, 정치학 세미나에 대한 소견을 이수정 서기관에게 편지에 담았다.

이수정 서기관님께

미국에 오면서 변변한 인사도 못하고 떠나와 죄송합니다. 미국 오리건 주에 정착습니다. 영어로 말하는 것이 서툴지만 듣는 말은 이해를 하니 손짓, 발짓을 섞어 가며 수업을 듣고 있습니다.

오늘은 정치학과 세미나가 있었는데, 명칭은 세미나로 하고 사실은 대한민국의 광주사태를 몰래 촬영해 미국으로 보내온 기록 영상을 감상하는 것이었습니다. 정작 한국 내에서는 언론 통제로 전혀 보도되지 않았던 공수부대원이 착검한 상태로 시민을 위협하는 장면, 몽둥이로 개 패듯 패는 장면, 시체를 짐짝처럼 집어던지는 장면을 숨죽이고 보았고 눈물도 흘렸습니다.

나의 조국이 대한민국이라는 것이 수치스러운 하루였습니다. 함 부이사관님과 이 서기관님을 총리실에 남겨 두고 혼자 도망치듯 미국 유학을 와서 마음이 무겁습니다. 언제가 될지 모르겠으나 귀국하며 소주 한잔 사겠습니다.

그때까지 건강하시기 바랍니다.

19××.×.25. 근호 드림

보름 후에 이 서기관의 답장이 왔다.

보고 싶은 우 사무관에게

우 사무관이 백서 담당을 하느니 공무원을 그만둔다고 낸 사직서를 함 부이사관님이 받아서 사직서가 아닌 휴직서로 변경

해서 총무처로 보내고 결재 받은 서류 사본을 나에게 주시면서 미국서 돌아오면 꼭 총리실로 복직하게 하라고 하시고 떠나셨어요.

신군부가 천사 같은 부이사관님을 강원도 공무원 연수원장으로 좌천시켰어요. 평소 공금과 개인 돈을 엄격히 구분하였고, 부정 축재한 적이 없는데 왜 강원도로 유배를 보내야 했는지 물어보고 싶지만 긁어 부스럼 될까 두려워 참고 있어요.

우 사무관이 정말 사직서를 내고 미국으로 가니 국보위에서 우 사무관을 겁박하던 대령들도 놀란 모양입니다. 백서 업무를 문화공보부에서 담당하는데 총괄 배순서 사무관에게 엄청 공손하게 대한다고 소문이 자자합니다. 공부 마치고 귀국하면 연락 바랍니다.

19××.×.25. 수정 드림

우근호는 아버지 중풍이 걱정이 되었다. 인명은 재천이라던 할아버지도 94세에 돌아가셨는데 90은 사시겠지 생각했으나 그날이 너무나 빨리 왔다.

아내의 편지에 중풍에 체중이 늘어 걱정이라는 편지를 받고 보름 후에 아버지 부음을 들었다. 트렁크 하나에 짐을 챙기고 웬만한 것은 다 버리고 귀국했다. 아버지는 벽제 화장터에서 화장을 하고 아버지가 평생 사신 신길동 집 앞 샛강 둔치 버드나무 아래 뿌렸다.

유품을 정리해서 태웠다. 그 옛날 국보위가 들어서고 백서 발간을 담당하라고 했을 때 고민이 되어 누구에게 말할 수도 없어 아버지께 쓴 편지가 보였다. 뒤에는 아버지가 아들에게 쓴 답장도 있었다. 편지를 쓰기는 썼으나 부치지 못한 편지를 유품을 정리하며 읽었다.

아버님 전 상서

삼청동에 매미가 울고 있습니다.

어머니 병세는 좀 나아졌나 궁금합니다. 저는 국무총리실에서 함 부이사관 덕분에 잘 지내고 있습니다만 작년 12.12 군사반란 이후 군권을 장악하더니 국보위라는 것을 만들어 대통령보다 더 큰 위세를 부리는 신군들의 등쌀에 이거 사무관 힘들게 행시 합격해서 하는 것이지만 그만둘까 합니다.

정승화를 체포한 것이 불가피한 것이었다고 하고 대통령은 체포를 다음 날 새벽에 재가를 하고 시간을 기록하면 책임이 벗겨지는 것도 아닌데 한심한 짓을 하고 광주사태를 좌익분자들이 들고 일어난 것이라고 백서에 기술하라고 압박을 당하고 있습니다.

총리실 어느 누구와도 흉금을 터놓고 말할 수 없어서 아버님께 하소연합니다. 휴가를 내거나 사직서를 내고 횡성 고향에 다녀오겠습니다. 안녕히 계십시오.

1980.7.27. 아들 근호 드림

아들 보아라.

보내온 편지는 잘 읽었다.

12.12는 분명 하극상이고 군사반란이다. 이 애비는 촌에 살지만 작년에 김재규 수사발표하면서 정승화에 대해 추가조사를 한다고 할 때, 전두환이 하극상을 저지를 줄 알았다.

비유하자면 단종을 영월로 귀양 보내고 왕권을 차지한 세조 같은 놈이라 생각한다.

이 편지를 쓰기는 한다만 부치지는 못할 것 같다. 혹여 이 편지가 문제되면 아들이 불이익 받거나 내가 삼청교육대 잡혀갈지도 모르는 일이고….

원주고등학교 남궁태환 선생이 얼마나 훌륭한 분이냐? 가난한 학생 재주가 아깝다고 선생 봉급 몇 푼 안 되는 것을 쪼개 제자들 학비를 보내주신 분인데 뭐 정의사회 구현 궐기 대회에 불참했다고 삼청교육대 입소시킨 놈들이니 무슨 희망이 있겠느냐?

백서 발간 담당은 절대 하지 마라. 사직서를 내도 며느리가 고생이 되겠지만 여기 횡성 두 늙은이는 걱정 마라. 여기서 옥수수 매상을 하거나 고추를 팔면 작은 돈이나마 미아 어미에게 보내주겠다. 아무 걱정 말고 소신껏 해라.

1980.8.3. 애비 씀

아버지 유품과 편지 일체를 화장 후에 유해를 샛강 주변에 뿌렸다.

최규하 대통령 하야 통일주체국민회의에서 전두환을 대통령으로 만드는 일련의 과정을 보고 얼마나 속으로 부아가 났을까 하는 생각을 하면서 장작불에 유품을 하나하나 던졌다.

2.

솔

1979년 10월 26일 궁정동 만찬에서 김재규의 총탄에 박 대통령이 서거했다. 1980년은 서울의 봄이라고 말은 했지만 겨울 공화국이었다. 민주정부가 아닌 전두환 정권이 들어섰다. 정치적으로 약점이 큰 정권의 공통점은 국민들의 환심을 사는 정책을 많이 편다는 것이다. 국민들의 환심을 얻기 위해 물가를 인위적으로 통제했다. 통행금지를 없앴다. 학생 교복을 자율화했다. 두발도 자율화했다. 방송국은 흑백에서 컬러 방송을 송출했다. 프로야구 프로 농구를 탄생시켰다. 이른바 3S로 불리는 스크린, 스포츠, 섹스로 국민들 눈을 멀게 했다. 이 시기에 담배 '솔'이 출시되었다. 12대 전두환 대통령 취임 축하 기획 담배였다.

그해 5월 외무부에 계약직으로 근무하게 되었다. 계약직이라 하는 업무가 단순했다. 노호식 서기관이나 배장호 사무관이 초안을 해 주면 나는 타자기로 종이에 먹지를 대고 타자를 쳤다. 타자를 쳐 본 사람은 알겠지만 부본이 하나라 먹지 한 장만 대고 치면 쉽지만 부본이 여러 건이라 먹지를 2장, 3장, 심지어 4장을 대고 칠 때는 정말 정신 바짝 차리고 일해야 했다. 노호식 서기관과 배장호 사무관이 출근하자마자 나를 찾았다.

"이봐, 함 군!"

"네, 서기관님. 부르셨습니까?"

"지난주 장관님 보고 문건 있지?"

"국화 공문 말씀이세요?"

"그래 국화인지 무궁화인지 꽃 이름 들어간 공문 말이야."

"예, 찾아드리겠습니다."

아시아과의 비밀 보관함을 열었다. 원래 금고형 서류함은 비밀문건을 보관하는 곳이기에 노호식 서기관이나 배장호 사무관, 비밀 취급인가 난 고위직 공무원이 취급할 수 있도록 금고 비밀번호 자체가 비밀이었다. 다만 업무 편의를 위해 촉탁직인 내가 비밀 번호를 외우고 있었다. 금고 비밀번호는 49, 68, 72다. 이 번호의 순서가 달라도 열 수 없고 번호와 번호 사이 돌리는 회전 방향이 달라도 금고의 문은 열리지 않았다.

번호를 싸구려 68년생들이 72년 유신헌법 반대 데모를 했다고 외웠다. 솔직히 노호식 서기관이나 배장호 사무관도 이 비밀금고를 열 때마다 조용히 나를 불러 "68 다음 뭐야?" 하고 물었다.

"배 사무관님, 여기 국화 공문 있습니다."

"어디 보자, 그런데, 왜 4부야? 우리 만들기를 5부 만들지 않았어?"

"예, 저도 5부를 결재 판에 넣은 걸로 알고 있는데….."

외무부의 문서는 정식 공문 명칭인 '전두환 대통령 서남 아시아 및 오세아니아 순방계획 대신에 '국화(國花) 재배 면적 확대 보고서'라고 위장 명칭으로 보고서를 꾸몄다.

왜 하필이면 국화(國花)라고 이름을 지었는지 차라리 무궁화라고 하거나 가을 국화(菊花)라고 한다면 그냥 식물 꽃으로 넘어갈 것을 나라 국(國)이 들어가는 국화(國花)는 웬만한 한자 실력이 있는 사람이라면 국가의 중요한 일이 보고서에 담겼다고 유추할 것이다.

아시아과에서는 장관이 보고용으로 1부, 대통령 1부, 청와대 배석하는 외교안보 수석 1부, 국가안전 기획부장 1부 만약을 대비한 예비용 1부 이렇게 5부 보고서를 준비했다.

그런데, 오늘 다이얼을 돌리고 꺼내 4부밖에 없어 나도 놀라고 배 사무관의 이마에 내 천(川) 자가 그려지고 등에는 식은땀이 흘렀다. 노 서기관은 시간이 없다고 빨리 한 부를 복사기로 복사해서 만들고 자기가 차관님과 장관님께 보고하고 올 동안 비밀 보관함 서류 전체를 꺼내서 전수조사 하라고 했다.

배장호 사무관과 나는 서류철을 서류함에서 꺼내 모두 책상 위에 올려놓고 하나하나 제목을 비밀관리대장에서 확인하고 연필로 관리 대상에 V 표시를 했다. 외무부 서남아시아, 동아시아 서류함 전체를 하루 종일 전수조사 했다.

오전 9시부터 시작한 비밀 문건 전수조사는 오후 4시가 되어서 끝이 났다. 신기한 것은 그 잃어버린 우리의 '국화' 문건 이외의 모든 비밀은 비밀관리대장과 일치했다. 그리고 남은 것도 없었다. 그만큼 비밀관리를 철저하게 해 왔던 것이다.

우리는 노 서기관이 오실 시간이 되자 점점 마음이 초조했다.

과연 이 난국을 어떻게 넘어갈 것인가? 사실대로 비밀 사고로 보고하여 우리에게 비밀관리 소홀 책임을 물어 징계할 것인가? 여러 망상이 지나갔다.

오후 4시 30분 노 서기관이 초라한 모습으로 우리 사무실로 들어섰다. "오늘 보고는 잘 끝났으니까 모두 개별 퇴근하지 말고 청진옥으로 가 있어!" 했다. 청진옥은 외교부 청사 뒷골목 과거 '아도'라는 일식집을 현재의 공승현 사장이 보신탕집으로 개업한 것이다. 보신탕을 먹지 못하는 사람을 위해 삼계탕과 염소탕을 병행하고 있었다.

노 서기관이 식탁 중앙에 앉고 마주보는 자리에 배장호 사무관, 노호식 서기관 좌측에 9급 타자수 여직원 김경희 양이, 김 양 앞에 임은묵 사무관, 노호식 서기관 우측에 조윤희 사무관, 조윤희 사무관 앞에 내가 앉았다. 그야말로 나는 임시직이라 제일 말석에 앉았다. 노 서기관이 말문을 열었다.

"이번 국화작전(國花作戰) 아무래도 이상해. 아니 비행기가 크다고 크면 큰 대로 그냥 짧게 운행하면 되지, 일정을 늘이느라 나라를 억지로 추가시키고 달러를 낭비할 필요가 있나?"

맞은편 배장호 사무관이 조심스레 말을 하였다.

"서기관님은 그렇게 생각하시는데, 저는 생각이 조금 다릅니다. 어차피 한번 덩치 큰 비행기를 움직일 것이면 일정 늘이고 순방국가도 2개 정도 늘이면 국익에 도움이 안 되겠습니까?"

"국익?"

"예, 국가의 이익은 꼭 눈에 보이는 것만 이익이 아니거든요. 지금 우리와 국교가 있더라도 미미한 나라에 대통령이 방문해서 그 나라 정상과 악수하고 덕담을 나누다 보면 미개발 국가이면 지하자원이나 천연 자원을 싸게 수입해 우리가 가공해 다른 나라에 수출하게 된다면 큰 국익이 아니겠습니까?"

"야, 이거 우리 배 사무관이 신세대 생각을 하는데?"

"아이 참, 서기관님과 제가 나이 차이 얼마나 난다고 신세대입니까?"

"하긴 내가 중3 때 우리학교 중1, 내가 고3 때 우리 학교 고1, 대학교는 내가 재수하는 바람에 내가 2학년 때 1학년 입학했지?"

"예."

그렇다. 노 서기관은 과거에 육군사관학교 ××기로 합격했었다. 사관학교는 합격생을 미리 소집해 기초 체력훈련과 군대 제식을 가르치는 과정이 있다. 가입교 행사다.

노 서기관은 육군사관학교 ××기로 합격하여 가 입교 행사에서 구보를 하다 낙오했는데 스스로 동기들에게 누가 되기 싫다고 육군사관학교를 조용히 퇴교했다. 고향에 계신 부모님께는 비밀로 하고 서울 수유리 ○○중고등학교 앞에서 문구점을 하는 이모를 찾아가 사정 이야기를 하고 도움을 요청했다. 딱 1년 공부해서 서울대학교 정치외교학과에 합격하면 부모님이 육군사관학교 합격했다고 돼지 잡아 동네 잔치를 했었는데 서울대학교 정치외교학과에 합격한다면 정말 또다시 잔치할 일을 재수생 노호식은 꿈꾸고 있었다.

노 서기관은 강원도 횡성군 강림면 강림리의 강림중학교 1회였다. 지금은 행정명칭이 강림면 강림리지만 노 서기관이 강림중학교에 다닐 때는 '안흥 찐빵'으로 유명한 안흥면 강림리였다.

노 서기관은 강림중학교를 졸업하고 원주고등학교에 합격한 수재였다. 원주에서 중학교를 졸업한 학생도 원주고등학교에 입학하기 어려운데, 전교생이 50명 내외의 '리' 단위 중학교에서 원주고등학교에 합격하였고, 1회 졸업생이 육군사관학교에 합격한 것은 가문의 영광이었다.

강림중학교의 자랑이었다. 노 서기관의 아버지는 28년 후에는 아들이 장군이 될 것을 상상했다. 그래서 노 서기관은 육사 자퇴를 부모님께 비밀로 하고 이모님 댁에서 은밀하게 재수를 했다.

이모의 큰딸 최영경이 중3이었다. 아들 효석은 중1이었다. 영경은 반에서 20등 내외 효석은 반에서 10등 안에는 들었다. 영경이 다니는 수유여자중학교를 그는 찾아갔다.

양복을 잘 차려입고 영경의 사촌 오빠이고 육군사관학교 교수 문관이라고 소개했다. 담임선생님은 임병철 국어 담당이었다. 면담을 하면서 선생님 책상에 있는 교사용지도서와 다른 참고서 문제집을 외웠다. 담임선생님께 수학선생님, 영어 선생님을 소개 받았다. 수학선생님을 만나기 전에 화장실을 다녀오면서 외웠던 국어 참고서와 문제집 제목을 수첩에 기록했다. 같은 방법으로 영어선생님을 만나기 전에 수학 참고서와 문제집 제목을 기록했다. 마지막으로 영어선생님 그리고 담임선생님을 찾아가 사회와 과학, 한문 선생님을 소개받고 인사했다. 결국 영경을 가르치고 있는 선생님 중에 음악, 미술, 체육 선생님을 제외한 모든 선생님의 교사용 지도서와 교과서 이외의 참고하는 참고서 문제집 목록 전체를 알게 되었다.

그는 청계천 6가 헌책방에 가서 책을 구입했다. 그 많은 책을 새것으로 구입하기에는 돈이 너무 많이 들어 헌책으로 구입했다. 영경에게 선생님이 수업 중에 농담으로 하신 말씀 중요하다고 별표해 준 것 등을 추려서 중간고사 모의 문제집을 만들었다. 운이 좋게 수학 참고서에 수유여자중학교 2년 선배의 시험문제가 들어 있었다. 통상 선생님들은 한해 전의 출제한 문제는 만약에 유출이라는 오해의 소지가 있어 재탕을 안 하지만 2년 지난 문제는 숫자만 바꾸거나 그림을 반대로 출제하는 경우가 있다는 것을 호식은 알고 있었다.

정말 기적이 일어났다. 반에서 20등 하던 최영경이 수유여자중학교 자기 반에서 2등, 전교에서 2등이 된 것이다. 영경의 반에 전교 1등 김선미라는 학생과 모든 점수가 같은데, 음악, 미술, 체육 실기가 들어가는 과목에서 영경이 음치라서 조금 떨어지고, 선미보다 영경이 체육은 앞서고 미술에서 영경이 선미보다 떨어져 전교 2등이 된 것이다.

처음 영경의 담임선생님이 영경을 불러 물었다.

"너 공부 하루 몇 시간 했니?"

"제가 공부할 시간이 없습니다."

"왜?"

"학교서 집에 가면 사촌 오빠가 하루 배운 전 과목을 일대일로 묻고 답하기를 하기 때문에 그거 끝나면 숙제만 겨우 해옵니다."

"음, 그렇구나! 난 그것도 모르고 영경이가 선미 답안 베낀 줄 알았지?"

"선미 그 깍쟁이가 저에게 답을 보여 주겠어요?"

"하긴 그렇다. 하여튼 이번에 영경이가 우리 반에서도 2등이고 전교 석차도 2등이다. 나는 담임으로 기분이 좋다. 우리 반이 전교 1, 2등 다 차지했고, 반 평균도 다른 반보다 전체 평균이 0.9 높다. 이건 대단한 성과야."

"예, 열심히 공부해서 다음 기말 시험은 제가 선미보다 앞서겠습니다."

"그래, 사촌오빠 잘 둔 영경이 축하한다."

발 없는 말 천리 간다고 영경이 전교 2등 소식은 수유리 일대 엄마들 사이에 큰 뉴스가 되었다. 노호식은 수유여중 학생을 가르치는 학원 선생, 과외 선생 중 최고 고수가 되었다. 이모 김미선 여사는 싱글 벙글, 우리 조카가 강원도 안흥 찐빵 동네에서 천재 소리 듣고 컸으며, 원주고등학교를 들어갈 대도 수석 졸업도 수석, 육군사관학교도 그놈의 체력장 점수 때문에 3등이지 체력장 빼고 필기시험 점수나 예비고사 점수는 우리 조카가 수석이었다고 카더라 뉴스를 남발했다.

그렇게 중학생 3학년, 1학년을 한 명당 5만 원씩 받고 가르쳤다. 더 많은 인원이 찾아왔지만 이모님 댁이 한번에 15명 이상은 도저히 신발 벗을 공간도 없다고 월, 목은 3학년, 화, 수는 1학년, 딱 4일만 과외지도를 하고 금, 토, 일은 오직 자신의 재수 공부를 했다.

그렇게 해서 다음 해 서울대학교 정치외교학과에 당당히 합격했다. 수석은 아니지만 장학금 받을 성적으로 합격해서 고향 강림에 계신 부모님이 땅을 팔거나 소를 팔지 않아도 호식은 공부할 수 있었다. 더구나 최영경의 반에서 20등 하던 애를 전교 2등으로 만들고 수유여자중학교 졸업할 때는 전교 1등에 서울시 고입 연합고사 1등을 하게 만들어, 호식에게 과외를 하려는 학생은 넘쳐 이모님 댁을 핑계로 15명으로 인원 한정을 했다. 전학을 가거나 개인적인 사정으로 결원이 생길 때만 학생을 뽑았다. 가르치는 것도 1, 2, 3학년 전체를 가르치는 것이 아니었다. 고1과 고3만 가르쳤다. 1학년이 2학년으로 올라가면 그냥 다른 학원을 가든지 다른 과외 선생에게 배우고 3학년이 되는 12월 즉 2학년 기말 시험이 끝나면 찾아오라고 했다.

그렇게 과외를 가르치고, 대학교 공부하고 졸업하는 4학년 때 외무고시에 합격해서 직업 외교관이 되었다.

"신세대는 저기 이미정 양이 신세대입니다."

"함 군, 자넨 어떻게 생각해?"

"저는 뭐, 아는 게 없어서….”

"야, 이건 알고 모르고 문제가 아니야, 보잉 747 비행기를 14일간 운행하면 300만 달러가 들어가고 18일간 사용하면 400만 달러가 들어가는데, 어떻게 400만 달러 소비하는 것이 국익에 도움이 돼?

"300만 나누기 14는 23만 달러, 400만 달러 나누기 18 하면 22만 달러 그러니까 18일 사용하는 것이 국익에 좋다 이런 논리지요?"

"야, 이 사람들아. 내 말은 그 둘을 단순 돈으로 계산해서 하루 얼마 소모가 아니라 우리가 기름 한 방울 안 나는 나라에서 50만 불이 뉘 집 개 이름이냐 이거야? 우리가 버마와 언제부터 절친한 사이라고 버마를 첫 기착지로 하느냐 이거지?"

"그야 인도로 가는 길목에 있어 인도로 단숨에 가려니 연료가 문제라서 연료 보충 겸 정상외교 한다고 하면 국민들도 다 이해할 것 아닙니까?"

"그놈들 육사 출신 별들이 언제 국민 생각하고 쿠데타 일으켰어? 국민을 생각한다면 12.12나 5.18 등을 발생하지 않게 했어야지?"

"서기관님, 식사나 합시다."

"그래, 내가 먹을 것 앞에 두고 서두가 길지? 자, 한잔합시다. 모두들 잔이 찼으면 건배합시다. 위하여!"

"위하여!"

"위하여!"

잔을 내려놓자 노호식 서기관이 또 한마디했다.

"그런데, 지난 일요일 이범석 장관님과 소망 교회에서 예배드린 후

점심으로 칼국수를 드시면서 하신 말씀이 버마가 사회주의 국가이고 우리보다 친북한적 외교를 해 온 나라라서 자신은 아예 대통령 순방 계획에 고려도 안 한 나라인데 나중에 추가되었다고 하시더군."

"아니, 정상외교를 전담하는 주무 장관 이범석 외무부 장관이 생각도 안 한 것을 누가 추가시킨 것입니까?"

청와대 장세동 경호실장하고 노신영 국가안전기획부장이 장충동 테니스장에서 테니스 치면서 '인도 방문하는 길에 버마를 방문하시는 것이 각하의 퇴임 후 구상에 도움이 될 것입니다' 말했다는 거야. 그래서 그놈들 말이 대통령 지시로 외교부로 떨어져 우리가 다 만든 3개국 순방계획을 6개국 순방 계획으로 뜯어 고치느라 근 2주 동안 야근하고, 국제 전화하고 난리를 친 거지.

"노 서기관님, 그 장세동이 노신영이 불러다 외교부서 근무하라고 하면 되겠네요?"

"내가 장관님께 불편한 말씀을 한 것이 바로 그 점이야. 그런데 우리 평안도 사나이 이 장관님은 호탕하게 '야, 노호식이 너 서기관서 외교부 공무원 끝내고 싶어? 지금 힘들고 험난해도 자네가 고생 좀 해서 각하 방문 국가 늘면 나중에 자네가 대사되어 버마 대사, 인도 대사, 스리랑카 대사 어디든 갈 자리 늘어나는 것인데 고시 출신이 조잔하게 그런 것에 불만 품지 마. 더구나 육사 출신들이 하는 행태는 절대로 자네 머리 못 따라오는 것이니까 그러려니 하고 넘어가. 자네 어려서 육사 34기 체력장 빼고 1등 합격자라며? 원리 원칙, 정의 따지면 자네만

다쳐' 하시는 거야. 정말 우리 장관님은 하늘이 내린 외교관이야."

"음식 앞에 놓고 이런저런 말이 많아 내가 나쁜 서기관 되겠군. 어서 먹읍시다."

"예, 잘 먹겠습니다."

"잘 먹겠습니다."

"우리 서기관님과 우리 아시아과를 위해 건배합시다. 위하여!"

"위하여!"

"위하여!"

거리에는 전두환 대통령 내외분 서남아시아 오세안 순방을 경축하는 대형 선전 간판과 현수막이 시내 곳곳에 걸려 있었다. 10월 8일 아침부터 비가 촉촉이 내린다.

영등포여자고등학교 합창단이 부르는 〈선구자〉 노래가 울려 퍼지고 특별 전세기 보잉 747에 오른 전두환 대통령 일행은 김포공항을 이륙했다.

잃어버린 국화 재배 면적 확대에 대한 보고서 한 부는 서울 대방동 거물 간첩 이선실 손에 들어 있었다. 서울 외교부에서 누가 어떻게 입수했는지 알 수 없다. 외교부 아시아과에서 비밀 분실 신고를 하지 않아서 정부에서는 비밀 유출도 몰랐다.

이선실이 입수한 국화작전 비밀문서는 평양 중성동 김정일 관저까지 공작원 기종서가 가지고 갔다. 북한 대남 공작부서의 이선실은 서울 대방동 388의 25번지 2층 집에서 20년 이상 고정 간첩을 하였다. 이 선실의 암호명은 관악산 노파였다.

구국의 소리 방송은 고정 간첩들에게 지령을 내리고 고정 간첩이 대남 공작부서에 보내는 보고문을 단파로 보내기도 했다.

"지금부터 구국의 소리 방송을 시작하겠습니다."

> 서울 관악산 노파가 백두산 정일봉에 국화 한 송이를 바치니
> 손상됨 없이 온전히 받들어 모시기 바랍니다.

그것은 암호문으로 평문으로 해독하면 '서울에 있는 고정간첩 이선실이라는 할머니가 김정일 지도자 동지에게 직보 문건을 획득했으니 중간 전달자들은 열람을 금하고 서울서 평양까지 한 번에 가져갈 방책을 강구해 주시기 바랍니다.'라는 뜻이 된다.

단파 방송을 녹음한 보고를 받은 김정일 지도자 동지가 선전 선동부 이재강 부부장을 불렀다.

"서울 관악산 노파가 직보 문건을 입수했다고?"

"예, 그 노친네 재주가 대단합니다."

"서울 지리 잘 아는 전투원 한 명을 뽑아 오시오!"

"아니, 전에 광주 문건도 직접 오라고 해서 광주로 남녀 한 조 보냈다가 모두 잡혀서 남조선이 들고 일어난 광주사건을 우리가 배후에서 조종했다고 뒤집어씌울 구실만 주었는데, 이번에 서울까지는 정말 너

무 위험하니 인천 부두나 강화도 해변까지는 노파가 책임지고 보내라고 하시지요. 그만큼 중요하다면 노파도 보고문을 거들어야지. 노파는 입수만 하면 우리 전투원 목숨만 위험합니다."

"그래? 그러면 강화도까지는 노파가 보내고 강화도서 인수 받아 평양의 전투원이 운송한다고 전문을 치시오."

그날 밤 구국의 소리 방송이다.

여기는 조선민주주의 인민공화국 개성에서 방송하는 구국의 소리입니다. 백두산 정일봉이 관악산 산장의 여주인에게 알리는 말씀입니다. 이번 귀중한 국화꽃 한 송이를 곱게 피우기 위해서는 삼별초 정신을 이어받아 강화도에 할머니 손길이 닿고 강화도에서 애국호의 선장과 선원이 인수받으니 착오 없이 시행하라는 백두산 밀영의 당부였습니다.

이상 구국의 소리 특별 방송을 마치겠습니다.

이재강 부부장은 안광수 백학초대소장을 불렀다.

"부르셨습니까?"

"강화도까지 당일치기로 문건을 받아 오고 평양까지 갈 전투원을 한 명 선발하시오."

"예, 알겠습니다."

안광수 소장은 공작원 조하영을 지명했다. 대남 공작원 조하영은

아버지가 남한 출신이었다. 6.25 때 서울서 선전 선동대원을 하고 서
울이 탈환되자 월북했다. 서울에는 조하영의 큰아버지, 고모가 살고
있다. 조하영은 남파 공작원으로 서울, 인천, 강화를 몇 번 다녀간 경
험이 있었다. 그래서 안광수 백학 초대소장도 조하영 공작원을 이재강
부부장에게 추천했다.

"조하영 동무 초대소장실로 가시오."

초대소에서 청소하며 조하영의 개인 심부름을 하던 장명순 이모가
말했다. 명순 이모는 원래 간호사 출신이다. 그런데 공작원을 양성하
고 관리하는 초대소에서 일한 것은 이제 2년이 되었다. 초대소장실 문
을 열었다. 소장실에 김정일 지도자 동지가 와 있었다.

"충성! 전투원 소좌 조하영 소장님 부름 받고 왔습니다."

"동무가 조하영 동지요?"

"예, 그렇습니다. 당 중앙이시며 민족의 태양 어버이 수령님의 유일
한 계승자이신 김정일 지도자 동지가 조하영 동무를 친히 임무 부여하
기 위해 여기 오셨습니다."

"이번 조하영 동무의 책무가 막중하오. 강화도에 가서 받아 오는 문
건은 잘되면 남조선 대머리 전두환 대통령을 일거에 박살 낼 수 있는
문건이오. 절대로 실수해서는 안 되고 만약 임무 수행이 실패될 것 같
으면 현지서 자폭하시오!"

"예, 알겠습니다. 목숨을 바쳐 조국에 영광을 바치겠습니다."

"자, 그럼 출발하시오."

서울특별시 영등포구 대방동 388번지 25호 문패가 '李善實'이라고 달려 있다.

60이 조금 넘은 이선실 노인과 손녀 박은경이 함께 살고 있었다. 박은경은 대방여중 3학년이었다. 검은 머리 중학생 단발머리는 단정했다. 할머니가 은경을 불렀다.

"은경아! 은경아!"

"할머니 부르셨어요?"

"그래, 여기 좀 앉아라."

"예, 할머니."

"네가 수고 좀 해야겠구나."

"뭐예요?"

"음, 이 서류 봉투를 네 책가방에 넣고 일단 영등포역까지 택시를 타고 역 반대쪽에서 용산서 강화까지 가는 38번 줄무늬 버스를 타고 강화도로 가. 종점서 내려 남녀 화장실 앞에서 화장실 들어가지 말고 여자 화장실 앞에 줄만 서 있고 여자 손님들이 다 용변 보고 나간 후 너 혼자가 될 때까지 서 있어. 그러면 나이 30 좀 넘은 남자가 '학생 지금 몇 시야?' 하고 물으면 몇 시 몇 분이라고 말하고 제 시계가 한 3분 빠르다고 말해. 그 남자가 '혹시 이선실 할머니 손녀입니까?' 하고 물으면 그렇다고 대답하고 그 사람에게 이 봉투를 주고 오면 된다. 만약에 화장실 앞에 누가 나타나 두 사람을 본다면 얼른 '삼촌 나 배고파. 짜장면 사줘요' 해서 식당으로 들어가. 사람들이 너와 그 남자의 대화를 못 들게 해."

"예, 알겠습니다."

은경은 할머니가 시키는 대로 영등포역에서 38번 강화행 버스를 탔다.

강화 종점에서 내렸다.

화장실로 갔다.

화장실 벽은 벽보와 낙서로 지저분했다.

줄을 섰다.

은경 앞에 3명 뒤에 4명이 되었다.

은경의 차례가 되자 바로 뒷사람에게 먼저 하세요 하고 양보했다.

마지막이 되었다.

주변에 아무도 없었다.

은경도 소변을 보았다.

나와 밖에 서 있었다. 한 남자가 걸어왔다.

"학생, 지금 몇 시야?"

"예, 오후 2시 40분인데, 제 시계가 한 3분 빨라요."

"음, 학생 고마워. 그런데, 학생이 혹시 이선실 노인의 손녀야?"

"예, 이거 할머니가⋯." 그때, 경찰 순찰차가 다가왔다.

"삼촌, 배가 고파요. 짜장면 사 줘요."

"그래, 가자."

조하영과 박은경은 중국성이라는 음식점으로 들어갔다. 조는 곱빼기로 은경은 보통으로 먹었다. 그리고 식당에서 할머니가 주신 봉투를 은경이 하영에게 주었다. 은경이가 건네준 서류 봉투를 조하영은 자신의 007 가방에 넣고 비밀번호를 돌려 잠금을 했다.

은경은 하영과 헤어져 다시 38번을 타고 강화에서 영등포역까지 와서 택시를 타고 대방동집으로 왔다.

조하영은 문건을 무사히 백학초대소로 가지고 왔다. 대기하고 있던 벤츠에 조하영과 안광수 초대소장이 탔다. 벤츠는 평양 중성동 15호 관저로 불리는 김정일 관저로 달렸다. 김정일과 대남 선전선동부서의 이재강 부부장이 맞이했다.

"수고했소, 조하영 동무!"

"조하영 동무는 영웅이오, 영웅!"

"모두 위대하신 수령님과 김정일 지도자 동지의 영도하에 이루어진 것입니다."

안광수 소장의 말에 김정일은 흐뭇한 표정으로 박수를 쳤다.

"하여튼 수고 많았소. 내가 오늘은 술 한잔해야겠소."

김정일 지시에 바로 관저에 음식상이 준비되고 소조 밴드가 동원되었다.

음식이 준비되는 동안 이선실이 입수하고 조하영이 운반한 '국화 재배면적 확대에 대한 보고'라는 남한의 외교 비밀문서를 김정일이 천천히 읽었다. 그리고 이재강을 불렀다.

"이재강, 여기 보라우."

"예."

"남조선의 전두환이가 10월 8일 서울을 떠나 공식 수행원 장관, 차관급 22명에 정주영 등 기업인 30여 명을 대동하고 버마, 브루나이, 인도, 호주, 뉴질랜드를 방문한다야. 여기 각국에 도착시간 행사일정 다 들어 있어. 이런 외교 기밀을 이선실 노파는 어떻게 빼냈지. 재주도 용타야."

"이선실도 그렇고 손녀딸 은경이도 중학생이 간도 크지. 그걸 들고 조하영 동지를 만났는데, 바로 앞에 순찰차가 오니까 '삼촌 배고파. 짜장면 사 줘' 해서 식당으로 피했다고 하더군요. 정말 경찰 순찰에 불시 검문 당했으면 일이 큰 낭패될 순간에 여중생의 기지로 모면했으니, 이건 다 하늘이 우리 편이오. 박은경 여중생은 참으로 아버지 박철수 동지와 닮았소."

은경 아버지 박철수는 대남 공작원이다. 국립묘지 현충탑 참배하는 박정희 대통령을 저격하러 왔다가 197×년에 폭발물 오작동으로 사망했다.

"예, 이참에 완전 미 제국주의 앞잡이를 쓸어버리는 겁니다."

북한 황해도 옹진에 있는 다른 초대소에서 강민철 공작원이 특수임무 지령을 받고 있었다.

"강민철 동무는 앞으로 나와 선서를 하시오."

"조선민주주의 인민공화국 전투원 대위 강민철은 김일성 수령님과 김정일 동지 앞에서 엄숙히 선서합니다. 지금부터 모든 인적사항은 남조선 성북 초등학교와 서울대학교를 졸업한 강민철로 행동할 것이고 당과 수령님의 총폭탄이 되어 통일전선에 이 한 몸 바칠 것을 선서합니다. 1983년 조선인민군 124군부대 소좌 강민철!"

강민철의 선서에 강창수 부대장과 이재강 부부장이 배석하였다.

"강민철 동무는 버마로 가시오. 이미 선박으로 출발한 진성호 박상철 강상호 동지들을 지도하여 꼭 성공하기 바라오. 김정일 동지가 이미 동건애국호로 출발한 전투원이 있는데 추가로 강민철 동무를 보내는 이유를 명심하오."

"예, 명심하겠습니다."

"버마에 가서는 버마 대사든 참사든 모두 강민철 동무의 애로사항을 조치해 줄 것이오. 여기 김정일 지도자 동지의 친필 서한이 있소. 이걸 줄 테니 버마 대사를 만나면 보여 주시오."

김정일 지도자 동지의 친필서한은 조선시대 마패처럼 보여주면 모든 애로사항을 현지 책임자가 다 들어주었다.

김정일 친필 서한 내용은 아래와 같다.

이 동무의 지시는 나의 지시와 같은 것이니 현지서 원하는 것을 모두 들어주시오.

조선민주주의 인민공화국 김정일

조하영은 위장된 외교관 신분 및 여권을 휴대하고 북경으로 갔다.

북경에서 버마로 직행했다. 버마 대사 김영철이 랑군 비행장까지 마중 나왔다.

"조하영 동지 먼 길 오시느라 고생이 참 많으셨습니다."

"이렇게 공항가지 대사님이 마중을 나오다니 영광입니다."

"조국에서 특별임무를 띠고 오시는데 공항에서 영접하는 것이 당연하지요?"

"하여튼 고맙습니다."

1983년 10월 8일, 영등포여자고등학교 합창단의 조두남 작곡 〈선구자〉가 울려 퍼지는 가운데 전두환 대통령의 순방 환송식이 거행되었다. 가을비가 척척하게 내렸다.

광화문에서 김포 공항 가는 도로 옆으로 수많은 시민들이 나와 태극기를 흔들고 환송했다.

출국하기 전 전두환 대통령은 출국 성명서를 낭독했다.

성명서

존경하는 국민 여러분!

인도양과 태평양을 종단하는 본인의 서남아시아와 오세안 순방은 제5공화국이 출범한 이후 우리 국력의 국제화를 지향하는 국민 여러분의 여망에 따라 본인이 추진해 온 개방 외교의 네 번째로서 세계사의 중심에 우리 스스로를 성큼 다가서는 전진의 초석이 될 것을 기대하는 바입니다. 우리는 그동안 평화와 협력의 새로운 기수로 세계 속에 우리의 위치를 튼튼하게 다져 왔습니다. 버마와 인도 그리고 스리랑카 등 3개국은 우리와 같은 아시아 대륙에 위치할 뿐만 아니라 과거 식민지주의에 대한 투쟁을 통하여 독립을 쟁취한 역사적 경험에서부터 경제 성장과 복지 향상을 향해 매진하고 있는 오늘의 좌표에 이르기까지 우리와 많은 공통점을 가지고 있습니다.

우리는 최근 소련의 대한항공 격추사건에서 반문명적이고 반이성적인 폭력의 실상을 억울한 피해자로서 생생하게 체험했습니다.

더욱이 같은 동족인 북한 공산당이 가해자를 두둔하고 나서는 모습에서 반문명과 반이성, 그리고 반민족과 반인간의 극치를 목격하고 암담한 심정을 금할 수 없습니다. 이러한 반이성과 반인간의 자세들은 비단 한반도의 평화와 한민족의 안녕을 위해서 뿐만 아니라 세계의 평화와 인류의 안녕을 위해서도 위험하기 짝이 없는 것이라 하지 않을 수 없습니다. 이러한 냉엄한 정세 아래서 세계평화와 세계인 모두의 안녕과 번영을 지키기 위한 화합과 협력의 정의로운 국제질서가 하루 속히 모색되고 정착되지 않으면 안 될 것입니다. 존경하는 국민 여러분!

본인이 순방을 마칠 때까지 안전한 행사가 되도록 많은 기원 바랍니다. 감사합니다.

전두환 대통령이 김포공항에서 이륙하는 장면을 김정일은 이재강 과 부부장과 김정일 관저에서 보고 있었다.

전두환 대통령이 출국한 이후 외무부에서는 비상대기 상황실을 유 지했다.

상환 반장은 노호식 서기관이 상황반장이고 사무관 2명, 주사 4명 주사보 4명을 2개조로 나누어 주야 24시간 상황 유지를 했다.

김포공항을 출발한 전세 특별기는 10월 8일 오후 7시에 첫 순방국 인 버마의 랑군 공항에 착륙했다. 랑군 공항에는 주 버마 대사와 버마 외교부의 의전장이 영접을 나왔다. 21발의 예포가 터졌다. 트랩을 내 려와 우산유 대통령 내외가 전두환 대통령을 환영했다.

10월 9일 일요일 아침 10시에 아웅산 묘지에 참배하기로 계획되었다.

아웅산 묘지는 우리나라 동작동 국립묘지처럼 국가유공자 묘역이 었다. 전두환 대통령의 아웅산 묘소 참배를 취재하려고 한국의 신문, 방송 기자들과 사진 기자들은 좀 더 좋은 위치에서 촬영하려고 자리다 툼도 하였다.

"잠시 후 대통령께서 도착하시겠습니다."

의전 담당자의 안내 방송이 흘러 나왔다. 검은색 벤츠 280 차량이 태극기를 달고 선두와 후미 에스코트를 받으며 아웅산 묘소로 들어왔 다. 차량 유리창이 선팅이 되어 있어 차량 안의 사람을 알아보기 어려 웠다. 벤츠에서 내린 사람은 전두환 대통령이 아니고 주 버마 대사 이 계철이다. 이미 대열에 서 있던 함병춘 비서실장, 이범석 외무부 장관

서석준 부총리에게 각하께서 곧 도착하신다고 했다. 참석자들은 자신의 복장과 의전 서열에 맞게 섰는지 확인했다. 뒤쪽 군악대의 대열에서 진혼곡 나팔소리가 들렸다. 첫 소절과 마지막 소절만 짧게 불었다. 2~3분 흐르고 쾅! 하는 소리와 번쩍 섬광이 지나갔다. 아웅산 묘소 천정이 무너졌다. 서석준 부총리 겸 경제기획원 장관, 이범석 외무부 장관, 김동휘 상공부 장관, 서상철 동력자원부 장관, 함병춘 대통령 비서실장, 이계철 주 버마 대사, 김재익 청와대 경제 수석 비서관, 하동선 해외협력위원회 기획단장, 이기욱 재무부 차관, 강인희 농림수산부 차관, 김용환 과학기술처 차관, 심상우 국회의원, 민병석 대통령 주치의, 이재관 청와대 공보 비서관, 한경희 대통령 경호실 경호관, 정태진 대통령 경호실 경호관이 현장에서 사망했다. 사건 직후 전두환 대통령은 공식 순방일정을 취소하고 귀국했다.

강민철은 단파 송수신기를 꺼냈다. 송도대학으로 가장명칭을 사용한 공작원 양성기지와 단파 송수신을 시도했다.

"여기는 버마 아웅산입니다. 개성 모악산에게 보내는 편지입니다. 10월 9일 아웅산에 도열했던 국화꽃을 시들게 하였습니다. 다시 한번 말씀드리겠습니다. 버마 아웅산에 도열했던 국화꽃을 시들게 했습니다."

조하영은 버마 인야레크 호텔로 갔다. 숙소 1103호실로 들어갔다. TV를 켰다. 긴급 뉴스가 나왔다. 버마 말과 글은 모르지만 화면이 아웅산 묘소 폭파장면을 반복해 보여 주고 아나운서 목소리가 다급했다.

평양으로 국제전화를 걸었다.

이재강 선전 선동부 부부장이 받았다.

"부부장 동지 조하영입니다."

"수고했소! 나도 김정일 지도자 동지를 방금 만나고 왔소! 김정일 동지도 아주 좋아하셨소만 왜 원격 조종기를 그렇게 빨리 눌러 전두환 대머리를 살려 주었냐고 하셨소. 그러나 일단 수행원들을 떼죽음 시킨 것만으로도 성공이라고 하셨소."

"아, 그렇습니까? 죄송합니다, 부부장 동지!"

"아니요, 오히려 겁을 먹고 인도나 다른 나라를 방문 취소하고 허겁지겁 달아나는 전두환 꼴이 더 우습게 되었다고 지도자 동지께서 죽인 것보다 보기 좋다고 하셨습니다."

"아닙니다, 저는 서울까지 가서라도 전두환 목을 따서 바치겠습니다."

"아니요, 이번 사건으로 더 경호가 심해질 테니 당분간은 우리 사업을 역량만 키우고 실행은 숨겨야 하오. 안전하게 버마 대사나 직원들 위로해 주고 귀국하시오."

"예, 알겠습니다."

조하영은 호텔을 나왔다. 택시를 탔다. 버마 주재 북한 대사관으로 갔다. 대사관에서는 버마 경찰과 대사관 직원이 고함을 질렀다. 경찰은 대사관 직원 전체가 경찰 조사를 받아야 한다고 했다.

"무슨 소리야, 외교관은 치외법권 적용이 세계 공통인데, 이놈의 버마만 버마 경찰에 우리가 조사를 받아?"

"이번 사건은 대한민국이나 조선민주주의인민공화국이나 모두 조사에 응해야 합니다."

"남조선 놈들이 자작극을 벌인 것을 왜 북조선 대사관 직원이 조사를 받아야 합니까?"

"자작극인지 아닌지는 양쪽 다 조사를 해 봐야 한다는 것이 우리 버마 당국의 기본 지침입니다. 그러니 2개조로 나누어 랑군 중앙경찰청에 출두하시오."

조하영이 뒤늦게 합류하여 테러혁명을 지도한 이 사건의 행동대원은 모두 3명이다. 신기철 대위는 아웅산 묘소 근처에서 사살되었고, 진성호 소좌와 강민철은 체포되었다.

한편, 서울의 노호식 서기관과 배장호 사무관, 타자수 김경희 양, 이미정 양, 기타 주사와 주사보들은 2교대로 24시간 상황을 유지했다.

"김경희 양!"

"예, 과장님!"

"이거 외교부에서 발표하는 성명서인데 복사해서 100부 만들어."

"예, 알겠습니다."

"함 군!"

"예, 사무관님!"

"이번 버마에서 순직하신 분들 각 개인별로 신상 파일을 만들어."

"예, 알겠습니다."

촉탁직이지만 국가에 큰 사고가 터지니 임시직 정규직 구분 없이 바빴다. 일손이 모자라 모두 말이 없어졌다. 침묵 속에 손놀림, 발동작만 빨라졌다.

아웅산 묘소는 아수라장이 되었다. 참석했던 수행원들은 무너지는 묘소 천장에 깔렸다. 팔다리가 떨어져 나가고 파편이 몸에 얼굴에 박혔다. 사망자 중상자 모두 형편없는 몰골이다.

한국에서 이상호 체육부 장관을 단장으로 한국정부 진상조사단을 버마에 파견했다.

버마는 이 사건의 범인은 북한 개성에 있는 124군부대, 강창수 부대 출신의 강민철, 진성호, 신기철 등 3명으로 발표했다. 이들 중 진성호, 강민철은 북한 황해도 옹진항에서 동건애국호를 타고 9월 8일 출발해서 9월 23일 랑군항에 도착했다.

강민철은 9월 25일 비행기로 버마 랑군 공항으로 왔다. 3명은 버마 주재 북한 대사관 참사관 전창호의 집에 은거하면서 테러 준비를 해 왔다. 크레모아와 소이탄, 도폭선, 무선 조종 장치 등을 조립하여 폭발물 3개와 원격 신호 장치를 만들었다. 좀 떨어진 곳에서 폭발물을 터뜨리고 자신들의 도주할 시간을 벌 수 있게 준비했다.

버마 수사관이 확보한 물증은 원격 조종기 1대 조종기에 장착하는 일본 제품인 히다찌의 건전지 20개였다. 히다찌 건전지는 한국에서 오래전부터 대남침투 사건 현장에서 발견되었다.

아웅산에서 순직한 17명의 유해는 대한항공 특별기로 한국으로 이송했다. 17명에 대한 장례는 대한민국 국민장으로 엄숙히 진행되었다. 모두 동작동 국립묘지에 안장되었다.

함 군은 17명의 국민장 행사를 외교부 아시아과 사무실에서 보고 있었다. 사직서를 책상 위에 올려놓았다. 인적사항을 다 기록하고 사직 사유에는 개인 신상이라고 적었다. 세부적으로 작성하는 곳에다가 월급이 공무원보다 많은 직장으로 가고 싶어서 사직한다고 썼다. 노호식 서기관의 결재만 받으면 장관 결재는 통과의례에 불과했다.

더구나 이범석 외무부 장관이 버마에서 순직한 관계로 차관 전결처리로 사직했다.

"함 군, 왜 사직을 하는 거야?"

"예, 일단은 정규 공무원도 아니고 봉급도 작아서 사직하고 새 길 갈 것입니다."

"지금 10월 말인데 12월까지 근무하고 12월 31일 사직하면 안 되겠니?"

"예, 제가 마음이 불편합니다."

"뭐가 불편해? 우리 아시아과 사람들 다 좋은데."

"지난번 장관보고 전날 분명히 국화작전 보고서 5부를 만들었는데 과장님이 보시는 날 4부로 한 부가 없어진 것도, 제가 그날 비밀 보관소에 넣었는데 솔직히 부수 확인 안 하고 그냥 있는 대로 넣었는데, 그게 17명의 사망자를 낸 국화작전에서 국화를 시들게 한 원인이라고 생각하니 도저히 잠이 안 와요."

"야, 나도 요즘 서기관이라는 놈이 비밀문서 하나 똑바로 간수 못 해서 이런 일이 났구나 하는 죄책감에 잠을 못 잔다."

"이건 함 군 혼자 문제가 아냐. 우리 아시아과 전체의 문제지. 책임이 있다면 과장인 내가 더 책임이 크지, 말단의 함 군이 책임이 크겠어? 그래서 이번 함 군 사직서는 나는 결재 올릴 수 없다."

그러면서 사직서를 찢어서 휴지통에 넣었다.

국화작전을 추진 중이던 9월 1일 04시 30분, 알래스카 앵커리지 공항을 출발한 KAL 007편 비행기가 항로를 이탈하여 소련 영공을 들어가게 되었다. 소련은 이 항공기가 민항기임을 알고서도 미사일을 발사해 격추했다. 비행기 잔해와 탑승객은 북태평양 한가운데 수장되었다. 이 비행기에는 3세 어린이부터 70세 노인까지 269명이 타고 있었다.

버마에서는 버마 최고 실권자 네윈의 오른팔로 불리고 일부 언론에서 후계자로까지 거론되던 틴우 장군이 체포되어 재판을 받았다.

틴우는 버마의 국가안전기획장이었다. 틴우 장군의 체포 죄명은 부정축재 및 딸의 호화 결혼식이었다. 틴우 안전 기획부장 척결 시에 그를 따르던 정보계통 장군들 3명이 함께 처단되었다. 이런 사건으로 아웅산 묘소 폭발 사건을 틴우 장군을 사모하는 일당들이 저지른 일종의 버마 정부에 항의하는 테러로 보도한 가사도 있었다.

계획대로라면 10월 9일 10시 15분 우 칫 라잉 버마 외무부 장관이 인야 레이크 호텔에 도착해 전두환 대통령을 모시고 아웅산 묘소로 출발해야 했다. 10시 20분이 되어도 버마 외무부 장관은 나타나지 않았다. 호텔에 대기하고 있던 경호요원들은 초조했다. 초조함을 달래기 위해 담배를 피웠다. 국가원수의 의전과 경호 행사 요원들은 긴장과 스트레스 속에 산다.

대통령 행사의 타임테이블은 비밀 중의 비밀이었다. 경호상의 문제인데 그 타임테이블을 머리에 넣고 행동하는 경호원들에게 그 시간표대로 나타날 시간이 나타나지 않으면 긴장하기 마련이다. 외교와 정보 경호 업무 관련자끼리 협조된 신간을 분초 단위로 암호로 만들어 교신하는데 이렇게 5분이나 차이 나는 것은 외교 관례상 큰 결례였다. 모든 준비를 완료한 전두환 대통령은 창밖을 보며 호텔방을 왔다 갔다 했다. 답답한 전두환 대통령이 이성기 의전 담당관에게 말했다.

"이 담당관 출발 안 하나?"

"예, 각하. 타임테이블상으로 이미 출발 시간이 지났는데, 버마 외교부 장관이 아직 안 와서…."

전두환 대통령은 성질이 직선적이다. 좋고 싫음이 얼굴에 100% 나타나는 성격이라 포커를 하면 100% 잃을 사람이다. 자신의 방을 서성이다 2층 V.I.P. 로비로 올라갔다. 그때 버마 외무부 장관 우 칫 라잉이 도착했다.

버마 외무부 장관의 도착이 늦어지자 마음이 조급한 함영춘 대통령 비서실장은 주 버마 대사 이계철 대사에게 먼저 출발해 각하가 곧 도착하신다고 하라고 했다. 그리고 함영춘 비서실장은 이순자 대통령 영부인과 비서실 직원을 챙겨 출발시켰다.

태극기를 부착한 이계철 대사를 경호 차량이 앞뒤에서 호위하며 아웅산 묘소로 향했다.

조하영이 벤츠 차량에 앞뒤로 경호하는 것을 보고 "전두환 대통령이 아웅산 묘소에 도착했습니다" 하고 진 소좌에게 보고했다.

이계철 대사는 차량에서 내리자 "각하께서 곧 도착하실 예정입니다" 했다. 수행원들은 자신의 옷매무새를 확인하고 의전 서열에 맞게 자리를 잡았다. 카메라 기자는 수행원들이 앵글을 벗어난 사람을 호명하며 조금 안으로 들어가라 키 큰 분은 약간 무릎을 굽혀라 주문했다. 그 순간 쾅! 하는 굉음과 번쩍 섬광이 지나갔다.

아웅산 묘소 천정이 무너져 내리고 벽체 기둥도 무너졌다. 현장은 순식간에 아수라장이 되었다.

1983년 10월 9일 버마 아웅산 묘소는 피의 일요일이 되었다. 한국은 한글날이라고 10시에 각 지역 도청소재지마다 한글날 기념행사가 있었다. 이 시간에 버마 아웅산 묘소에 대형 폭발물 사고 아니 테러가 행해진 것이다.

외무부 아시아과의 노호식 서기관을 반장으로 24시간 상황 유지하던 상황실에 2교대가 아닌 전원 출동 지시가 내렸다.

외교부 상황실에 비상 국무회의가 소집되었다. 비상 국무회의에서 정부 성명 발표, 시신 처리 및 부상자 치료를 위한 의료진 파견, 진상조사단 파견 등이 결정되었다. 성명서에서 정부는 이 사건이 북한에 의해 저질러진 것이라고 단정했다. 구체적 물증은 없지만 정부는 이 사건을 통해 천인공노할 북괴의 짓으로 국제테러 집단의 본성을 다시 한번 똑똑히 알았다고 못 박음으로써 사건이 북한이 관련돼 있음을 공식화했다.

강각성 국가안전기획부 2차장이 주무관이 되어 버마 아웅산 묘소 테러 사건의 조사단이 구성되었다. 조사단은 국가 안전 기획부에서 6명, 경찰청 2명, 국군기무사 2명 국군 정보사 2명을 차출해서 총 12명의 합동조사단을 구성했다. 국군 기무사령부는 대공상의 용의점 판별을 위해 차출했고, 국군 정보사령부는 적성무기 판별을 위해 차출했다.

1983년 10월 10일 유해 운구를 위해 대한 항공 특별기를 보내기로 하였다. 이상우 체육부 장관을 단장으로 유해 인수단을 파견했다.

10월 9일 아웅산 묘소 폭발 사건 직후 랑군 시내에는 이 폭발 사건이 대한민국 사람들의 자작극이라는 소문이 파다하게 퍼졌다. 버마 경찰이 나팔소리가 나고 2~3분 후에 폭발이 이루어진 점을 착안해서 버마 군악대의 나팔수를 조사했다.

"왜 식전에 나팔을 불게 되었나?"

식전에 한국 경호원이 와서 참배 시 묵념 때 연주하는 진혼곡 첫소절과 마지막 소절만 불어 보라고 했다. 그래서 버마 수사 당국은 한국의 불만 세력이 버마 군악대 나팔수를 매수하여 나팔 부는 것으로 신호로 삼은 것이라고 의심했다. 버마 수사 당국이 추정한 시나리오는 네 가지였다. 첫째, 북한의 사주를 받은 버마 내의 반정부 단체가 저지른 범행이다. 둘째, 소수 민족 게릴라 등 버마 내에 있는 반정부 단체의 단독 범행이다. 셋째, 북한 특수부대의 직접 범행이다. 넷째, 한국의 자작극이다.

이런 네 종류의 시나리오를 상정하고 수사를 하다 보니 제일 먼저 의심을 받는 사람은 한국인 경호원 김미동이다. 김미동 경호원은 버마 군악대 대열로 가서 나팔수에게 진혼곡 첫 소절과 마지막 소절을 불러 보라고 했다. 한번 나팔소리가 나고 2~3분 후에 쾅! 하는 굉음과 번쩍 섬광이 지나가고 아웅산 묘소 천정이 무너졌다.

버마 정보국 수사관이 김미동을 심문했다.

"당신은 경호원 근무 경력이 얼마나 됩니까?"

"예, 10년 됩니다."

"그럼, 경험이 많은 경호원이 미리 점검을 했어야지 행사시간 임박해서 군악대를 점검한 이유가 뭡니까?"

"예, 경호 차장님으로부터 지시 받은 임무가 출입하는 버마와 한국 그리고 외국의 기자와 사진기자의 보안 점검이었습니다. 그런데, 군악대를 점검하기로 한 구영삼 경호원이 경호실장 호출을 받고 불려가면서 나에게 군악대 점검을 부탁했습니다. 그래서 군악대 점검을 한 것입니다."

"알겠습니다. 그러면 구영삼 경호원을 불러오세요."

구영삼 경호원이 불려왔다.

"구영삼 경호원 맞습니까?"

"예."

"이번 행사에 구영삼 경호원이 맡은 임무가 무엇입니까?"

"예, 아웅산 묘소 행사장 마이크와 의자 시설물 군악대를 점검하는 것입니다."

"그런데, 왜 군악대 점검을 본인이 직접 하지 않고 김미동 경호원에게 부탁했나요?"

"예, 제가 다 해야 하는데, 기자들이 너무 많이 와서 거기 시간을 다 빼앗긴 상태서 경호실장님이 경호 본부로 잠깐 다녀가라고 해서 본부로 다녀가라고 했습니다. 그래서 다른 점검은 마쳤으니 군악대만 봐 달라고 김미동 경호원에게 부탁하고 본부로 갔습니다."

"혹시 점검하면서 군악대 악기를 불어 보게 하라는 말도 했습니까?"

"아니요, 점검리스트에 목관악기, 금관악기 등에 소형 폭발물을 은닉할 수 있기 때문에 말은 필요 없습니다."

"알았습니다. 악기 소리가 나고 2~3분 후에 폭발 사고가 났으니, 완전히 수해의 의문이 해소되기 전까지는 김미동, 구영삼 두 경호원은 버마 경찰청에서 내보낼 수 없습니다. 피의자 신분으로 조사를 계속하겠습니다."

두 경호원은 버마 경찰청에 체포되었다.

조하영은 비행기로 랑군을 떠나 북경으로 북경에서 평양으로 들어갔다. 곧 김정일 지도자 동지와 이재강 부부장에게 불려갔다. 김정일이 특유의 펑크 머리를 쓸어 올리며 담배를 한 대 물고 조하영에게 물었다.

"조하영 동무! 사업을 어찌 그리 성급하게 했습니까?"

"죄송합니다. 그놈 이계철 남조선 버마 대사 놈이 대머리라 전두환 대머리하고 너무 똑같아서 정말 전두환인 줄 알고 버튼을 눌렀습니다.

벤츠 차량 앞에 태극기를 달고 앞뒤에서 경호 차량이 경호하고 내리자마자 도열한 이범석 외무부장관 이하 모든 참석자들이 고개 숙여 인사해서 깜짝 속았습니다."

"알았소. 전두환을 처단 못 한 것은 아쉽지만 동무들의 거사는 성공이오. 참석자들을 전몰시켰고 전두환 간담을 서늘하게 만들었단 말이오."

"감사합니다, 지도자 동지! 죄송합니다. 부부장 동지 저는 전두환 목을 따기 위해 남조선으로 잠입할 생각을 했습니다."

"아니오. 이번 일로 남조선 놈들이 더욱 경계를 삼엄하게 펼칠 테니 지금은 조용히 기다릴 때요. 당분간 조하영 동지는 삼지연 특각에서 푹 쉬고 다음 임무를 준비하시오."

"예, 알겠습니다."

북한에서 특수 임무 종사자인 해외 테러나 대남 간첩 임무 수행을 마치고 복귀한 인원에 대하여는 김일성, 김정일이 사용하는 특각에서 휴식을 취할 수 있는 특권을 부여했다. 북한의 특각은 남한의 청남대처럼 국가 원수인 김일성, 김정일 부자의 휴양소이다. 그런 특각이 북한에는 20여 개 있다.

2개월간의 수사를 벌인 버마 당국이 수사 결과를 발표했다. 아웅산 묘소 폭발 사건은 북한에서 국가 차원의 조직적인 테러로 결론이 났다. 버마는 북한에 대하여 외교 관계를 단절한다고 발표했다.

주 버마 북한 대사 및 참사관 참사 영사들이 버마에서 추방되었다. 평양으로 쓸쓸히 돌아갔다.

아웅산 폭발 사건으로 외무부와 대통령 경호실 그리고 국가 안전 기획부에 대대적인 인사 태풍이 불었다. 노호식 서기관, 배장호 사무관은 한직으로 전보 발령 났다. 외교 안보 연구소의 특정 직무 없는 연구원이 되었다. 함 군의 사표가 처리되었고 조촐한 이별 회식을 하였다.

술이 한 순배 돌아가자 노호식 서기관이 말문을 열었다.

"아니, 버마로 가자고 제안한 놈들은 그 자리 유지하고 죄 없는 우리가 왜 인사 태풍을 맞아야 해?"

노호식 서기관은 '솔' 한 까치를 입에 물었다. 한 모금 빨고 후 하고 연기를 내뿜었다.

"서기관님, 뭐라 위로할 말씀이 없습니다."

"길거리에 뭔 놈의 정의 사회 구현하자는 현수막이 그리 많은지."

강민철은 체포되어 버마 합동수사기관으로 이송되었다. 처음에는 묵비권을 행사했으나 계속할 수는 없었다. 모든 것을 자백했다. 강민철은 버마 감옥에서 25년간 수형생활을 하다가 2008년 5월 18일 사망했다. 사인은 간암이었다. 북한도 남한도 시신 인수를 거부했다.

버마 국립화장장에서 한 줌 재가 되었다.

3.

군복(軍服)

함재석은 군복을 세 번 입고 벗었다. 돈을 써서라도 군대를 면제받거나 보충역으로 가려고 애쓰는 나라에서 세 번이나 군복을 입었다면 정상이 아닐 것이다. 첫 군복은 징용으로 관동군 제1××사단 73××부대였다. 나남에 19사단 용산에 20사단 사령부를 두고 20사단은 조선을 방위하는 부대로 나남의 19사단은 한반도 북부를 담당했다. 관동군에 복무하던 중 일본군 간부들끼리 수상한 은어를 사용하는 것을 들었으나 당시는 무슨 뜻인지 알 수 없었다. 그 내용을 중국군 포로를 통해 알게 되었다. 중국군 포로의 말이 조선은 독립하게 되고 일본은 패망한다. 곧 일본 천황이 연합국에 대하여 항복을 할 것인데, 일본 놈들은 항복 후 안 다치고 일본으로 돌아갈 방도를 논의 중이라고 했다.

포로가 되어 시베리아 벌판 개발에 노력동원된 것이다. 국가가 있고 국가가 있어도 힘이 있어야 하는데, 힘없는 국가의 일본군으로 참전 일본군 포로 중 한 명으로 취급되어 시베리아 개발에 동원되었다. 시간이 흘러 일행은 시베리아에서 조선으로 귀환을 했다. 소련화물선 블라디미르호를 타고 194×년 12월에 흥남항에 도착했다. 흥남여자고등학교에 임시 포로수용소가 설치되었다. 2천여 명의 포로가 홍남여고 운동장에 임시 텐트와 교실에 분산 수용되고 포로 심사를 받았다.

고향이 북한의 평양, 신의주, 함흥, 혜산, 사리원 출신 사람들부터 신문을 받고 해당 지역 가는 교통비를 수령해 먼저 출발했다. 남은 것은 남한 출신 900여 명이었다. 900명이나 되는 인원을 북한이 다 고향까지 데려다 줄 수 없었다. 생각한 것이 각자 고향까지의 거리에 해당하는 여비와 중간의 숙식비를 환산한 돈을 지급하고 38선을 넘게 하는 방법이었다.

194×년 2월 4일 38선 접경지역에 눈이 소복하게 쌓인 벌판을 국군 복장이 아닌 청년들이 남하를 했다. 포로로 잡힌 조선인 포로가 시베리아 억류 생활을 마치고 귀환했다. 개성, 파주 지역에서 잡힌 200여 명의 소련군 복장의 청년들은 파주경찰서에서 인천 용현에 위치한 전재민 수용소에 이송되었다.

함재석은 강원도 횡성에서 1925년 6남매의 막내로 태어났다. 193×년 4월 청일보통학교에 입학했다. 6학년 때 할아버지가 보증을 서 준 것이 문제가 되어 집안 형편이 기울었다. 중학교 진학을 포기하고 춘천에 있는 봉래상사에 취직해 심부름을 해 주고 숙식을 해결했다.

그 무렵 춘천에 춘천농업학교가 5년제로 개교했다. 봉래상사 사장이 근면성과 정직함을 헤아려 보고 춘천농업학교에 보내주었다. 학교를 마치고 오면 봉래상사 일을 보라고 했다. 할아버지가 보증을 잘못 서서 가세가 기울어 가자 집안 형제들도 귀찮게 여기는 상황에서 공부까지 시켜 주는 사장이 함재석에게는 친척보다 고마운 분으로 여겼다.

춘천 농업학교 5학년 졸업을 앞두고 징병제가 실시되자 징집되었다. 194×년 4월에 징집되어 길림성 관동군 육군훈련소에서 2개월 동안 군사훈련을 받았다.

입대할 때 '무운장구(武運長久)'라고 수놓은 '센닌바리(千人針)'를 고모 함봉순이 만들어 주었다. 헝겊 한 조각에 여성 천 명이 한 올씩 빨간 실로 수를 놓은 것이다. 말이 천 명이지 어떻게 천 명이 수를 놓았겠는가? 대부분 봉순 고모가 하고 횡성 속실 마을 고모가 아는 여자 몇명 성의로 수를 한두 수 부탁해서 만든 것이었다. 그 천 한 조각을 그는 정말 부적처럼 믿고 몸에 늘 지니고 다녔다.

그래서인지 관동군이 패망해도 포로가 되긴 했어도 죽지 않고 살았다. 늦었지만 귀국해 결혼하고 자식을 낳아 살게 된 것이다.

'내 인생 군대를 두 번 다녀오고, 의용군으로 근무한 것까지 치면 군복만 세 벌이다. 칠십 인생을 군복에 다 실려 보냈다'고 한탄했다.

194×년 8월 1일 춘천에서 청일을 향해 목욕하고 부모님께 인사도 못 하고 불효자는 징집되어 간다고 하직 인사를 하고 입영열차를 탔다. 무단장에 도착해서 다른 지역서 온 장정들과 광장에서 밤을 지새웠다. 아침을 먹고 다시 징병 열차를 타고 간 곳이 하얼빈이었다. 하얼빈 중학교 강당에서 잠을 자고 운동장에서 밥을 먹었다.

1945년이 되자 일본은 급격히 불리하게 되었다. 미국이 B-29 폭격기로 일본 본토를 융단폭격을 하였다. 미군의 공중 폭격으로 사상자

12만여 명, 이재민 100만 명이 발생하였다. 미 공군이 태평양 섬에서 발진한 폭격기가 동경을 처음 공습한 것은 1944년 11월이었다. 마리아나 군도를 점령해 비행장을 확보했기 때문이다. 전에는 중국의 청두(成都) 비행기지에서 이륙해 일본 본토를 공습했다. 왕복 비행거리를 감안하여 폭탄 무게를 가볍게 할 수밖에 없었는데, 마리아나 군도에서 이륙을 하면 무장을 최대한으로 하고도 되돌아오는 데 문제가 없었다.

학교 강당에서 잠을 자고 동이 트자마자 인솔 장교가 일행을 인솔하고 간 곳은 송화강(松花江) 유역의 부대로 입대했다. 새벽 6시 기상나팔 소리에 기상을 하고 밤 10시 취침나팔 소리에 취침을 했다. 기상을 하면 연병장에 모두 모여 천황이 살고 있는 동경 방향으로 향해 머리를 숙이고 '궁성요배(宮城遙拜)'를 하고 '군인칙유(軍人勅諭)'를 제창했다. 구보를 하고 조식을 먹고 군사훈련을 하였다.

조선 주둔 일본 부대를 '조선군'이라 부르고 만주 일대 주둔하는 부대를 '관동군'으로 불렀다. 조선군은 2개 사단 외에 영흥만 요새 사령부, 진해만 요새 사령부, 조선 헌병대 등이 있었다. 용산 주둔 20사단은 조선남부를 담당했고, 나남 19사단은 북반부를 담당했다.

태평양 전쟁이 장기화되자 20사단은 뉴기니 전선에 투입했으나 전멸했다. 194×년 ××사단은 필리핀 루손으로 이동하여 산악전투를 하다가 해방을 맞이했다. 관동군을 중국도 소련도 힘겨워했다. 그만큼 관동군은 훈련의 강도가 높았고 일본 본토에서 진행하는 군인 유도 대회에 본토 주둔 일본군과 겨루어 체급별 유도 우승 트로피를 휩쓸어

왔다. 유도 잘하는 것 하나로 군대 사격이나 다른 모든 것을 잘한다고
할 수는 없지만 사기와 자긍심은 높았다.

1945년 5월 나치 독일이 연합국에 무조건 항복을 하고 소련이 참전
한다고 선포하자 신경이 극도로 예민해졌다. 부대는 소련과 만주 국경
지대의 산악 깊숙한 곳으로 이동했다.

중대 병력이 숨을 수 있는 정도의 큰 동굴을 구축했다. 전투에 대비
한 개인호도 팠다. 홍안령(興安嶺) 산맥줄기를 따라 8월까지 참호를
구축하라는 명령이 떨어진 것이다.

전황이 불리하면 유언비어도 늘어나는 것이 전쟁이다. 소련군 무장
첩자가 중국인 길 안내잡이와 노새를 끌고 나타났다는 것이다. 온 부대
가 중국인 길잡이와 소련군 첩자를 잡아내라는 지시에 온 부대가 발칵
뒤집어졌다. 부대원끼리 인심만 나빠지고 얻은 것은 아무것도 없었다.

1945년 8월 9일 오전 00시 소련은 전격적으로 150만 명 대규모 군단
을 꾸려 만주 관동군을 공격했다. 일본은 지난주 나치 독일이 연합국
에 항복을 한 상태라서 도와 달라 요청도 못했다.

만 45세 이상의 예비역까지 총 동원령을 내렸다. 구호가 강경해질
수록 일본의 패망은 다가오고 있었다. 170만 명의 병력에 화력까지 간
춘 소련군의 공격은 일본에게는 버거운 상대였다. 본토는 미국이 초토
화시키고 관동군은 패배하였다.

일본 황궁에서 최고회의가 있었다. 드디어 올 것이 왔다고 생각했
다. 더 이상 전쟁은 의미가 없다고 끝내야 한다고 말하자 육군 장관이

결사항전을 주장했다. 매파 목소리에 비둘기파 말은 묻혀 버렸다.

8월 9일, 소련은 육군, 공군 합동으로 관동군을 공격했다. 주둔지 상공에 폭격기가 폭탄을 투하하고 지나갔다. 산악지대에 대피호와 갱도 진지를 구축한 상태였으나 소련군 공습은 큰 타격을 주었다. 여기저기 시체가 나뒹굴었다. 차량도 파손되고, 군수품 창고도 부서지고 불이 났다. 철도도 파손 되어 기차 수송이 중단되었다.

천황의 항복조서가 8월 15일 정오, 라디오를 통해 전 세계에 발표되었다. 일본의 극우파가 천황의 녹음테이프를 탈취하여 항복 발표를 막으려 했지만 실패했다. 일본군 지휘부는 일본군 각 부대에 기밀문서를 소각하라는 지시를 했다.

8월 15일 정오 라디오를 통해 천황의 항복조서가 발표되었다. 관동군에는 바로 시행되지 않았다. 소련의 공습에 통신망이 두절되었다. 지상군 전투에서도 소련군과 싸워 패한 관동군이 여기저기 생겨났다. 여기저기 패잔병을 모아 부대를 구성해 보려 애를 썼다.

만주일대에 참호를 파고 지탱하던 37××부대도 8월 16일에도 일본 패망 소식을 모르고 지냈다. 소련군 전차가 눈에 띄게 많이 움직이고 산악은 쳐다보지도 않고 큰 도로와 대도시 주변으로 탱크를 몰고 질주했다. 장애물도 없었기 때문에 속도를 내고 달렸다.

그가 일본인 선임병에게 물었다. 왜 요즘 중대장 얼굴이 표정이 밝지 못하냐고 물었더니 "너만 알고 있어. 절대 소문내지 마라" 하면서 "일본이 연합군에 패해서 천황이 항복했다"고 말했다. 이제 부모님과 가족을 만날 수 있다는 생각을 하니 눈물이 왈칵 쏟아졌다. 일본인 병사가 다가와서 전쟁에 질 때도 있는 법이니 너무 슬퍼하지 말라고 위로해 주었다. 일본이 패망해 고향에 갈 수 있다는 기쁨과 부모님 생각에 눈물 흘린 것을 일본인 병사는 일본 패망이 서러워 눈물을 흘리는 것으로 착각했다. 37××부대에는 만주 일대에서 징용된 청년도 있었다. 치치하얼에서 무장해제를 당했다.

중대별로 소총과 수류탄을 일정한 장소에 집결시켰다. 병사 한 명이 집결시킨 소총 대열에 자기 총을 집어 던졌다. 총이 도미노 넘어지듯 넘어지면서 탄알 일발 장전되었던 총 하나가 격발이 되었다. 탕! 소리와 함께 대열 중 한 명의 병사가 즉사했다. 오발은 명중이라고 그 탄알이 바로 턱밑에서 오른쪽 귀를 관통했다.

총을 던진 병사를 일본군 장교가 개머리판으로 개 패듯 팼다. 병사입에서 코에서 피가 흘렀다. 일본말을 잘하는 엄태홍이 일본어로 항변했다. 일본 천황이 항복했다는데 조용히 일본으로 귀국하고 싶으면 이런 행패 부리지 말고 지내라고 했다. 그 말에 일본 장교가 그 소리를 어디서 들었느냐고 물었다. 그게 뭐 그리 이 시국에 중요하냐, 자신이 라디오를 통해 천황이 항복하는 방송을 들었다고 대답했다. 그 라디오를 가져오라고 했다. 그 라디오는 자기 라디오가 아니라 총에 맞아 죽은 병사 거라고 말했다.

일본 장교는 할 말을 잃었다. 라디오 가져오면 왜 소지했냐고 혼내려 했는데, 죽은 자는 말이 없다고 죽은 병사의 라디오라고 하니 확인

할 방법이 없었다.

중국어를 모르니 허허벌판 넓은 중국 땅에서 도망치기가 쉬운 일이 아니었다. 조선으로 가기는 해야 했으나 갈 길이 막막했다. 들리는 소문에 다른 지역 일본군 지휘관이 솔직하게 일본이 연합군에 이번 전쟁에서 패했다. 여기 일본인 병사가 아닌 병사는 조선으로 돌아가도 좋다는 지시를 했다고 한다. 부대장은 끝까지 조선인 출신 병사도 일본인 병사와 똑같이 대열 이탈을 막았다.

만주로 이주한 조선인들은 만주인, 중국인들과 사이에 좋지 않은 감정이 있었다. 일본이 만주를 지배하면서 조선인을 교묘하게 이용했다. 일제가 세운 만주국은 유색인종을 학대하고 차별하는 백인들의 식민주의와는 다르게 만주국은 일본, 조선족, 한족, 만주족, 몽골족 이렇게 5개 민족 사람들의 협력으로 유토피아를 건설한다고 했다.

그것은 선전뿐이었다. 식량 배급에서도 일본인과 조선인, 한족, 만주족, 몽골족의 배급표의 색깔이 달랐다. 일본인에게는 쌀과 설탕을 많이 주고, 만주족, 한족, 몽골족에게는 쌀은 없고 수수, 콩 같은 잡곡을 지급했다. 조선인은 쌀도 약간 설탕도 조금, 잡곡도 주었다. 그러니 만주족과 한족, 몽고인이 조선인을 미워할 수밖에 없었다. 반대로 조선인은 만주족, 한족에 대하여 자신이 일본인도 아니면서 만주족, 한족을 경멸하고 조금만 이상해도 일본 간수나 공직자에게 밀고를 하게 만들었다. 일본이 교묘하게 5개 민족을 이간시켜 통치하는 것을 모르는 우매한 조선인은 만주에서 그렇게 생존했다.

일본군은 러·일 전쟁에 승리하자 소련 군대를 깔보고 있었다. 일본이 독도 앞바다애서 물리쳤던 그런 군대가 아니었다. 1933년 일본과 소련은 '장구평(張鼓峰)'에서 치열한 전투를 했다.

관동군은 큰 타격을 입었다. 소련군은 일본 관동군보다 병력과 장비 모두가 비교가 안 될 정도의 격차가 있었다. 소련은 나치 독일과 불가침 조약을 일본과는 중립조약을 체결하면서 자구책을 모색하고 2차 대전에 연합국을 상대로 전쟁을 했다. 독일은 1941년 6월 불가침 조약을 깨고 소련 영내로 파죽지세로 밀고 들어갔다. 모스크바 도시의 접경까지 진격을 했다. 소련은 국가 존망의 위급한 상황에도 극동지역에서 병력을 이동시킬 수가 없었다. 일본이 소련으로 공격해 오는 것을 경계했다.

극동군 사령부 예하에 병력 100만 명, 전차와 자주포 2,000대, 비행기 3,000대의 전력을 보유했다. 독일이 항복한 이후에는 서부전선의 병력과 군수물자를 극동지역으로 이동시켰다. 반면 일본 관동군의 병력은 70만 명, 야포 1,000문, 전차 200대 비행기 200대 정도였다. 일본은 전시 총동원령을 내려 소년병과 나이 든 예비역까지 모두 징집시켰어도 소련군에 미치지 못했다. 지휘부 장군들도 전투력의 열세를 알았다. 천황의 부대는 패배해서는 안 된다는 강박관념이 있었다. 일당 백 일당 천을 구호로 외쳤다.

구호가 일당백이라고 한 명이 백 명의 소련군을 이길 수는 없었다. 항복하고 소련군이 탱크를 앞세우고 진입하자 만주는 치안 공백이 생겼다. 일본이 8월 15일 항복했을 때, 미국은 만주와 동남아시아와 태평양 여러 섬에 흩어져 있는 일본 병력을 누가 접수하고 무장해제를 시키고 포로를 다루는가를 고민하였다.

미국과 다른 연합국 지도자들이 모여 회의를 했다. 일본 본토와 조선은 맥아더 원수가, 중국 대륙은 장 총통이, 동남아시아는 마운트배튼 경, 대만은 위드 마이어 장군이 맡기로 했다. 대일본 전쟁에 늦게 참전한 소련은 작전이 종료될 때 지배하는 지역에서 일본군을 접수하기로 했다. 중국군 관할이 135만 명으로 가장 많고 소련군 관할이 68만 정도였다.

9월 2일 미 극동군 총사령관 맥아더 장군은 포고령 1호를 발표했다.

"일본은 패망했고, 38선 이남 지역은 미군이 점령 통치한다. 남조선 사람들은 경거망동하지 마라. 영어가 공식 언어로 사용될 것이다."

포고령 2호는 '한국인은 미 군정청에 소속되는 법정에 의해 재판을 받을 것이다. 미국에 반대하는 사람은 사형이나 그 밖의 형벌에 처할 것이다'였다.

한편 소련군 사령관은 북조선에 포고문을 내렸다.

조선 인민들이여!
붉은 군대와 연합국 군대는 조선에서 일본 약탈자를 추방했다.
조선은 자유국이 되었다.
조선 인민들이여!

기억하라. 행복은 당신들의 수중에 있다.

당신들은 자유와 독립을 찾았다.

이제 모든 것이 당신들에게 달렸다.

해방된 조선 인민 만세!

8월 18일 참모총장은 천황의 지시를 받들어 지난 8월 15일 천황의 조서 발표 이후에 적군의 통제에 들어가 있는 제국군인과 군속들은 포로를 인정하지 않는다고 발표했다.

솔직히 말하면 자결하거나 결사 항전하라는 지시였다. 군인칙유를 실천하는 세부 행동강령으로 천황의 군인이라면 지켜야 할 행동규범을 만들었다. 제1장 제1조는 황국이다. 대일본국은 황국이다. 만세일계의 천황이 위에 계시면서 조국의 황모를 이어받아 무궁하도록 군림하신다. 황은이 만민에게 미치고 있다. 포로가 되면 자결하는 간부가 많았다. 관동군 장교들은 자신들이 포로라는 것을 인정하지 않으려 했다.

스탈린은 극동군 사령관에게 지령을 내렸다. 일본인 포로 50만 명을 소련 내 포로수용소에 보내 노역을 시킨다는 지시였다. 포로 숙소와 수송수단의 확보, 포로에 대한 식량 배급표도 미리 작성했다. 그 지령에 따라 일본군 포로 60만 명이 시베리아로 이동했다. 모스크바에서 수천 킬로미터 떨어진 극동 시베리아 하바롭스크 지역의 공단 개발에 포로들의 노동력이 투입되었다. 포로 중에는 사할린까지 이동하여 노역을 하는 포로가 있었다. 포로는 군대 조직이 아닌 포로 작업 단위별로 200여 명을 한 조로 만들어 각 공장지대 작업이나 철도 보수 작업, 신규 도로 공사 등에 투입되었다.

　루스벨트와 스탈린이 밀담을 했다. 스탈린은 대일 전쟁에 참가한 반대급부로 사할린과 쿠릴열도를 소련이 지배하도록 편입을 요구했다. 미국은 동남아시아와 일본 본토를 점령했다. 미국이 일본 본토를 공격했다. 일본군 수비대는 부녀자까지 동원하여 미군의 본토 진입을 막으려 저항했다.

　탄약이 떨어지면 대검과 수류탄으로 자폭하라는 명령이 하달되었다. 오키나와 주민들은 그렇게 자결을 감행했다. 오키나와 청년들은 인간 폭탄도 되었다. 미군들의 전차가 오키나와 시가에 등장하자 자기가 등에 질 만큼의 상자를 짜서 폭탄을 담고 전차로 돌진해 전차와 함께 산화했다. 사람 한 명이 전차 한 대와 같이 생명을 버린 것이다.

　새벽 일찍 건빵으로 배를 채우고 후임병들에게 사격을 가르쳤다. 신병교육대에서 1개월의 훈련을 받았지만 1945년 1월 이후 병사들은 신병교육 없이 바로 부대로 왔다.

　태평양 전쟁 초기 일본군의 기세는 거대한 파도처럼 구미 열강의 식민지를 하나하나 점령했다. 필리핀의 많은 섬을 점령하고 대영제국의 동아시아 성채였던 싱가포르에서 영국군의 항복을 받을 때 일본군이 세계 최강 군대임을 실감했다. 전쟁지도부는 흥분했다.

　눈사람 만들 때 불어나는 눈덩어리처럼 연합국의 포로가 늘어났다. 일본군은 승리의 함성과 즐거운 비명을 질렀다. 반년 후 연합국의 반격이 시작되었다. 이번에는 일본군의 포로가 눈덩이처럼 불어났다.

남방군 총사령관은 포츠담 선언 수락을 거부했다. 관동군 장교들은 자신들이 포로가 된 것을 인정하지 않고 천황의 명령으로 잠시 전투가 정지한 것이라는 궤변을 늘어놓았다. 하지만 소련군은 일본군을 무장 해제시켰다. 극비 지령을 실행하였다. 관동군 포로를 열차에 태워 시베리아로 이동했다.

포로는 50만 명이 넘었다. 소련에서 죄수들에 대한 강제 노동은 제정 러시아 시대에도 있었다. 러시아는 동방 진출을 위해 시베리아 유형지에 죄수나 정치범을 이송해 강제 노역을 시켰다. 쥐꼬리 정도의 적은 노임이지만 노임도 지불했다.

스탈린은 극동지역 공업화 추진에 부족한 노동력을 죄수들로 충당하다 전쟁이 끝나자 전쟁 포로를 이용했다.

극비지령으로 함재석이 속한 부대도 이동명령이 떨어졌다. 소련은 1,000명 단위로 포로 작업부대를 편성했다. 포로들로 가득 찬 화차 행렬은 북쪽으로 달렸다. 일본군 장교와 병사들은 시베리아 횡단철도를 타고 동쪽으로 이동하여 연해주 항구에서 배를 타고 일본 본국으로 귀향하게 될 것이라고 그럴 듯한 소리를 하였다. 기차가 이동하면서 기차 창밖으로 자작나무, 침엽수 행렬이 끝없이 이어졌다. 바다처럼 보이는 곳에서 기차가 정차했다.

병사들은 일본해라고 외쳤다. 정말 바다처럼 넓은 시퍼런 물이 잔잔하게 물결을 일으켰다. 바이칼호였다. 얼마나 넓은지 끝이 안 보여 일본 병사가 일본해라고 소리를 지를 만도 했다. 모스크바에서 출발하여 시베리아를 횡단하는 철도에서 바이칼 연안을 지나는 구간이 거의 200킬로미터에 달했다.

시베리아 횡단 철도로 열흘 정도 달려서 크라스노야르스크에 도착했다. 모스크바에서 5천 킬로미터를 달려온 것이다. 함재석은 제5포로수용소에 배정되었다. 제정 러시아 시대부터 정치범들의 수용소로 이용했던 곳이다. 크라스노야르스크 제5수용소는 창문도 이중창으로 되었다. 그만큼 한기를 막아 주었다. 재수가 없는 포로 부대는 1천 명의 포로가 막사가 아닌 텐트 생활을 하기도 했다. 8월 15일 천황이 항복 선언을 하고 유언비어가 나돌았다. 조선인 징용 병사들이 반란을 일으켜 일본 장교와 병사를 무차별 죽창으로 찔러 죽인다는 유언비어였다.

조선인 징병 포로는 현지서 은밀히 총살시키라는 극비 지시가 내려졌으나 소련이 먼저 일본군 무장해제로 총기를 압수해서 그 지시가 시행할 수 없었다는 말도 돌았다. 1945년 12월에서 1월 겨울에 수용된 포로의 4분의 1 정도가 사망했다는 소련 극동군 사령부의 통계가 있다.

사망 이유는 혹한, 기아에 중노동이 원인이었다. 일본군 포로는 59만 4천 명이었고 그중에 장교가 12만 명이었다. 1945년 겨울에 4만 3천 명이 얼어 죽었다. 급식이 부실한 상태에서 중노동으로 허약해진 포로에게 장티푸스와 이질이 돌아 떼죽음을 당했다. 함재석이 있는 제4포로수용소도 마찬가지였다.

천 명으로 시작한 포로 작업대가 900여 명으로 줄었다. 작업부대는 감자 수확에 동원되었다. 작업을 하다 겨울에 죽은 포로는 매장을 하지 못했다. 일정한 장소에 모아 두었다가 이듬해 4, 5월쯤 완전한 해동이 풀리면 그때 땅을 파고 매장을 했다. 포로수용소의 식량 사정도 어려웠다.

소련은 김일성을 북조선을 통치자로 내세웠다. 9월 19일 김일성은 소련 프카초프호를 타고 블라디보스토크에서 출항해 원산항으로 입항했다. 김일성을 따르던 조선인 60여 명이 소련을 거점으로 활동했다.

일본군은 한반도 방위를 위해 1월 20일 자로 '제국 육군 작전계획 요강'을 발표했다. 한반도에 제17방면 및 조선관구가 신설되었다. 제17방면군은 전투부대로 조선의 방위를 책임졌다. 조선관구사령부는 조선 내에서 부대를 통솔하여 병력보충, 교육, 보급품 조달, 위생업무 등을 담당했다. 3월부터 조선에 병력이 대대적으로 증강되었다.

4월 1일 미군이 오키나와에 상륙했다. 일본은 본토의 위협을 느꼈다. 일본군은 연합국의 다음 상륙 목표가 제주도가 될 것으로 예상했다. 제주도 방위를 위해 서울의 제58군사령부를 신설했다. 4월부터 5월 말까지 만주의 관동군에 있던 제111, 120, 121 세 개의 사단이 제주도로 이동했다. 제주도의 전략적 가치를 높게 평가한 일본군 전쟁지도부의 조치였다. 예하부대들은 제주도에 한국인 징용자들을 동원해 땅굴을 팠다.

제주도 주요 거점을 거미줄 식으로 교통호를 팠다. 동서남북 주요 지점에 무기를 은닉할 수 있는 공간도 준비했다. 오키나와가 6월 25일 함락되었다. 일본과 제주해협의 해상보급로가 차단되었다. 7월부터 8월 6일까지 B-29기는 청진, 나진, 웅기 등의 앞바다에 수중기뢰를 투하했다. 1945년 5월 30일에 '만선(滿鮮) 지역 대소 작전계획 요령'에 관하여 관동군과 제17방면 군에 소련의 조선 침공에 대한 준비명령이 하달되었다.

제17방면군은 남조선에서 조선 남부에 미군이 상륙할 것에 대한 대비를, 북조선에 대하여는 관동군이 막으라는 지시를 했다. 일본은 연합국이 38선을 기준으로 남과 북에 미국과 소련이 분할 점령할 것을 미리 알았다.

관동군은 제3군단을 연길에 군단사령부를 두고 3~4개 사단과 독립 혼성여단 및 기동 1여단을 만주로 이동시켜 소련군의 북조선 침공에 대비했다. 연해주에서 만주로 침공한 제1 극동 방면 치코프 대장이 지휘하는 제××군이 북조선으로 침공했다.

8월 12일부터 남하하여 전차를 선두에 몰고 북조선을 진입했다. 일본군은 인간폭탄을 운영했으나 역부족이었다. 청진이 함락되고 일본군은 원산, 청진, 함흥 등 각 지역에서 패배의 연속이었다. 38선 전역을 석권한 소련은 일본군의 무장해제를 했다. 포로를 만주를 경유하여 시베리아로 이동시켰다.

함재석이 속한 포로 중대는 절반은 철도 선로 보수작업에 동원되었다. 나머지 절반은 나무 벌목에 동원되었다. 철도 선로 보수작업에 간

인원 중에 운이 좋은 사람은 역에서 화물 하역조로 빠졌다. 선로 보수 나간 사람은 역에 남는 포로들을 부러워했지만 하역 작업을 할 때 하얀색 석회 같은 물건을 나르는 일은 고역이었다. 마스크나 수건을 지급해 주지 않고 작업을 시켜서 작업을 하고 나면 콧속으로 하얀 가루가 들어가 냄새도 꼭 멀미하기 직전의 빙빙 돌고 니글거리고 토하기 직전의 상태가 되었다. 소련은 최초의 사회주의 국가라는 것에 대한 자부심이 강했다. 8시간 노동을 법으로 정한 것을 포로들에게도 적용한다고 자랑을 했다.

포로들은 아침 6시에 기상했다. 6시 30분까지 점호와 구보를 하고 아침 식사를 했다. 8시 전에 집합해서 정확히 8시면 각자의 작업 장소로 이동했다. 오후 5시 작업을 마치고 포로수용소로 돌아왔다. 고달픈 포로수용소 생활에서 조선인은 더 고달프게 일본인보다 더 차별을 받았다. 소련 말을 조금 익힌 조선인 포로들이 소련 포로수용소 간부들에게 항의를 했다. 우리는 조선인이니 조선으로 돌려보내 달라고. 조선인 포로들은 대부분 징병 1, 2기들이었다. 계급도 대부분 말단 이등병이었다. 수용소 막사에서 식당청소 당번, 연병장 청소당번 등 궂은일은 조선인 병사들에게 시켰다. 일본이 패망했는데도 소련군은 포로들을 통제하기 쉽게 하느라 일본군 장교를 그대로 포로수용소에서도 지휘자로 이용했다. 궁성요배와 군인칙유를 묵인해 주었다.

드디어 조선인 포로들이 참다 참다 폭발을 했다. 비교적 소련 말을 잘하는 엄태홍이 유창한 소련 말로 내일부터 우리 조선인은 별도의 점호를 하겠다, 포로 작업반도 조선인끼리 편성해 달라, 국제법규로 따지자면 일본이 패망했기에 일본인 포로는 포로지만 조선인이나 만주인, 또 한족은 각자 그들의 고향으로 돌려보내 주어야 하는 것 아니냐고 따졌다. 조선인 포로들이 엄태홍의 그 말에 박수를 쳤다. 포로수용소장은 엄태홍의 말을 들어 조선인 별도의 포로중대를 만들고 막사를 조정해서 조선인 막사를 별도로 해 주었다. 이에 신이 난 조선인 포로는 막사 입구에 태극기를 걸자고 제안했다. 하지만 태극기를 정확히 그릴 줄 아는 포로는 한 명도 없었다.

엄태홍이 기억을 더듬어 태극기를 그려 조선인 포로 막사 입구에 게양을 했다. 아침 점호에 궁성요배 대신 태극기에 대한 경례를 했다. 찬송가 곡조에 맞추어 애국가를 불렀다. 점점 조선인 포로들의 단결심은 굳어졌다. 엄태홍의 주장에 따라 여기 포로수용소장이 조선인 포로에 대한 포로 기록부를 다시 작성했다. 본인 이름, 부모 이름, 출생지, 본적, 일본군 복무 부대명 등을 기록했다. 포로수용소장은 조선으로부터 소련에 포로를 귀환시켜 달라는 요청이 오면 조선인 포로를 일본인 포로보다 먼저 보내 주겠다는 말을 했다. 조선인 포로들은 만세 삼창을 했다.

"만세!"

"만세!"

그렇게 포로생활을 하던 중에 1948년 10월 시베리아 각지에 흩어져 노역을 하던 포로들이 하바롭스크에 집결했다. 그와 엄태홍이 속한 포로부대도 포로집결소로 이동했다. 조선인 포로들은 준비된 배에 올랐다. 목적지는 북조선 흥남항이라고 했다. 포로들은 일제히 〈시베리아한의 노래〉를 불렀다.

> 시베리아 물결아~
> 잘 있어라 자작나무야
> 너의 품에 자란 어린이들은
> 내 고향 찾아 가련다
> 시베리아여
> 우리들의 자유와 청춘 보람을
> 심어 주던 정든 고향 시베리아여

홍남으로 가는 배는 허름했다. 하지만 배가 무슨 문제인가 고향 찾아 조선 땅으로 가는 것에 포로들은 들떠 있었다. 홍남부두에는 군악대가 대기하며 배가 도착하자 연주를 했다. 배에서 내려 홍남여고 운동장과 강당에 마련된 임시 포로수용소로 갔다. 찬송가 곡조에 맞추어진 〈애국가〉와 〈김일성 장군의 노래〉, 〈독립군가〉 등이 연주되었다.

홍남여고에서 포로 심사를 받았다. 북한이 고향인 포들부터 고향으로 갈 여비를 주고 포로를 보내 주었다. 남한이 고향인 사람은 1949년 1월이 되어서야 북한에서 마련해 준 여비를 받아 출발했다. 가까운 개성은 500원, 서울, 경기는 1500원, 강원도, 충북은 2000원, 제주도는

3000원, 경상도는 2500원 등으로 여비를 차등지급 받았다. 북한의 인솔간부가 38선 부근 한탄강까지 안내해 주었다. 남조선 국군 경비병에게 발견되면 사살당할 수 있으니 밤에만 이동하라고 안내 간부가 일러 주었다.

함재석과 엄태홍 등 100여 명의 포로들은 밤이 되자 살금살금 38선을 넘어 남하했다. 하지만 보초 서는 군인들의 눈은 피했는데 아침에 파주 순찰 중인 경찰에 붙잡혔다. 굴비 엮듯이 파주경찰서에 잡혀가고, 간단한 이름과 본적 주소만 파악하고 바로 인천의 전재민 수용소로 이송되었다. 전재민 수용소에서 그동안의 행적에 대한 조사를 받았다.

함재석과 엄태홍에 대하여는 관동군 근무 경력과 포로 생활을 하면서 겪은 이야기를 털어놓으라고 해서 사실대로 진술했다. 함재석은 전재민 수용소에서 바로 풀려나 강원도 횡성 고향으로 왔다.

고향 횡성에 와서 농사를 지었다. 한창 농사일이 바쁜 6월에 소집영장이 나왔다. 청일면사무소로 가서 따졌다. 일본군 징용으로 끌려가 고생하고 소련 땅 시베리아에 포로로 강제 노역까지 했는데도 군대를 가야 하냐고 따졌다. 병무담당 주사는 일제의 징병은 징병이고 우리나라 법에 따라 병역을 필하지 않은 젊은 사람은 다시 군대에 가야 한다고 했다.

논산 훈련소로 입소를 했다. 사격이나 제식 등은 일본군에서 배운 것이나 다른 것이 없었다. 신병교육을 마치고 배치된 곳이 김××장군이 지휘하는 개성 근처의 수도 사단이었다. 이곳은 북한에서 홍남여고에서 포로 심사를 마치고 남으로 내려올 때 야간에 국군의 경계초소를 피해 은밀하게 내려온 곳이다. 그곳에서 군대생활을 하게 된 것이다. 두 번째 군복을 입고 군 생활을 하는 도중 6.25가 발발했다.

변변한 무기도 없는 국군에 비해 북한군은 소련제 T-34 전차를 앞세우고 개인 소총도 모두 휴대하고 밀려왔다. 수도사단과 전방의 국군은 북한의 공격에 제대로 방어전을 해 보지도 못하고 서울을 포기하고 수원 이남으로 퇴각을 했다. 부대라고도 말할 수 없는 패잔병들이 삼삼오오 남쪽으로 이동했다. 함재석은 서울에서 한강다리가 폭파되어 한강을 우회하려는데 헌병에게 붙잡혔다. 헌병은 전방에서 철수해 온 병력을 일정한 장소에 끌어 모았다. 용산 고등학교 운동장에 전방에서 후퇴한 병력들을 모았다. 한편 후방에서 급히 소집되어 올라온 지원병도 용산 고등학교 운동장에 집결시켰다.

중위 계급장이 번쩍이는 한 장교가 호각을 삑~ 불었다.

"제군들! 주목하라!"

"이곳에는 전방에서 전투 경험이 있는 후퇴한 장병도 있고 후방에서 소집되어 지원군으로 올라온 신병들도 있다. 우리는 이승만 대통령님의 명령으로 수도 서울을 사수하라는 명령을 받았다. 지금부터 이곳 용산 고등학교를 떠나 미아리 고개 방어 지원을 위하여 이동한다. 대열을 이탈 시는 이유 여하를 불문하고 총살이다! 알겠는가?"

"예~"

"목소리가 작다! 알았는가?"

"예엣!"

"좋다! 이 목소리처럼 사기충천한 우리가 서울을 사수한다. 가자!"

"앞으로!"

"앞으로!"

500여 명의 군인들이 2열 종대로 이동했다. 용산, 갈월동, 서울역, 명동, 종로, 혜화동을 지나 미아리로 향했다. 아리랑 고개에 배치된 군인들과 500여 명의 새로 도착한 군인이 방어진지를 재구축했다. 분명히 전방에서 우리 국군이 패하여 퇴각을 한 것인데 라디오 방송은 우리 국군이 반격을 하고 있다고 방송이 나왔다. 국방부 선무 방송은 지프차에 확성기를 달고 다니면서 서울 시민을 안심시키는 방송을 했다.

"친애하는 애국 시민 여러분! 6월 25일 새벽을 기해 남침한 공산군을 우리 국군은 격퇴하고 추격전을 펼치고 있습니다. 애국 시민 여러분은 추호의 동요되심이 없이 각자의 생업에 복귀하여 주시기 바랍니다. 다시 한번 알려드립니다. 애국 시민 여러분!"

"저 새끼들은 국군이야, 공산군이야?"

"시민들이 빨리 피난을 가야 우리 국군이 마음대로 시가지 작전을 하지, 시민들 피난 못 가게 저런 방송하고 서울이 공산군에 포위되면 어떻게 하려고 저 지랄이야?"

"씨팔~"

"병신들. 우리가 탱크가 있어, 포가 제대로 있어?"

"야, 총도 모자란다. 후퇴하여 여기 미아리 고개까지 왔는데, 공산군을 추격한다고 거짓 방송을 하니….”

“국방부 장관 그 새끼는 각하 명령만 내리시면 평양에서 점심을 먹고 신의주에서 저녁을 먹는다고 하고 어디로 도망갔어?”

“야, 그만해라. 여기서 우리 싸우다 죽고 다음 생에 태어나면 권력 있는 집안 자식으로 태어나자.”

미아리 지역에 여기저기 쿵! 쾅! 산발적으로 적의 포탄이 떨어지고 있었다. 500여 명의 지원군이 와서 미아리 고개 방어진지 구축은 빨리 구축되었다. 미아리 고개 약수터에 피난을 안 간 시민들이 약수터에 물을 뜨러 왔다. 함재석도 모처럼의 휴식을 하면서 약수터 시민과 담소를 했다. 시민들은 주머니에 넣고 온 주먹밥을 군인들에게 주고 갔다. 선무방송을 하는 지프차가 지나갔다. 여전히 애국 시민으로 시작해서 국군의 반격이 시작되었다는 내용이었다. 다른 선무 방송 차량이 왔다.

미군의 B-29폭격기 편대가 평양과 원산을 폭격하기 위해 태평양을 건너 동해 상공을 지나고 있다고 했다. 약수터 시민들이 박수를 쳤다. 만세를 불렀다. 하지만 미아리 북방에서 대포소리가 다시 들렸다. 약수터 시민들은 순식간에 흩어져 내려갔다.

라디오 방송으로 아나운서의 비장한 목소리가 흘러나왔다.

“맥아더 군사령부가 한국군을 돕기 위하여 작전 본부를 한국에 두기로 결정했습니다. 애국 시민 여러분! 우리 국군과 미군이 공산군을 곧 퇴각시킬 것입니다.”

그런 방송이 나올 때 어디서 숨었다가 나타났는지 좌익 청년들이 서대문 형무소를 습격했다. 문을 부셨다. 좌익 청년들은 죄수들을 풀었다. 카빈총 끝에 붉은 천을 달고 반동분자들을 색출한다고 시내를 누비고 있었다. 서울에 T-34 전차가 나타났다. 인민군 서울 입성 대회가 열렸다. 노인, 아이, 부녀자들은 큰 도로변에 집결해 인민군 탱크와 도보부대가 지나갈 때 박수와 만세를 부르도록 사전 교육을 시켰다. 어디선가 지프차에 확성기를 부착한 선무 방송이 들려왔다.

"서울 시민 여러분! 미제의 압제에서 이제 우리 민족은 해방되었습니다. 위풍당당한 탱크와 인민해방군이 지나는 길에 애국 시민 여러분 만세와 김일성 장군 만세를 외쳐 주기 바랍니다."

서울 시내 큰 도로에는 현수막이 걸렸다.

김일성 장군 만세!
인민 공화국 만세!

삐라가 뿌려졌다. 서울이 온통 붉은 깃발로 넘쳐났다. 어디서 나타났는지 '여맹원(女盟員)'이 '김일성 장군 만세' 선창을 하면 시민들은 '김일성 장군 만세'를 복창을 하고 있었다. 여맹뿐만 아니라 빨강 완장을 두른 청년단이 여기저기 골목을 누비고 있었다.

길거리에 신문 《조선인민보》와 《해방일보》가 뿌려졌다. 신문에는 김일성의 대형 사진과 함께 미 제국주의 압제에서 남조선을 해방하였다는 제목의 기사가 헤드라인을 장식했다. 3일 만에 서울을 해방한 것은 감격이라고 표현했다. 김일성 사진과 스탈린 사진을 나란히 실은 유인물이 공산군이 점령한 남한 지역에 뿌려졌다. 표어는 김일성을 찬양하는 내용들이었다.

> 조선 인민의 경애하는 수령이시며 민족의 영웅이신 내각수상 김일성 장군 만세!
> 진정한 인민 정권기관인 인민위원회 만세!
> 서울시 전체 남녀 공민들이여! 조선인민들의 가장 우수한 아들딸들인 인민군을 힘을 합하여 도와주자!

김일성에게 보내는 감사의 편지, 충성의 편지가 쇄도했다. 민족해방전쟁이 끝나면 군사재판에 회부될 민족반역자의 명단이 소개되었다. 이승만, 이범석, 김성수, 신성모, 조병옥, 백욱, 윤치영, 신흥우, 신익희, 장면 등이었다.

서울시 임시 인민위원회는 과거에는 조선민주주의 인민공화국 주권에 적대행동을 한 자라도 지금 과거의 죄과를 청산하고 조선민주주의 인민공화국 정책을 적극 지지하고 조국통일 성업에 진심으로 동참하려고 하는 자들은 모두 자수청원서를 제출하라고 했다. 이번 자수청원서를 제출하는 자들은 과거의 죄가 아무리 커도 다 용서한다고 했다.

제일 먼저 자수청원서를 제출한 사람은 송호성(宋虎聲)이었다.

"나는 국군 2사단장을 지냈고 한국군의 총사령이었습니다. 인민군 대가 인민의 이익을 철저히 옹호하는 군대라는 것과 인민정권은 조선 인민을 위한 정권이라는 것을 똑똑히 알게 되었습니다. 3천만 동포 여 러분! 인민군을 나처럼 도와 총부리를 인민의 원수 미제와 매국노 이 승만 괴뢰도당을 타도합시다!"라는 내용의 선무방송을 했다. 송호성 의 자수를 이어 안재홍(安在鴻)이 나타났다. "나는 미 군정시기에 군 정장관을 지냈습니다! 나는 미제의 주구였습니다! 오직 미제의 침략 적 야망의 도구로 이용된 것을 진실로 뉘우치고 고백합니다. 우리 모 두 조국 해방 전선에 동참합시다!"

1950년 9월 15일 맥아더 장군은 인천상륙작전을 감행했다. 이 작전 으로 밀리던 6.25 전쟁에서 역전의 발판을 마련했다. 인천상륙작전이 극비리에 추진되었다.

이 작전은 미국이 보존기간이 끝난 비밀을 해제한 문건에 보면 이미 미국은 한국에서 전쟁이 발발할 시에는 한반도의 어느 정도까지는 후 퇴했다가 인천 정도에서 상륙을 하여 이미 남하할 만큼 남하한 공산군 을 쌀자루에 담아 버리듯이 포위작전을 미리 수립했던 것이다. 일방적 으로 밀리던 국군이 유엔군의 '인천상륙작전'과 공군의 우세를 앞세워 연합군이 북진을 하는 계기를 마련했다. 낙동강까지 전진한 북한군의 선두는 인천상륙작전과 수도 서울의 탈환으로 후방 보급로가 차단되 었다.

아버지는 미아리 전투에서 인민군의 포로가 되었다. 처음에는 포로였는데 의용군 자원입대 원서를 쓰고 인민군대의 포탄 운반과 장전을 도와주는 탄약수가 되었다. 인민군 복장과 포탄을 들고 있는 상태에서 국군의 포로가 되었다. 포로수용소로 이송이 되고 포로 심문 과정에서 그는 원래 국군이라고 했다. 국군 이전에는 일본군 징용으로 만주에서 관동군의 일원으로 소련과 싸웠다. 일본이 패망하고 나는 일본군으로 분류되어 시베리아 포로 강제 노역도 했다. 고향에서 농사를 짓다가 군대 소집 영장이 나와 입대를 했고 미아리 전투서 패하여 공산군의 포로가 되었다. 총구를 들이대고 의용군 입대 원서를 강요해서 원서를 쓰고 탄약 운반을 하다가 국군의 포로가 되었다고 진술했다.

7월 27일 휴전이 되었다. 얼마 후 거제도 포로수용소에서 풀려나 고향 땅 횡성에서 농사를 지었다. 농사를 지으면서도 자식의 교육에 대해서 남다른 집념이 있었다.

촌에서 공부 잘해 봐야 도시 가면 중간 정도도 힘들다고 일찍 6학년 때 서울로 위장 전학을 시켰다. 강림서 1등 하던 촌놈이 서울 D초등학교에서 첫 시험이 77명 중에 35등을 했다.

아버지는 술만 드시면 내 청춘은 3벌의 군복에 흘러갔다고 한탄하셨다. 처음은 일본군 군복 다음은 국방군 군복, 마지막은 공산 의용군 군복을 입었다. 그는 의용군 군복을 소지한 것만으로도 중앙정보부에 잡혀갈 시절에도 3벌의 군복을 꼭꼭 숨겨 두셨다. 집안 장롱이 아닌 외양간 건초를 저장하는 천장에 3벌의 군복을 삼베 보자기로 싸고 겉을 볏짚으로 싸서 완전히 아버지 이외는 찾을 수 없게 숨겼다. 장남인 나에게만 가르쳐 주었다. 그것이 횡성서 서울로 전학을 가기 하루 전날이었다. 전학 수속을 다 마친 아버지는 '너 서울 가면 여기서처럼 공부하면 중간도 못 한다. 정신일도 하사불성(精神一到 何事不成)이라고 했다. 집중해서 열심히 공부하고 아마도 너는 서울로 공부하러 가면 내가 죽을 때나 고향을 온다는 각오로 공부면 공부 일이면 일을 해야 한다. 이건 네 동생들과 엄마에게도 비밀이다. 내가 죽으면 내 관에 3벌의 군복을 함께 넣어 다오' 하시면서 군복이 있는 장소로 나를 데리고 갔다.

외양간으로 갔다. 비스듬하게 사다리가 놓여 있다. 사다리를 오르니 대들보 끝에 삼배 보자기로 군복(관동군, 국군 , 의용군)이 있었다. 197×년, 고3이 되었다. 고향에서 아버지가 땅을 야금야금 팔아서 서울 생활과 학비를 조달하는 것을 알고는 국비로 공부하는 육군사관학교에 시험을 봤다.

필기시험에 합격하고 예비고사 성적도 합격자의 상위권 점수를 넘는 점수를 받았다. 그런데, 3차 신원조회라는 것이 있었다. 횡성 지서장이 아버지를 불렀다.

"우재석 씨 아들 근호 학생 공부 잘해요?"

"잘하지요. 항상 1등만 하다 전학시켰는데, 전교 10등 안에는 들어요."

"그러시면 서울대학교를 보내지 왜 육사를 보내셨어요?"

"아니, 육사 안 보냈어. 서울대학교 갈 겁니다."

"에이, 어르신 어제 원주에 있는 보안부대서 간부가 다녀갔어요. 뭐 잘못한 것이 없는데, 보안부대 간부가 나타나 얼마나 걱정했는지 몰라요. 알고 보니 진호가 육군사관학교 필기시험, 예비고사 점수 다 이상이 없어서 신원조회차 왔는데 모르게 갈 수도 있으나 그 대위 보기에 점수가 좋은데 신원조회 안 되니 혹시 공사 하나만 바라보고 본고사 준비 안 하면 성적 좋은 학생이 낙방한다고 미리 육사 아닌 일반 대학 본고사 준비시키라고 알려 주라고 해서 이렇게 찾아뵌 것입니다."

"그놈, 고집이 사관학교는 의용군 전력 때문에 안 된다고 일렀거늘…."

"그러니, 어르신 아드님 기분 나쁘지 않게 본고사 준비 잘 시키세요."

"고맙습니다."

"뭐요, 다 아드님이 공부 잘하니 다들 옆에서 도와주려고 하는 거 아닙니까?"

"사실 보안부대 대위에게 어르신 젊은 시절 새마을 지도자도 했고, 횡성 발전 위해 기부도 많이 하고 좋은 분이라고 어필했는데, 그 대위 말이 이미 의용군 자원입대 기록이 있어 장교는 절대로 안 된다고…."

사관학교에 낙방하고 명문대만 응시하다 안 되어 고졸 학력으로 눈물 겨운 사회생활을 했다. 처음에는 아버지가 보내준 돈으로 먹고 지내면서 S대학에 다닌다고 편지를 했다. 재수를 했으나 또 떨어졌다. 5공 시절 입영 나이를 줄이는 바람에 삼수(三修) 중에 군대를 갔다.

제대하고는 머리도 굳고 시험방식도 예비고사 본고사가 아니라 좋은 점수를 받을 수 없었다. 대학을 포기하고 작은 회사를 전전하다 건설 일용직 근로자가 되었다. 화천에서 일하던 중에 아버지의 부음을 들었다. 숨겨 둔 군복을 관에 넣어드렸다.

4.

의인(義人)

'탕!'

권총으로 멧돼지를 향해 한 발 발사했다. 두터운 손으로 내 권총을 막는 바람에 첫 발이 빗나갔다. 피를 흘리며 화장실로 도망갔다. 뒤뚱거리면서 살겠다고 화장실로 가는 모습에 측은한 생각이 들었지만 냉정을 되찾았다. 이 순간 하늘이 준 기회에 민주 화살을 날리지 못하면 영원히 민주는 볼 수 없을 것이다. 비장한 각오로 다음 방아쇠를 당겼으나 격발이 안 되었다. 정치를 저런 버러지 같은 놈 말만 들어 하지 말고 대국적으로 하십시오. 정직한 보고와 반대되는 보고를 멧돼지가 했다.

부산 마산지역 시위를 노숙자, 불량배, 때밀이들이 김영삼 추종자들의 부추김을 받아 길거리로 나온 놈들이라 탱크로 밀어 버리겠다고 보고했다. 총독은 그 말을 믿었다. 그 많은 예산을 쓰고도 부산 마산에 데모하는 놈 성분 파악도 못 하느냐 질책을 했다.

불난 집에 부채질도 유분수지 멧돼지는 "총독 각하! 탱크로 밀어 버리겠습니다. 탱크로 밀어 버리면 하루면 데모 종결됩니다. 걱정 마십시오 각하!"라고 말했다. 총독은 웃으며 눈초리가 올라갔다. 임자 뜻대로 해. 감사합니다. 충성을 다하겠습니다.

뱃속에서 치밀어 오르는 분노를 참을 수가 없었다. 이런 천자문도 못 읽어 본 무식한 놈이 충을 알기나 해? 충이 객지 나와 고생이 많구나? 나도 일본 교육을 받았지만 정신만은 조선의 선비정신을 간직하고 싶었다. 첩첩산중에 근무 때도 일 마치고 공관에 들어가면 공관 근무병에게 먹을 갈게 했다. 위국헌신(爲國獻身) 네 글자를 천 번이나 습자를 했다. 총독을 오래전에 제거했어야 이 땅에 민주주의 새싹이 돋을 것이라고 생각했다. 총독과 그를 반신반인(半神半人)으로 추종하는 사이비 신도들이 득실거리는 나라에서 민주주의는 꽃을 피우기 전에 시들어 죽을 것이다.

총독을 추종하는 자들은 틈만 나면 김일성을 들먹였다. 김일성 동상 세우는 것은 우상화이고 총독의 동상을 세우는 것은 우상화가 아닌가? 학생들에게 뜻도 모르는 국민교육헌장을 외우게 하고 오후 여섯 시만 되면 걸어가던 시민들을 멈추게 하고 저 멀리 면사무소에서 들려오는 〈애국가〉에 오른손을 왼쪽 가슴에 올리게 했다. 날아가는 새들도 〈애국가〉가 나오면 땅바닥에 앉았다. 김일성 우상화는 불륜이고 총독을 우상화하는 것은 로맨스라 이건지.

이제야 하는 말이지만 강원도 현리 3군단장 시절에 공관 철조망을 반대로 설치했다. 외부에서는 안으로 철조망을 넘을 수 있지만 안에서는 밖으로 나갈 수 없게 Y 자의 긴 쪽을 공관 안에 설치했다. 작전참모와 공병대장이 놀라서 외부 침입을 막는 철조망을 이렇게 하시면 안 된다는 것을 군단장이 열쇠 잃어버리면 철조망을 넘어서라도 들어갈 수 있게 반대로 치는 거라고 했다.

성탄절에 총독이 전방부대에 위문품을 가져와 전달하면 9시 뉴스에도 헤드라인에도 대한뉴스에도 편집되었다. 연말이 오기만을 기다렸다. 위문 왔을 때 공관에 감금시키고 녹음기에 녹음을 해서 즉각 방송으로 내보내려 했다. 지금은 장교수첩을 수해에 공관이 반파되는 바람에 유실되어 없지만 대략 생각나는 대로 적은 하야성명 초안은 이렇다.

하야성명

친애하는 국민 여러분!

그동안 국민 여러분에게 잘 살아 보세! 구호와 총화단결! 멸공통일을 국시로 지금까지 총독으로 불철주야 노력을 했습니다만 전국에 한국적 민주주의가 세계화에 걸림돌이 된다는 주장도 있고 학생들에게 검은색 교복으로 남학생들에게는 교련복으로 온통 학교를 군대식으로 만든 것을 늦게나마 후회합니다.

국기에 대한 맹세를 외우게 하고 국민교육헌장을 외우게 한 것 또한 수많은 영재들의 잠재력을 고정된 틀에 가두게 하였습니다.

오늘 본인은 총독을 하야하고 문경에 가서 5.16 직후에 민정이양을 실천하지 못한 것을 실천하고 한 명의 농부가 되겠습니다. 잠시 동안 국무총리가 총독 대행을 하고 체육관 선출 총독이 아닌 민주헌법에 맞는 민주 대통령을 국민 여러분이 직접 뽑을 수 있게 국회의원들은 민주헌법을 만들어 주기 바랍니다. 전방에서 이 추운 날씨에 국민의 안위를 위해 철통경계를 하는 국군장병 여러분! 정말 수고가 많습니다. (이하 생략)

하지만 그해 서부전선에서 시간을 많이 허비해 동부전선은 2군단만 방문하고 서울로 돌아갔다. 계획은 수포로 돌아갔다. 세월이 지나 건설부 장관이 되었다. 건설현장을 방문했을 때 사고를 가장한 사망을 했다면 온 국민들에게 영원히 추앙받는 총독이 되었을 것인데 그마저 기회가 없었다.

세월이 흘러 중앙정보부장에 지명되었다. 연락을 받고 놀랐다. 날아가는 새들도 '동작 그만' 하면 날다 말고 나무에 앉는다는 자리를 맡았다. 총독이 인간적으로 나를 신뢰한 만큼 나도 그에 대한 신뢰는 있다. 사랑하기 때문에 헤어진다는 말은 말이 안 된다고 하기도 하고 그럴 수 있어 하기도 한다. 내 손으로 총독을 쏘기는 했지만 총독을 미워서가 아니라 사랑해서라면 믿어 줄까? 이 정도에서 총독 정치를 중단시켰으니 다행이지, 유신총독의 시대가 80년대, 90년대, 2000년을 맞이했다면 생각만 해도 끔찍하지 않겠는가?

1970년대야 그럭저럭 총독이 국정철학을 발표하면 믿어 주지만 1980년대는 총독이 국정지표를 언급한다고 젊은이들이 들어주겠는가? 총독 긴급초치 1호, 2호, 3호, 4호, 5호, 6호, 7호, 8호, 9호까지 나와도 데모 주동자들은 늘어만 간다. 부산, 마산 시민들이 학생들 데모하는 곳에 빵과 음료수를 가져다준다는 것은 민심이 총독보다는 학생들에게 가 있다는 뜻이고 민심은 천심인데 그걸 총독은 마지막까지 몰랐다. 캄보디아도 300만 명을 탱크로 밀었다는 말에 총독은 흐뭇한 표정을 지으면서 뜻대로 하라는 말에 기고만장한 놈 눈에 뵈는 것이 없었다.

물은 낮은 곳을 향하여 흐르고 흐르다 바위를 만나면 양 옆으로 갈라져 흐른다. 바위를 지나면 다시 하나로 합쳐서 흘러 작은 물이 큰 강에서 만나 먼 바다로 흐른다.

우리가 헌법이라고 하는 한자어 헌법(憲法)은 법(法)이 물수(水)에 거(去)가 합쳐진 말이다. 물이 흐르듯 가는 것이 법이고 법 중에 으뜸이 헌법이다. 헌법이라는 단어는 일본식 한자어지만 이제 와 굳어진 헌법을 으뜸법이라고 하는 것도 우스운 이야기다.

무신천대학교 장준호 교수의 강의는 거침이 없었다. 19××년 무심천대학교 507 강의실 헌법학 교실은 중앙정보부 충북지사의 주요 관심 교실이었다. 강의실이 넓으면 어느 구석에 도청장치를 설치할 수도 있었으나 507 강의실은 아주 작은, 40명 정도 들어가면 꽉 차는 강의실이라 교수가 교단에서 보면 맨 뒤까지 한눈에 보여 어디다 도청장치를 할 수가 없었다. 중앙정보부 충북지사 무심천대학 파견관 백운택 사무관은 도청장치가 없으니 복도를 지나가면서 슬그머니 507 강의실에 강의를 들어 보거나 학생들을 접촉해 커피를 사 주면서 노트를 빌려 보는 방식으로 정보보고서를 작성했다.

그는 중위로 전역하여 중앙정보부 7급 특채로 들어갔다. S대학교 체육교육과를 나와 체력도 튼튼하고, 군대서도 단기복무자지만 장군 전속부관을 하고 전역했기 때문에 장군들 모시는 예의범절이 투철했고 상황판단도 빨랐다. 그래서 유신사무관이라고 육군사관학교 졸업하고 군대생활 5년 대위로 전역해서 5급 사무관이 득실거리는 중앙정보부에서 나름 진급을 빨리했다. 곧 서기관을 바라보게 되었는데 서울에서 지방으로 발령이 났다.

비석에 김×× 장군, 김×× 의사라고 새기면 누군가가 와서 '장군'과 '의사'를 망치로 훼손했다. 1979년 10.26에 탕! 탕! 혁명을 않았다면 이 땅에 민주주의가 몇십 년은 늦게 찾아왔을 것이다. 아직도 역사적 평가의 인색함을 무릅쓰고 내 이야기를 들려 주고자 한다.

1963년 초판본《國家와 革命과 나》에 따르면 5.16 민족 혁명은 정신적으로 주체의식의 확립 혁명이며 사회적으로는 근대화 혁명이요, 경제적으로는 산업혁명인 동시에, 민족의 중흥 창업 혁명이며, 국가의 재건 혁명이자 인간개조 즉 국민개혁 혁명이인 것이다. (박정희, 《국가와 혁명과 나》, 27쪽)

솔직히 5.16에 처음부터 가담한 사람이 아니기 때문에 그들이 자칭 주체세력이라고 하는 사람들의 혁명 노선을 뒤늦게 합류한 사람으로 공부하는 차원에서 열심히 읽었다. 나의 의지와 상관없이 박정희가 경상도 출신이고 사범학교 나온 사람이라고 나를 각별히 생각해 좋은 보직을 주었다. 인간적인 고마움을 늘 간직하고 살았다. 하지만 인간적으로 고마운 것과 이 나라 민주주의를 위해서 그가 추구하는 대한민국과 그가 생각하는 민주공화국 대한민국과는 달라도 너무나 달랐다.

말이 좋아서 10월 유신이지 유신헌법은 헌법도 아니라는 것이 턱밑에 차올랐으나 어느 누구 하나 유신헌법이 나쁘다는 말을 할 수 없었다. 유신헌법에 반대하는 사람은 민청학련 사건부터 모두 간첩으로 사형을 시키거나 무기징역을 대법원에서 판결을 했다. 나도 그 유신헌법을 지키기 위해 많은 공작을 했다.

1979년 10월 중순에 부산, 마산 지역에서 데모가 발생했다. 직책이 중앙정보부장이라 잠행하여 사태를 파악했다. 신문보도에는 부마사태를 20세 전후 이 지역 때밀이, 식당종업원, 구두닦이, 공장 단순 노동자 등 비하의 말로 공돌이, 공순이들이 김영삼의 사주를 받아 데모하는 것이라고 했다.

부산역 광장을 볼 수 있는 허름한 골목에서 데모를 관찰했다. 그리고 허름한 식당에서 국밥에 막걸리를 마시는 시민들과 대화도 했다. 신문 보도와 반대되는 보고를 대통령에게 했다. 부산경찰서에 연행된 인원이 1000명이라면 200명 정도만 학생들이고 나머지 800명이 부산의 일반 시민이었다. 시민들은 김영삼 사주를 받은 일도 없고 남조선 민주주의 해방 전선도 아니다. 이런 것을 특단의 조치 없이 막으려고

만 한다면 점점 전국의 대도시는 민중봉기로 발전할 것이라는 생각이 들었다.

총독은 작은 눈이 더 작게 오그라들었다. 잠시 후 나타난 멧돼지가 너스레를 떨었다.

"각하! 걱정하지 마십시오. 탱크로 쓸어버리면 됩니다. 제가 탱크부대 출신 아닙니까? 캄보디아는 300만 명 학살했는데, 우리도 200만 정도는 탱크로 밀어 버리면 아무 문제없이 조용해질 겁니다."

멧돼지의 말에 총독 얼굴이 펴졌다. "차 실장처럼 강력하게 처리해야지, 이거 중앙정보부가 너무 물러터지니 탈이야!" 했다.

그날 의전과장은 플라자 호텔에서 신 여인을 만났다. 이어 내자 호텔에서 가수 심 씨를 만났다. 신 양과 심 가수를 태우고 빨리 안가로 가야 하는데 가수가 기타 줄이 하나 나갔다고 갈아야 한다고 해서 가까운 악기점에서 줄을 갈고 행사장에 도착을 하니 저녁 6시 45분이 되었다.

두 박 비서관에게 오늘 저녁에 해치우겠다고 하니 박선호가 놀라는 표정으로 "각하까지입니까?" 물었다. 그렇다고 대답했다. "저 방에서 총소리가 나면 너희들은 경호실 놈들을 제압한다. 불응하면 발포해도 좋다. 알겠지?" "예." 박선호는 대답을 했는데 박흥주는 답이 없었다.

내심 걱정이 되었다. 박흥주는 육사를 우수한 성적으로 졸업해서 큰 사고가 없는 한 장군까지 갈 마음이 있는 장교인데, 혹시 거사 전에 변심하면 어쩌지 하는 걱정이 들었으나 그동안 내 지시에 한 번도 아니라고 한 일이 없는 박흥주라 내 명령에 지옥까지 따라갈 거라 믿었다.

만찬장에서 병풍을 등 뒤로 중앙에 총독이 앉고 좌우에 두 아가씨가 앉고 반대쪽에 김 비서실장, 멧돼지와 내가 앉았다. 당연히 화제는 오늘 준공한 삽교천 방조제 준공식이었다. 오늘 같은 만찬에서는 기분 좋은 말만 할 것이지 멧돼지가 부마사태 이야기, 김영삼 제명 이야기를 하면서 슬그머니 나의 부아를 질렀다.

"형님, 각하를 똑똑히 모시지요."

"이 버러지 같은 새끼!"

탕! 한 발을 멧돼지에게 쏘았다. 손으로 얼굴을 가리는 바람에 총알이 손목에 맞았다. 이어 총독을 향해 한 발 발사를 했다. 쏘면서 "대국적으로 정치 하십시오!" 했다.

"김 부장, 왜 이래?"

못 들은 척 멧돼지를 향해 다시 방아쇠를 당겼으나 권총은 철커덕! 철커덕! 소리만 났지 총알이 나가지 않았다. 밖으로 나왔다. 박선호에게 총을 달라고 해서 들어왔다. 그때 전기가 나갔다. 김 비서실장이 "불 켜!" 소리를 질렀다.

겨울 공화국

양성우

여보게 우리들의 논과 밭이 눈을 뜨면서
뜨겁게 뜨겁게 숨 쉬는 것을 보았는가

(중간 생략)

총과 칼로 사납게 윽박지르고

논과 밭에 자라나는 우리들의 뜻을

군화발로 지근지근 짓밟아 대고

(중간 생략)

지금은 겨울인가

한밤중인가

논과 밭이 얼어붙은 겨울 공화국

(이하 생략)

-양성우,《겨울공화국》중에서

　총독의《국가와 혁명과 나》는 제목부터가 국민이 주권자이고 대통령이 머슴인데, 국가와 혁명과 나를 동격으로 생각하는 민주주의와 어울릴 수 없는 제목이지만 통치철학, 5.16혁명 철학을 알기 위해 여러 번 읽었다.

　책 중간에 5.16을 민족혁명이라고 하는 대목에서 읽는 것을 잠시 멈추고 창밖을 보았다. 하늘의 구름은 저렇게 편하게 흘러가는데 이 나라 민주주의는 언제쯤 제대로 된 민주(民主) 구경을 할 수 있을까? 전율이 느껴지는 대목을 발견했다.

　이 革命의 前程에는 定해진 時限이 없다. 제3공화국 수립만

으로 革命이 끝나는 것도 아니요, 어디에서 어디까지라고 期限
이 定해질 수도 없다.

-박정희,《국가와 혁명과 나》, 27쪽

결국 정해진 시한도 없고 기한도 없이 永久革命이라는 뜻이다. 포
장을 혁명이라고 했으니 혁명이지 쿠데타이고 영구집권을 한다는 것
을 이렇게 배배 꽈배기로 꼬아서 말을 현란하게 책에 쓰고 있으니 일
반인은 그걸 모르고 3선만 하면 물러날 것으로 믿었다. 아니면 알면서
도 모른 척해 준 것인지 알 수 없었다.

1974년 8. 15 광복절 기념식을 하던 중에 문세광이 쏜 총에 육 여사가
사망하고 영애가 정신이 우울한 시기에 최 태자마마가 편지를 보냈다.

어머니는 돌아가신 게 아니라 너의 시대를 열어 주기 위해
길을 비켜 주었다는 걸 네가 왜 모르느냐? 너를 한국, 나아가 아
시아의 지도자로 키우기 위해 자리만 옮겼을 뿐이다. 어머니의
목소리가 듣고 싶을 때 나를 통하면 항상 들을 수 있다. 내 딸이
우매해 아무것도 모르고 슬퍼만 한다.

-1975.2. 최태민이 박근혜에게 보낸 편지 중

이 편지를 영애가 읽고 최 태자마마를 청와대로 불러들여 최가 영애
의 영혼과 육체를 지배하게 되었다. 세상을 풍자하는 은어 중에 '육박

전'이라고 있다. 국어사전적 의미는 '서로가 맞붙어서 치고받는 싸움'
이다. 육영수와 박정희의 부부싸움을 '육박전'으로 불렀다. 신민당 국
회의원 조 모가 정인숙 사건의 풍자 노래를 불렀다.

국정감사 정기국회에 정 국무총리가 대정부 질의에 답변하는 자리
에서 노래를 부르는 대신 가사만 읽었다.

아빠가 누구냐고 물으신다면
청와대 미스터 정이라고 말하겠어요.
나를 죽이지만 않았더라면
영원히 우리만 알았을 것을
죽고 보니 억울한 마음 한이 없어요.

성일이가 누구냐고 물으신다면
고관의 씨앗이라고 말하겠어요.
그대가 나를 죽이지만 않았더라면
그렇게 모두가 밉지는 않았을 것을
죽고 나니 억울한 마음 한이 없어요.

국무위원 자리의 총리에게 직격탄을 날렸다. 총리는 이런 시중의
노래를 들어 보았는지 알고 있는지 따졌다.

1978년 5월 구국여성봉사단 총재 최 태자마마가 영애를 명예총재로

추대하고 기업에 전화를 해서 기부금 명목으로 돈을 갈취하는 것을 조사해서 최 태자마마와 영애를 떼어 놓으려고 했다. 명목은 구국여성봉사단의 발전기금이라고 했으나 거의 세금 수준이었다. 안 내면 세무조사를 받을 판이라 기업들은 눈치껏 재계 서열 순위에 맞는 돈을 구국여성봉사단에 바쳤다. 심지어 유정회 국회의원을 부탁하는 사람도 있었다.

백광현 서기관을 불러 최 태자마마와 여성구국봉사단을 조사하고 영애 관련 사항을 보고서로 만들었다. 총독은 보고를 받고 시정을 하는 것이 아니라 최 태자마마와 영애 앞에서 오히려 핀잔을 주었다. 두 사람이 아니라고 하는데 중앙정보보가 간첩이나 잘 잡으라고 모욕을 주었다. 최 태자마마도 기업이 스스로 발전기금 낸 것이지 자신은 강압적인 전화를 하지 않았다고 하고, 영애도 모함이라고 눈물을 흘렸다. 자식 이기는 부모 없다고 더구나 육 여사가 없는 상태에서 영애 눈물을 보니 총독 속이 얼마나 애처로웠을까? 이해는 가지만 '修身 齊家 治國 平天下'라고 하는 동양의 처세술에 비추어 보더라도 이건 아니었다.

보고서는 중앙정보부의 보존문헌실로 가서 봉인되었다. 이날 이후 이 나라에 희망이 없음을 알았고 1인 혁명을 결심했다.

조선시대의 사육신 교훈에서 보았듯이 혁명을 여러 명이 하면 보안을 지킬 수가 없다. 배반자가 나와서 혁명전야에 혁명 주모자들이 체포되어 사형을 당한다. 이런 보안의 취약성을 극복하는 유일한 방법이 혼자 계획하고 거사 직전 심복에게만 알리고 심복 중에서도 반대자는 그의 손으로 제거, 혁명을 해야 성공한다고 생각했다.

공자님이 살신성인(殺身成仁)을 강조하셨다는데 그는 사자성어로 말한다면 살신성민(殺身成民)을 하기로 했다. 이 한 몸 이 땅 민주성전에 바친다고 결심했다.

중앙정보부장 수첩 맨 뒤에 낙서를 했다. 시라고 보기에 너무 치졸하지만 몇 자 적었다.

나의 자유

나를 만일 신이라고 부를 때는

자유의 수호신이라고 부르겠지

나를 만일 사람이라고 부를 때는

자유 대한의 국부라고 부르겠지

독재의 아성 무너뜨렸네

내 목숨 하나 바쳐

자유 민주주의 회복하였네

나 사랑하는 三千七百萬 국민에게

자유를 찾아 되돌려주었네

萬歲 萬歲 萬萬歲 (이하 생략)

박선호가 데리고 온 여인들은 각자 자필로 이름을 쓰고 지장을 받았다.

첫째, 각하가 말을 시키기 전에는 먼저 말을 하지 말 것.

둘째, 여기서 만난 다른 사람에게도 아무것도 묻지 말 것.

셋째, 안가에서 보고 들은 것은 일절 외부에 발설하지 말 것.

이를 어기면 어떤 처벌도 달게 받을 것을 서약합니다.

서약서 작성 후 만찬장으로 들어갔다. 신 양을 총독 옆에 앉혔다. 나이와 이름을 물어보고 예쁘게 생겼다고 칭찬을 했다. 삽교천 방조제 준공 뉴스를 보고 싶어 했다. 7시 뉴스에 나올 것이라고 TV 채널을 9에 맞추었다. 만찬장의 흥이 무르익었다. 심이 자신의 노래 〈그때 그 사람〉을 부르고 앵콜 송으로 〈눈물 젖은 두만강〉을 불렀다.

멧돼지가 〈도라지〉를 불렀다. 남효주가 들어와 박선호 과장이 보자고 한다 해서 대통령에게 잠시 나갔다 오겠다고 하고 나갔다.

박선호에게 가니 손가락을 동그랗게 표시하면서 준비가 다 되었음을 알렸다. 머리를 끄덕거리는 것으로 대답을 하고 만찬장 안으로 들어왔다.

신 양이 〈사랑해〉를 부르겠다고 해서 심 가수가 기타 반주로 음을 맞추었다.

그 순간에 김 비서실장에게 "각하를 좀 잘 모시십시오!" 했다. 멧돼지를 향해 "이 버러지 같은 놈" 하면서 한 방을 쏘았다. 이어 총독을 향해 한 방 쏘았다. 그런데 첫 발을 멧돼지에게 쏜 것이 명중이 안 되어 손목에 피를 흘리면서 화장실로 도망을 갔다. 다시 한 방을 쏘았으나 권총이 철커덕! 찰칵! 소리만 나지 총알이 나가지 않았다.

밖으로 나가 박선호에게 권총을 받아 안으로 들어와 총독과 멧돼지를 확인 사살했다. 비유하자면 로마를 위해 시저를 죽여야만 했던 브루투스 심정이었다.

모르는 사람들은 죽이려면 총독만 죽이지, 멧돼지를 왜 죽이냐 할지 모르지만 그 당시 내 마음은 총독도 미웠지만 이놈은 인간도 아니라고 여겼다. 예비역 대위 출신이 지 휘하에 꼭 별을 자리를 만들어 경호실 국기 강하를 하면서 허름한 유정회 국회의원들이나 허름한 나라 대사를 불러 옆에 세우고 식을 했다. 완전 이 나라 부통령 행세를 했는데 총독은 알면서도 묵인했다.

만찬장 안에서 총독과 멧돼지를 처치하는 총소리를 듣고 밖에서는 박선호와 박흥주가 경호실 부하들을 제압했다. 정인형과 박선호는 해병대 동기였다. 총소리가 나자 박선호가 총을 꺼내 꼼짝 마! 했다. 안재송은 사격 선수답게 민첩한 동작으로 총을 뽑았다. 박선호가 먼저 뽑은 총으로 안재송을 쏘았다.

혁명계획은 총독을 사살하고 육군참모총장으로 혁명위원회를 설치하는 것이었다. 문제는 그 말을 육군참모총장에게 미리 말했다가 그의 생각이 나와 다르면 시행도 전에 내가 반역죄 될 것 같아 그에게 미처 말하지 못하고 거사를 했다. 실수라면 그 혁명위원회라는 것이 국무회의를 거쳐 계엄을 선포하고 다음 단계라는 것을 간과한 것이 실패의 원인이다. 하지만 미완의 혁명이지만 총독을 없앤 것만으로도 이 나라 민주화에 큰 기여를 한 것이라고 2021년이 가을이 되면 역사가들이 나를 재평가하리라 믿었다.

김 비서실장에게 말했다.

"형님, 이제 다 끝났습니다. 보안을 철저히 하십시오!"

"응, 알았어."

만찬장을 나왔다. 목이 말랐다. 물을 찾았다.

김 비서실장은 피투성이 총독을 국군지구병원으로 후송했다.

당직 군의관 안 대위에게 "빨리 조치해! 이분 꼭 살려!" 했다. 군의관은 맥박을 확인했다. 응급 심폐소생술을 했으나 소용이 없었다. 병원장에게 전화를 했다. 비서실장이 "환자 한 명을 데리고 왔는데 원장님이 오셔야 할 것 같습니다"라고 보고를 했다.

원장이 와서 환자 얼굴을 확인했다. 배를 걷었다. 반점이 보였다. 원장은 총독임을 알았다. 전화기를 들었다. 국군지구병원은 보안사와 직통연결 전화가 있었다. 보안사 참모장 준장에게 총독각하 서거를 알렸다.

1979년 10월 17일 이 날은 72년 유신선포 7주년 기념행사를 했다. 청와대 영빈관에는 3부 요인들과 유정회 국회의원들이 가득 찼다.

도열해 있던 일행은 총독 등장에 박수를 쳤다. 총독의 유신 결단은 구국의 결단이라는 칭송의 건배를 했다. 이 시간 부산에서는 유신 철폐를 외치는 시민들의 데모가 일어났다. 부산대학교 교정에서 시작된

시위는 교문을 나와서 시가지 행진으로 번지면서 시민들이 가세했다. 부산대학교 정상천이 초안을 작성한 〈민주구국투쟁 선언문〉을 낭독했다.

> 반만년 역사 위에 이처럼 무자비하게 수탈을 하는 집단이 또 있겠는가? 일제의 수탈은 왜놈이 조선을 지배하느라 그런다고 하지만 이건 같은 민족 더구나 국민들이 투표로 뽑아준 공직자가 국민 위에서일을 하는 것이 아니라 국민을 수탈하고 잘못은 노동자 농민들에게 덧씌우고 있다.
> YH 여공들의 죽음과 그들의 외침을 보라! 김영삼 제명을 보라! (이하 생략)

영빈관에서 흥이 무르익어 유신이 영원할 것처럼 '유신의 영원함을 위하여!' 외치면서 축배를 서너 잔 마셨을 때 내무장관이 총독에게 다가가서 작은 말로 보고를 했다. 순간 총독의 얼굴이 검은 얼굴이 더 흙빛이 되었다. 만찬은 중단되었고 비서진과 관계기관 대책회의 참석자들이 총독 서재에 모였다. 정답은 이미 정해졌다. 부산에 계엄을 선포하기로 했다.

국무총리는 형식을 지키느라 밤 11시 30분에 비상 국무회의 소집을 했다. 1979년 10월 18일 0시를 기해 부산 지역에 비상계엄을 선포한다고 의결했다.

박흥주를 대동하고 부산으로 잠행했다. 부산시의 데모는 인접한 마산과 창원으로 퍼졌다. 10월 20일에는 마산과 창원에도 위수령이 발동했다. 서울에서 1공수여단과 포항 1해병사단에서 1개 연대가 급하게 부산으로 이동했다. 계엄군이 각 대학을 대대 단위로 나누어 점령했다. 내가 부산 시민들을 직접 만나고 싶다고 했더니 박흥주가 택시를 잡았다. 택시기사가 '어디로 모실까요?' 하는 말에 흥주가 광복동으로 가자고 하니 거기는 데모가 심해 갈 수 없다고 했다. 박흥주는 기사에게 가다가 막히면 거기서 내리더라도 데모 장소 가장 가까이 가 달라고 했다. 택시 기사는 우리가 누구인지도 모르고 출발하자마자 계속 총독 욕을 했다.

"손님, 총독이 요즘 미친 거 아닌교? 부산 시민을 홍어 좆으로 보면 큰 코 다칠 기라 예, 우리 부산 시민이 투표로 뽑아 준 김영삼을 누구 맘대로 제명하는교? 공화당 유정회 그 새끼들도 말이 되는 소릴 해야지 선별수리가 뭡니까?"

그렇게 욕을 듣다 보니 택시가 더 이상 갈 수 없는 곳에 왔다. 시내 시민들은 데모하는 사람은 데모를 일반 시민은 데모대들에게 김밥과 빵과 우유를 전달하고 있었다.

1979년 12월 11일 남한산성이라는 은어로 불리는 육군교도소에 수감되어 있는 동안 신문 만물상 코너에 '개만도 못한 인간'이라고 나를 표현했다. 개도 주인을 물지 않거늘 총독의 심복이 시해한 것을 두고 그런 평을 했다.

여러 명의 변호인이 나를 변호하겠다고 사설 변호인단을 구성한 것을 모두 물리치고 국선 변호인을 택했다. 유신 총독 시대에 대학생들은 데모하다 구속되어 재판을 받고 공장 노동자들은 노동 운동하다 구속되어 재판을 받을 때 민주화를 위한 변호사 모임에서 많은 변호를 해 주었다. 만물상이 익명으로 기사를 쓴다고 나를 개만도 못한 인간이라고 한다는 것이 몰라도 너무 모르는구나 생각을 했다. 세월이 지나면 좀 나아질까? 비유하자면 이럴 것이다. 쥐 100마리 사는 동네에 고양이가 한 마리 있어서 쥐들이 고양이가 우리를 잡아먹는데 고양이 오는 것을 빨리 알 수 있게 고양이 목에 방울을 달아 주자. 그러면 우리가 방울소리 듣고 빨리 도망갈 수 있다고 했다. 모두 좋은 의견이라고 찬성을 했다.

누가 고양이 목에 방울을 달 것인가 토의를 했다. 쥐들은 모두 핑계를 댔다.

국민들은 다 알고 있다. 유신총독헌법이라는 것이 국민들의 기본권을 많이 제한하고 있다는 것을 하지만 그 누구도 감히 총독 앞에 잘못된 것이라고 말하지 않고 아부, 아첨의 발언만 했다. 난 고양이 목에 방울을 다는 쥐의 심정으로 국민들의 제한된 기본권을 돌려주기 위해 총을 들었고 총독을 쏘았다.

총독을 죽이고 정권을 차지해서 내가 총독을 할 생각은 추호도 없었다. 불교《금강경》을 많이 읽었다.

切有爲法이 如夢幻泡影하며, 如露亦如電하니 應作如是觀이

니라.(일체 현상의 모든 생멸법은 꿈이며 환이며 물거품이며 그

림자 같고 번개 같으며 마땅히 이와 같이 볼지어다)

1980년 5월 24일 죽음을 맞이했다. 처음부터 죽음을 각오하고 한 일

이지만 죽음이 내일이라 생각되니 잠이 오지 않았다. 지난 50년의 시

간이 영화 필름처럼 돌아갔다. 어린 시절 구미에서 지내던 일 일본 가

미카제 특공대에 차출된 일, 해방 후 국군 소위가 되었고 남들 중위로

진급할 때 파면당했다가 다시 복직된 일. 사람 일이란 알 수 없는 게

파면 당해서 김천에서 고등학교 체육교사를 할 때 박선호가 나의 제자

였다.

해병대 장교를 우수하게 근무했으나 해병대가 해군에 흡수 통합되

면서 자리가 없어 박선호는 전역을 했다. 전역해서 개인 사업을 하는

것을 그만두게 하고 내가 공직으로 끌어들였다. 말이 공직이지 중앙

정보부 의전과장이 하는 일이 총독 채홍사였으니 그는 여러 번 못하겠

다고 하는 것을 그래도 박선호는 그의 제자고 인간관계가 있어서 참고

할 수 있는 동안 하라고 달래 온 것이다. 새벽에 교도들이 나를 불러냈

다. 남한산성에서 호송차를 타고 서대문 구치소로 이감시켰다.

일제 때에 우리 독립 운동하는 분들이 고문을 당하고 사형을 당하던

곳에서 내가 죽음을 맞이한 것도 영광이라고 생각했다.

대법원 판결까지 3심의 재판을 받았다. 그러나 나는 아직 한 번의

재판이 남아 있다. 이것은 하늘이 하는 재판이다. 사람이 하는 재판은 오판이 있을 수 있으나 하늘이 하는 재판은 오판이 있을 수 없다. 하늘의 심판인 제4심 역사의 심판에서 2020년 나는 승리한다. 그가 목적했던 민주 회복이 그때는 완전하게 이뤄지고 국민들의 역사의식도 높아지고 역사가들이 그를 역사책에 의인으로 기록하자고 할 것이다. 그는 그날을 기쁘게 맞이할 것이다.

군대서 3군단장을 할 때 유신헌법이 공포되었다. 군단장 공관 철조망을 안에서 밖으로 도망갈 수 없게 거꾸로 설치했다. 연말에 3군단에 위문을 오면 공관에 구금을 하고 대통령에서 하야할 것을 녹음기에 녹음을 해서 방송국으로 보낼 계획이었다. 하지만 무슨 이유에서인지 그해 연말 3군단 부대방문을 그냥 넘어갔다. 전역을 해서 건설부 장관이 되었다. 그때도 건설현장에 일대일로 만났을 때 저격을 하려 했으나 그런 기회를 만나지 못했다.

마지막으로 기회를 잡은 것이 궁정동 10.26 만찬이었다. 이건 천재일우의 기회였다.

안중근 의사가 하얼빈에서 이등방문을 저격한 것과 내가 총독을 저격한 것은 같은 차원의 거사였다. 도마 안중근이 이등박문을 저격한 이유가 15가지였다.

안중근은 자신의 자서전에서 이등박문의 열다섯 가지 죄상을 말했다.

첫째는 명성황후를 시해한 죄요.

둘째는 대한제국 황제를 폐위시킨 죄요.

셋째는 을사 5조약과 정미 7조약을 강제로 체결한 죄요.

넷째는 무고한 한국인들을 학살한 죄요.

다섯째는 정권을 강제로 빼앗은 죄요.

여섯째는 철도, 광산, 산림, 천택을 강제로 빼앗은 죄요.

일곱째는 제일은행권 지폐를 강제로 사용케 한 죄요.

여덟째는 군대를 해산시킨 죄요.

아홉째는 교육을 방해한 죄요.

열째는 한국인들의 유학을 금지시킨 죄요.

열한 번째는 교과서를 압수하여 불태워 버린 죄요.

열두 번째는 한국인이 일본의 보호를 받는다고 세계에 거짓
말을 한 죄요.

열세 번째는 한국과 일본이 분쟁이 끊이지 않고, 살육이 끊
어지지 않고 있는데도, 마치 한국이 태평무사한 것처럼 위로는
천황을 기만한 죄요.

열네 번째는 동양평화를 파괴한 죄요.

열다섯 번째는 일본천황 폐하의 아버지 태황제를 죽인 죄 때
문이다.

내가 총독을 죽인 열다섯 개의 이유는 첫째는 구악을 일소한다고 신
악을 만든 것이요, 둘째는 목포에서 김대중 당선을 막기 위한 부정 선

거를 저지른 죄요, 셋째는 3선 개헌을 한 죄요, 넷째는 유신헌법을 만든 죄요, 다섯째는 긴급조치를 발령한 죄요, 여섯째는 민청학련 사건을 조작해 무고한 학생을 죽인 죄요, 일곱째는 김신조를 핑계로 만든 실미도 부대원들의 어이없는 죽음을 은폐한 죄요, 여덟째는 월남파병 군인들에 대한 전투수당 절반을 갈취한 죄요, 아홉째는 유정회 허수아비 국회의원을 만들어 거수기로 만든 죄요, 열째는 200명이 넘는 여자들을 강간한 죄요, 열한 번째는 부일장학회 영남대학교를 강탈해 정수장학회를 만든 죄요, 열두 번째는 민족의 자존심을 버리고 한일협정에서 저자세로 체결한 죄요, 열세 번째는 대한민국 영토를 미군기지로 전락시킨 죄요, 열네 번째는 전, 노, 김, 백, 손 등을 시발로 하나회를 조직 군대의 단결을 저해한 죄요, 열다섯 번째는 영애와 최 태자마마 보고에 대해 친국이라고 3자 대면을 시켜 나를 모욕을 주고 최 태자마마 영애의 나쁜 짓을 계속하게 한 죄이다.

1980년 5월 24일에 사형이 집행되었다. 5월 20일에 대법원에서 사형판결을 받고 바로 집행이 되었다. 너무 졸속으로 사형이 집행되어도 어느 누구 하나나 이의를 제기하는 사람이 없다. 이미 12. 12 군사반란으로 신군부가 막강한 권세를 휘두르기 시작한 것을 세상 민심은 알고 있었다. 국내에서는 신문 보도를 통제해서 그런 기사가 나가지 않았지만 일본은 새로운 지도자로 전이 부상한다고 기사화했다.

5월 24일 새벽 3시, 남한산성 육군교도소를 출발한 차량이 새벽 4시 조금 넘어 서대문에 도착했다. 지하실 독방에 나를 이감시켰다. 나의 죄수 번호는 101번이었다. 아침 7시에 사형집행실로 이동했다. 집행관이 유언이 있느냐고 묻기에 전날 변호사에게 녹음으로 유언을 남겼다고 대답했다. 간단하게 한마디 남기라고 했다.

"국민을 위해 할 일 하고 갑니다. 부하 박선호, 박흥주는 아무런 죄가 없습니다."

"대법원 판결까지 3심 재판을 받았습니다만 저에게는 아직 한 번의 재판이 남아 있습니다. 그것은 하늘이 하는 재판입니다. 사람이 하는 재판은 오판이 있지만 하늘이 하는 재판은 오판이 없습니다. 하늘의 심판인 역사의 4심에서는 저는 이미 승리자입니다. 내가 유신의 심장을 쏘아 무너뜨린 유신 위에 민주 회복, 국민 혁명은 성공했기에 여러분들은 민주주의를 마음껏 향유하기 바랍니다."

"저는 민주 회복을 하고 갑니다. 자유는 하늘로부터 받은 것입니다. 이것이 유신이라는 괴물 헌법 아래 시름시름 병들고 말살되었습니다. 74년도 민청학련 사건 이후 수많은 학생과 시민들이 민주주의 회복을 위해 일하다 소리 없이 형장의 이슬로 사라졌습니다. 내가 마지막으로 민주주의 회복을 위해 일하다 사라지는 마지막 사형수가 될 것입니다. 이 시간 이후 어느 누구도 자유가 흐르는 민주의 강물을 가로막지는 못할 것입니다. 자유의 강물이 민주의 강물이 도도히 흐르는 대한민국이 될 것입니다. 국민 여러분, 자유 민주주의를 꽃 피우고 편안히 사십시오. 대한민국 만세! 자유 민주주의 만세!"

이런 나의 유언은 한순간에 물거품이 되었다. 12.12 군사반란으로 육군참모총장을 구속시킨 이후 전은 대통령이 되기 위해 서서히 최 대통령을 부담을 주었다. 중동으로 원유 도입선 확보 명목으로 대통령을 해외 순방을 보내 놓고 광주에 시민과 학생들 데모 진압에 공수부대를 투입시켰다. 공수부대의 강경 진압은 소문이 소문을 낳고 유언비어가 되어 광주에서 전국으로 퍼져 나갔다.

5.17 계엄 확대를 전국으로 시행을 했다. 광주 5.18 진압은 1979년 부산, 마산 사태 때 부산을 강경하게 신속 진압을 하지 못해 이웃 창원, 마산까지 번졌다는 총독의 논평을 반면교사로 삼아 공수부대 2개 여단을 투입하여 전광석화 같은 진압을 했다. 광주의 피를 먹고 제5공화국이 탄생되었다. 1979년 12월 16일 장충체육관에서 선출된 최 대통령은 1년 이내에 민주적인 절차로 헌법을 새로 만들고 새 헌법에 의한 대통령 선출만 관리하고 물러나겠다고 했으나 그 1년의 임기도 채우지 못하고 1980년 8.15 광복절 기념식만 하고 하야를 천명했다. 민주헌법을 만들어 새로운 지도자를 뽑고 물러나겠다는 소박한 최 대통령의 꿈은 사라졌다. 다시 장충체육관에서 선거인단에 의한 체육관 대통령으로 전이 선출되었다.

제5공화국은 총독의 시대보다 좋다고 볼 수 없었다. 유신의 무겁고 우울한 공기가 서울 하늘을 내리 누르고 있었다. 가장 눈물겨운 것은 박종철 군의 고문 사망사건이었다. 신문 만평에 탁! 하고 치니 억! 하고 죽었다는 한 줄의 만화가 많은 국민들 눈물을 흘리게 했다. 사람의 목숨이 얼마나 질긴 것인데 탁! 하고 치니 억! 하고 죽었다는 말인가?
죽을 만큼 고문을 했으니 종철이가 죽은 것이다.

내가 죽은 다음에 대통령이 된 전두환과 노태우는 잘 알고 있었다.
공부보다는 축구나 럭비를 잘하던 놈들이 대통령을 하니 나라 꼴이 뭐
가 되겠는가. 문화를 개방한다는 명목으로 프로야구를 도입하고, 각종
영화제, 음악제 특히 대학생들을 정치에서 눈을 돌리게 하느라 대학가
요제를 장려했다.

국선 변호인이 나를 접견 신청했다. 국선 변호인은 사회에서 잘나
가는 법무 법인에 가담 못 한 변호사에게 개인적으로 변호사를 고용할
형편이 못되는 피고인을 위해 국가가 순번을 정해 무료 변론을 하게
하는 제도였다.

피고인들은 국선 변호인에 대해 큰 기대를 하지 않았다.

5.

기미정난(己未靖難)

"각하!"

"시해사건을 조사하는 과정에서, 육군참모총장이 관련 있다는 혐의를 새롭게 발견했습니다. 정 총장 연행조사를 재가해 주시기 바랍니다."

"현재는 비상계엄 중입니다. 계엄사령관의 연행은 중대사안인 만큼 국방부 장관의 보고를 들어 신중히 처리할 것이니 장관을 오라고 하시오."

"각하!"

"윤필용 사건 때에도 장관 배석 없이 재가하셨습니다."

"비상계엄 상황이고 계엄사령관을 겸직하고 있는 총장의 연행은 신중해야 됩니다."

접견실 밖에서 서성거리던 김상덕 중령이 보안사령관에게 귓속말로 육군참모총장을 연행하는 과정에서 우 대령이 부상을 당했지만 연행은 성공했다고 보고했다. 보안사령관이 대통령에게 정 총장은 이미 연행되어 조사실로 이동 중이며 재가하셔야 한다고 했다.

검은 안경테를 만지면서 어눌한 소리로 장관을 배석시키라고 재차 강조했다. 공관에서 마냥 시간을 끌 수 없던 그자는 경복궁으로 돌아갔다.

육군참모총장은 공관 2층 거실에서 식사를 마치고 외출 준비를 했다. 군복 대신 간편복을 입고 나서려는데 전속부관이 보안사 정보처장이 들어온다고 보고했다. 낮에 육군참모 총장실에서 그를 만났을 때는 말이 없었는데 무슨 일이지 생각하는 순간 허 대령과 우 대령이 '충성!' 하며 총장님을 모시러 왔다고 했다.

"야, 계엄사령관을 수사하려면 대통령 재가가 필요한 거 알아?"

"예, 저희 사령관께서 삼청동 결재를 받았다고 연락을 받고 나왔습니다."

"부관! 당장 전화 연결해 봐! 국방부 장관이나 대통령이나 연결해!"

"알겠습니다."

전화를 연결하려 했으나 국방부 장관은 행방을 알 수 없고 공관은 전화가 불통이었다. 그 사이 두 대령이 정 총장을 양팔을 끼고 공관 밖으로 나왔다. 공관에서 총격전으로 우 대령이 쓰러졌다. 우 대령을 대신해서 김 소령이 허 대령과 참모총장을 차에 태웠다. 서빙고 분실로 향했다. 조사관은 백지에다 그날 일을 적으라고 했다.

"야, 이놈들아! 너희가 고문을 하려거든 나를 육군참모총장에서 사표를 낸 다음에 고문을 해야지, 난 참모총장으로 고문 받을 수 없다!"

"아직도 참모총장인 줄 아나? 넌 이미 끝났어! 범인은 사형이고 넌 최소한 무기야!"

수사관들은 대통령 시해에 무슨 밀약을 했나 쓰라고 했다. 일단 시해하고 계엄을 선포한 뒤 당신이 계엄사령관이 되면 계엄사령부를 혁명위원회로 바꾸려 하지 않았느냐고 했다.

경복궁으로 돌아온 보안사령관은 유재문, 황환택, 차도호 중장과 노재현, 박명규 소장, 백운기, 박윤희 준장 등에게 대통령이 참모총장 연행문건에 국방부 장관을 배석을 시키라고 하면서 결재를 미룬다고 털어놓았다. 황환택 중장이 입을 열었다.

"마냥 국방부 장관을 기다릴 수 없으니 집단으로 정 총장 연행 재가를 요구하고 만약에 안 될 경우에는 육군본부 지휘계통을 제압해서 사태를 해결합시다."

"예, 맞습니다. 우리 모두 삼청동 공관으로 갑시다."

"그럽시다!"

밤 9시 30분에 합동수사본부장과 장군 6명이 공관으로 왔다. 대통령에 추대되었어도 과도정부이고 국민투표로 대통령이 탄생되면 청와대에서 살게 하려고 청와대는 집무실만 쓰고 출퇴근을 총리 공관으로 했다. 공관에서 6명 장군들이 참모총장의 연행 재가를 요구했으나 국방부 장관을 배석시키라고 되풀이했다. 밤은 깊어 11시가 되었다. 황 중장은 재가 지연은 전쟁을 부를지도 모른다고 불경한 말을 했다. 밤 11시가 넘어서 국방부 장관이 합동수사본부장과 전화통화를 했다.

"장관님, 총장 연행조사 문건에 결재를 받고 보고하라는데 오셔서 결재하셔야겠습니다."

"아니요, 국방부 장관실에서 자세한 설명을 듣고 결재를 받아야지,

각하 앞에서 설명을 들을 수는 없는 일이오."

"그러시면 보안사로 오십시오. 보안사로 가겠습니다."

사태가 정상적인 방법으로 처리할 수 없게 흘러가는 것을 감지한 보안사령관은 제1공수여단장에게 부대를 출동하여 국방부와 육군본부를 점령하고 노재현 국방부 장관을 보안사로 연행해 오라고 지시를 했다.

국방부 보안부대장 문상옥 대령에게는 1공수여단이 국방부 진입 시에 국방부 경계 병력과 충돌이 생기지 않도록 국방부 당직사령에게 협조를 잘하라고 지시했다.

대통령은 공관에 6명의 장군들이 우르르 몰려와 참모총장 연행 조사 문건에 결재를 하라는 압박이 불쾌했지만 인내했다. 국방부 장관을 찾아서 배석하라는 말만 반복했다.

그날 육군참모총장이 궁정 안가에 간 것이 문제라면 바로 연행체포 조사를 했어야지 이제야 연행조사를 한다는 것이 이상했지만 누구도 지적하지 못했다.

저녁 7시가 되어 육군참모총장 공관에서 총성이 나자 장관은 아내와 아들을 데리고 담을 넘어 단국대학교 체육관으로 피신했다. 합동참모본부 안광수 소장을 만나 그의 승용차로 여의도에 있는 샛강아파트에 아내와 아들을 임시 묵게 해달라는 부탁을 하고 육군본부 지하 벙커로 갔다. 자정이 넘도록 국방부 장관은 보이질 않았다.

국무총리와 중앙정보부장 서리를 국방부로 보냈다. 국방부 장관을 만나서 같이 총리공관으로 오라고 했다. 새벽 5시가 되어 국방부 장관이 공관에 왔다. 사후 결재지만 결재를 하셔야 한다고 했다. 결재란에 서명을 하고 벽시계를 힐금 보고는 오전 5시 10분이라고 시간을 명시했다. 전 대통령이 아무도 예측하지 못한 시기에 총탄에 가신 후에 대통령에 추대는 되었지만 빨리 무거운 짐을 벗고 싶었다.

유신헌법이 아무리 좋다고 해도 국민 대다수가 대통령을 내 손으로 직접투표로 하고 싶은 것을 알고 있었기에 헌법이 국회서 새로 만들어지고 그에 따라 선출되면 자리를 물려줄 것으로 예상했다. 국가의 일은 나의 계획처럼 되지 않았다.

보안사 분실에서 고문을 당하면서 조서를 쓰고 다시 쓰고 반복을 한 참모총장은 수사관들이 집요하게 정보부장과 작당해서 대통령을 시해한 것으로 몰고 갔다. 궁정 안가에서 중앙정보부로 가는 차를 육군본부로 가도록 한 것이 계엄을 선포하고 그를 보호할 목적이 아니냐고 따졌다. 보호했으면 저렇게 군법회의에 수감 되었겠냐고 반문했다.

그날 밤 결재요구를 결재 없이 돌려보내고 가죽의자에 목을 뒤로 젖히고 눈을 감았다. 잠을 청한 것은 아니다. 그냥 눈을 감고 싶었다. 머릿속으로 한 장면이 지나갔다.

계유정난(癸酉靖難)이었다. 수양대군이 심복을 대동하고 김종서 대감 집을 향했다.

"이리 오너라!"

소리에 하인이 나와 인사를 하고 수양대군이 찾아왔다고 기별을 고하자 김종서 대감과 아들이 나왔다. 수양대군 심복의 칼에 김종서 부자는 목숨을 잃었다.

이 밤 국방부 장관의 심정이 김종서의 심정일까? 인생을 살 만큼 살아 한 목숨 버려도 아깝지 않은 이 나이에 이 밤이 이렇게 먹먹한 밤이 될까? 유신을 종식시키는 것에 한 목숨 버린다고 한 범인이 오히려 부럽게 느껴지는 순간이다.

최규하 대통령은 그 입장이라면 거행할 수 있었을까? 범인이 대법원에서 사형선고를 받으면 감형을 시켜야 하나? 사형을 바로 집행해야 하나? 지금이야 그가 천하 역적 못된 놈이지만 이 나라 유신독재 종식을 위해서 이런 방식으로 종언을 고하지 않으면 유신은 정말 백수(白壽)까지 갈 것이다.

얼마 전의 부산, 마산에서의 시위가 전국적으로 퍼져 갈 것이고, 그놈 말대로 탱크로 200만 명을 깔아 버린다면 생각할수록 끔찍하다.

계유정난(癸酉靖難)에 임금은 어떻게 그 밤을 보냈을까? 그날도 이 밤처럼 먹먹했을까? 13세 어린 나이에 등극한 임금, 국정을 수행하기에 너무 나약한 인간이 그날 밤을 지금 나처럼 눈을 감고 무겁게 보냈을까? 아주 짧은 순간이었지만 수양대군과 보안사령관의 환영이 파노라마처럼 지나갔다. 김종서 대감과 국방부 장관의 얼굴이 겹쳐 멀어진다. 눈을 떴다. 꿈도 아니고 잠시 지나간 망상이었다. 망상으로 치부하기에는 이 순간, 이 먹먹함이 닮아도 너무 닮았다.

역사적으로 국난이 생겼을 때 판단의 기준은 무엇인가? 헌법에는 국가의 위험이 있을 때 안전보장 회의를 소집한다고 되어 있다. 이 밤에 국방부 장관 행방이 오리무중인데 안전보장 회의를 소집한들 몇 명이 소집될 것인가? 의문이 들었다. 계엄이 선포된 상태에서 계엄사령관을 결재도 안 받고 체포하는 무법천지에 공자님, 부처님이 국군통수권자라고 해도 진정이 될 수 없는 상태였다.

대통령이 국방부 장관을 불러 체포한 참모총장을 풀어서 원위치하라고 명령한다면 어떻게 될 것인가? 완전히 나라가 내란의 소용돌이가 될 것이다. 그렇다면 참모총장 연행조사에 문건결재를 하는 순간 모든 책임은 내게로 전이된다.

둘이 공모한 정황이 있다면 제대로 처리될 것이지만 공모관계가 아니라면 후세 역사가들이 비겁한 대통령으로 평가할 것이다. 긴박한 시국에 장관은 어디에서 무엇을 하고 있기에 자정이 되어도 오지 못하는 것일까? 김종서 대감처럼 이미 죽여 놓고 나에게 결재를 강요하는 것은 아닌지? 별별 망상이 떠올랐다. 국방부 장관이 자정이 넘도록 총리공관으로 오지 않아서 국무총리와 중앙정보부장 서리를 국방부에 보냈다. 국방부 장관을 만나거든 함께 공관으로 오라고 했다. 새벽 5시가 되어 공관에 나타난 국방부 장관이 참모총장 연행조사문건에 자신이 협조 서명을 하고 나에게 사후지만 결재를 하셔야 한다고 했다. 서명을 받자 급히 결재서류를 들고 나갔다.

대통령으로 추대되었지만 유신헌법을 폐기하고 새로운 헌법으로 국민이 직접투표로 대통령을 선출하면 물려주고 횡성 태종대 옆 가경 선생에게 가고 싶었다.

시간적 여유가 있다면 가경서당 출신이 대학생이 되고 공무원이 되고, 외교관이 되고, 국무총리에서 대통령까지 지낸 일련의 이야기를 써서 후세 사가들에게 연구에 보탬이 되고 싶었다.

태종대 옆에는 가경 선생이 살고 있다. 어린 시절 친구인데 신학문을 거부하고 한학만 공부했다. 중학생 나이에 사서삼경을 마치고 원천석 이야기와 정도전, 정몽주 이야기를 했었다. 태종이 왕자 시절에 각림사(覺林寺)에서 공부를 했다. 지금은 각림사가 기와 조각 하나 남은 것이 없지만 조선 초기에는 학승도 많았던 절이다. 방원은 왕자 시절 원천석의 가르침을 받았다. 불교가 득세하던 시기에 원천석은 유학의 대가였다.

방원에게 인의예지신(仁義禮知信)을 五常이라고 하는데 그것은 의(義) 하나에 귀결된다고 가르쳤다. 중용의 도라고 하면서 그것이 중간쯤 어디에 있다고 생각하는 엉터리 유생들이 수두룩하다고 개탄했다.

"방원은 들어라. 네가 의(義)에 살고 의(義)에 죽으려거든 제자가 되고 그럴 생각 없이 적당히 세상에 타협하고 좋은 것이 좋다고 눈치껏 살려거든 공부랑 생각을 말고 한양으로 돌아가라."

"아닙니다. 스승님 저를 잘 지도해 주십시오. 스승님의 가르침을 실천하는 제자가 되겠습니다. 의에 살고 의에 죽겠습니다. 구차하게 목숨을 길게 사느니 목숨 걸고 싸울 때는 싸우고 저의 뜻을 펴 보겠습니다."

그 답을 듣고서야 천석은 《소학》, 《논어》, 《맹자》, 《대학》, 《중용》을 가르쳤다.

세월이 지나 절에서 공부를 마치고 왕자의 난을 평정하고 태종이 되었다. 배움의 시기에 의(義)에 대해서 인의예지신이 별개의 것이 아니고 의(義) 속에 인의예지(仁義禮智)가 다 들어 있음을 알려 주신 스승을 조정으로 모시고 싶었다.

태종의 수레가 원주 감영에서 강릉 가는 길을 따라 안흥을 경유하여 각림으로 들어왔다. 주천강 강변을 따라 송실을 지나 강 상류로 가다가 빨래하는 노파를 발견했다. 원천석은 노파에게 "나를 찾아오는 사람들이 앞에 가던 선비가 어디로 갔느냐 물으면 우측으로 돌아갔다고 말해 주시오"라고 부탁을 하고 바위로 올라갔다. 뒤에 수레를 타고 오는 사람들이 노파에게 앞에 지나간 선비가 어느 쪽으로 갔느냐고 물었다. 노파는 우측으로 갔다고 말했다.

제자가 임금이 되어 스승을 찾아왔으나 노파의 거짓말로 만나지 못하고 수레가 덜컹거리고 넘어갔다. 노파는 태종의 수레가 지나가는 것을 보고 기겁을 했다. 일반 관리의 수레로 생각했는데 용이 그려진 임금의 수레였다. 앞서간 선비는 좌로 갔는데 자신의 말로 수레가 우로 가는 것을 보고 임금에게 거짓말을 했으니 죽음을 면할 수 없다고 빨래를 하다 말고 물에 빠져 자진했다.

물 맑고 깨끗한 횡성 태종대 옆에서 회고록이나 쓰고 노년을 보낼 계획이 이 먹먹한 밤, 계유정난으로 사건으로 꿈이 사라졌다.

보안사 서빙고 분실로 총장이 끌려갔다. 수사관들이 몽둥이로 엉덩이와 목을 때렸다. 공모한 사실을 쓰라는 것이었다. 결재도 없이 체포하고 사후 결재를 한 이후 무력감에 빠졌다.

국방부 장관이 군 인사 서류를 가지고 와도 사실은 보안사 부하들이 만들어 준 것을 그대로 시행하는 것이 눈에 보였다. 사태가 진압된 이후는 공직자들이 노골적으로 그자에게 잘 보이려고 애쓰는 것이 눈에 보였다. 이들이 천자문이나 똑바로 읽고 공직을 수행하나? 인의예지신(仁義禮知信)이 별개의 것이 아니고 하나의 도(道)라는 것을 아는 공직자가 몇이나 되려나?

국가보위비상대책위원회라는 것을 만들어서 부처 장관이 있어도 장관은 허수아비가 되었다. 비상대책위원회의 안이 정부정책이 되었다. 비서실장이 만들어 준 유시를 발표했다.

지금 우리나라가 처한 난국을 극복하고 국가 보위에 만전을 기하기 위해 선포된 전국 비상계엄하에서, 내각과 계엄 당국 간의 협조 체제를 긴밀히 유지하기 위해서 '국가보위비상대책위원회'를 설치하게 된 것을 매우 뜻깊은 일입니다. 우리는 지난해의 10.26 사태 이후 대내외로 어려운 상황에 직면하였으나, 그간 축적된 국력을 바탕으로 한 대다수 국민의 이해와 협조로 질서와 안정을 유지하면서 여러 난제를 하나하나 착실하게 해결할 수 있었습니다. 정부는 국가의 안전보장을 강화하고 사회 안정과 질서를 유지하면서, 국민 생활의 안정과 경제의 지속적 성장을 기하는 한편으로 질서정연하고 착실한 정치 발전 등을 올해 시정목표로 설정하고 국정 전반에 걸쳐 이 목표 달성을 위한 노력을 경주하여 왔습니다.

근래 사회 일각에서는 시국의 중대성을 외면한 채 사회 불안과 혼란을 야기하는 언동을 일삼는가 하면 현실 정치문제에 관여하기 시작한 학생들의 시위가 점차 격화되어 마침내 공공의 안녕과 질서를 파괴하고 사회 불안을 조성하는 집단적인 가두시위로 확대되었습니다.

특히 이번 사태는 그 원인이야 어떻든 결과적으로 국법질서를 문란하고, 국기마저 위태롭게 하는 위험성을 내포한 중대한 사태입니다. 불행 중 다행으로 대다수 선량한 광주시민들의 자제와 우리 군의 인내성 있는 대처로 사태가 일단 수습되었습니다. 사태의 불행을 깊이 자성하여 이를 전화위복의 전기로 삼아, 관용과 호양으로 화합 단결함으로써 공공의 안녕질서를 회복하고 사회 안정을 이룩하는 데 상호 협력해야 되겠습니다.

5월 17일 학생들의 가두시위와 소요 사태 악화로 공공의 안녕과 질서가 파괴되는 심각한 상황에서 국가를 보위하고 국민의 생존권을 수호해야 할 정부의 책임을 다하기 위해 지역 계엄을 전국계엄으로 전환 선포하였습니다. 안전 보장 태세의 강화와 국가 보위를 위해서는 물론, 국민 생활의 안정과 경제난의 타개를 위해서도 공공질서의 유지와 사회의 안정이 긴요함은 더 말할 나위도 없겠습니다. 정치 발전도 국법질서 유지와 사회 안정의 바탕 위에서만 추진될 수 있습니다. 대통령으로서, 또한 국군통수권자로서 헌법에 명시된 바 국가보위의 책임을 완수하고 국민의 생명과 재산을 보호하기 위해 헌법과 관계법령에 입각하여 대통령 자문 보좌 기구로 '국가보위 비상대책 위원회'를 설치한 것입니다. 대책위원 여러분은 이러한 나의 뜻과 여러분에게 부가된 사명을 깊이 인식하여 군·관·민이 한 덩어리가 되어 질서와 안정 속에 난국을 극복하고 지속적인 국가 발전을 할 수 있도록 애국심과 슬기를 발휘해 주기를 당부합니다.

지금이야말로 우리가 장구한 역사를 통하여 수많은 국난을 겪으면서도 민족사의 정통성을 연면히 수호 발전시켜 온 우리 조상들과 선배들의 애국 애족의 정신을 일깨워 애국심과 단합된 힘을 발휘할 때입니다.

대책위원 여러분은 당면한 비상시국에 임하여 헌신의 각오로 사를 버리고 공을 위해 맡은 바 임무를 완수해 주기 바랍니다.

어려운 경제 사정 속에 국민 생활의 안정에 힘을 기울이는 한편, 국민이 원하는 바가 어디에 있는가를 헤아려 행정 전반과 계엄 업무 수행에 반영되도록 노력하여 지속적인 국가발전에 기여해야 할 것이다. 국가보위비상대책위원회의 제1차 회의에 즈음하여, 대통령은 무엇보다도 공공질서 유지와 사회 안정의 중요성을 거듭 강조하면서, 모두가 국가를 보위하고, 3천 7백만 국민의 생존권을 수호하는 데 합심 노력할 것을 대책위원 여러분과 함께 다짐하고자 한다는 내용으로 유시를 했다.

서빙고 분실에 연행되어 조사를 받는 참모총장은 고문실에 들어가 철제 의자에 결박당했다. 수사관이 몽둥이로 구타를 했다.

"이 자식, 공모했지? 다 알고 있으니 거짓말 말고 진술해?"

"공모했으면 김이 체포되게 했겠는가?"

"김 체포하는 데 미온적 태도 취한 이유가 뭐야?"

"……."

묵비권을 행사하자 얼굴에 물수건을 씌우고 주전자로 수건에 물을 부었다. 숨이 막혔다. 실신했다. 거사 공모 자백을 받아 내지 못하자 김에게서 돈을 얼마나 받았느냐고 금전 문제로 선회했다.

그는 국방부 장관과 나를 원망했을지도 모른다. 나는 군대에서 장교 생활을 안 해 봐서 그렇다고 치자, 국방부 장관은 장군을 지낸 사람이 그렇게 상황 판단을 못 하나 섭섭한 마음을 금할 수 없다. 역사적으로 봐도 쿠데타를 일으키는 쪽과 막는 쪽의 무력의 힘은 정신적 태도에서부터 다르다. 쿠데타를 하는 쪽은 성공하면 다행이고, 실패는 죽음이고 역적이기에 목숨을 걸고 하는 것이고 진압하는 쪽은 목숨 걸고 하다가 쿠데타가 성공하는 날에는 반혁명분자로 낙인 찍혀 교도소에 가게 된다.

5.16 군사반란에서 이미 경험했다. 5.16을 혁명이라고 배운 장교들이니 기미정난도 성공하면 기미혁명(己未革命)으로 둔갑할 것을 미리

염두에 두고 적극적인 진압을 하지 못한 것은 아닌지.

역사적으로 쿠데타를 목숨 바쳐 저지한 사례도 있다. 스페인 왕국에서 안토니오 중령이 중무장 병력 140여 명을 이끌고 군사쿠데타를 일으켰다. 국회의사당을 점령했다. 국왕은 '나를 죽여라!'라고 쿠데타 병력 앞에 나갔다. 국방부 장관이 '무엄하다. 지금 당장 철수하라!' 명령과 호통을 쳐서 쿠데타를 굴복시켰다.

칠레의 아옌데 정부에 대하여 피노체트의 쿠데타가 있었다. 자유선거를 통해서 수립된 세계 최초의 사회주의 정권의 아옌데 대통령을 피노체트 쿠데타군이 대통령궁을 공격해 오자 대통령 스스로가 기관총을 들고 용감하게 싸우다가 장렬한 죽임을 당했다. 조선 땅에는 피노체트가 없었다.

사전 모의를 했다면 시해 후 곧바로 계엄사령부 간판을 혁명위원회 간판으로 바꿀 것이지 순리대로 통일주체국민회의에서 나를 대통령으로 추대할 이유가 없었을 것이다.

서빙고 분실에서 고문을 당하면서도 공모를 부인하자 이 상화 중령이 찾아와 조사관들이 하라는 대로 협조하라고 회유했다. 역사의 죄인이 될 수 없다고 회유를 거부했다. 역사는 승자의 기록이라 기미정난을 참모총장을 연행 조사하는 과정에서 우발적으로 발생한 단순사건이라고 하겠지만 세월이 40년 흐른 뒤에는 새로운 시각으로 평가될 것이다.

국방부 장관은 공관에 도착하여 국무총리와 참모총장 연행과정에서 공관의 병력들과 국방부 병력 체포 병력 간에 총격사건이 있었다고 보고했다. 이미 참모총장이 재가 없이 연행되었으니 사후 조치로 재가하심이 타당하다고 해서 결재를 했다.

서명 옆에 시간을 기록했다. 후세 사가들이 어떻게 평가할 지 두려웠다. 결재하는 만년필을 든 손이 부들부들 떨렸다.

5월 26일 사태가 진압된 후 이 두 명의 중령을 대동하고 청와대 집무실로 찾아왔다. 국가보위비상대책위원회 설치에 대한 보고였다.

"각하, 비상계엄을 전국으로 확대함에 따라 대통령의 통수 및 감독권이 대폭 추가되어 계엄 업무를 관장하기 위해서는 별도의 자문 보좌기관이 필요합니다."

"그 보좌기관이라는 것이 법적 절차에 타당한 것인가?"

"예, 계엄법 제×조와 정부조직법 제××조, 계엄법시행령 제×조에 따라 국가보위비상대책위원회를 꾸릴 수 있습니다."

"그럼, 시행할 수 잇도록 보고서를 준비하시오."

"예, 미리 준비하였습니다. 여기 서명만 하시면 바로 시행하겠습니다."

서명하자 일사천리로 진행되었다. 대통령은 국보위의 의장이 되었고 16명의 당연직 위원에는 국무총리, 부총리, 외무, 내무, 법무, 국방, 문교, 문공, 중앙정보부장, 대통령비서실장, 계엄사령관, 합참의장, 각 군 참모총장이 들어갔다. 대통령이 10인 이내를 임명해서 26명이었다.

기미정난에 경복궁에 있었던 인원을 경복전우회라는 친목모임을 만들었다. 이 나라 최고 친목단체는 해병전우회, 고대교우회, 호남향우회순이라고 하는데 그 중간 어디에 경복궁전우회를 넣어야 할 판이다.

대통령으로서 권위와 행정력을 펼 수가 없었다. 비서실장과 연설문 담당자에게 하야성명을 준비하도록 하고 휴가를 떠났다. 휴가를 마치고 하야성명을 낭독했다.

친애하는 국민 여러분!

작년 10월 26일 국가원수의 돌연한 서거로 헌법이 정하는 바에 따라 대통령 권한 대행의 중책을 맡게 되었습니다. 제10대 대통령에 추대되어 국정의 최고 책임자로 대임을 완수해 왔습니다. 국군통수권자로 국가적 난국에 대처하여 철통같은 방위태세로 북한공산집단의 무력도발을 억지해 준 우리 국군장병 여러분에게 노고를 높이 치하합니다. 작년 11월 10일 자 '국가 비상시국에 관한 특별 담화'를 통해 나의 소신을 천명하였듯이 비상시국에 국가 보위와 국민의 생존과 공공질서 유지, 경제적 안정 성장을 기하면서도 헌법 개정과 선거를 포함한 시대적 요청을 밝혀 왔습니다.

불행히도 정치 발전을 추구한다는 명목으로 일부에서는 불법적인 시위와 선동이 야기되고 있습니다. 이제 나는 자연인으로 돌아가고 싶습니다. 국민 여러분은 내가 없더라도 현재의 국가적 안정 바탕위에 정치발전에 혼신의 힘을 기울여줄 것을 당부합니다.

국민 여러분!

오늘 대통령 직을 떠나면서 다시 한번 국민 여러분에게 대립
과 분열이 아닌 이해와 화합으로 대동단결하고, 불퇴전의 의지
와 용기로 부강한 민주국가를 건설하여 대한민국의 민족사적
정통성에 입각한 나라를 만들 것을 간곡히 당부합니다.

끝으로 국민 여러분의 깊은 이해와 아낌없는 협조에 심심한 사의를
표하면서 우리 대한민국 앞날에 평화와 안정 그리고 영광과 융성이 함
께하기를 기원한다고 마쳤다.

하야성명은 8월 16일에 낭독했지만 1년 전 12월 13일 05시 10분에
참모총장 체포연행 조사문건에 서명하는 순간 결심한 것이었다. 이미
물컵을 엎고 나서 나보고 물을 다시 담으라면 담을 수 없는 노릇이다.
시기만 고르고 있었다.

먹먹한 밤에 결재서류를 들고 온 전두환보다 유, 황, 차 3명의 중장
들이 보안사령관보다 더 얌통머리 없어 보였다. 3성 장군이면 2성 장
군에게 상급자답게 정도의 길을 가라고 하급자를 나무라지는 못할망
정 낮은 자에게 아첨이나 하고 엄연히 국방부 장관이 있음에도 불구하
고 공관까지 찾아온 것은 두고두고 잊을 수 없다.

이들 장군들이 천자문이나 제대로 읽었는지, 인의예지신(仁義禮知
信)을 아는 장군인가 물어보고 싶었다.

기미정난(己未靖難, 1979. 12. 12.) 그날 밤새 울고 먹먹한 밤에 유배

지에서 어린 임금이 지었다는 〈자규시(子規詩)〉가 떠올랐다.

한 마리의 한 맺힌 새가

궁중에서 나온 뒤로

외로운 몸 짝 없는 그림자가

푸른 산속을 헤맨다

밤이 가고 밤이 와도 잠 못 이루고

해가 가고 해가 와도

원한은 끝이 없다

두견새 소리 끊어진 새벽

멧부리엔 달빛만 희고

피를 뿌린 듯 산골짜기에는

지는 꽃이 붉구나

하늘은 귀머거리인가?

애달픈 이 하소연을

어이 듣지 못하는가?

어쩌다 수심 많은

하야성명을 발표하고 가경(佳耕) 선생 있는 곳으로 왔다. 태종대 바로 옆 강림막국수가 선생 댁이다. 젊은 시절에 부곡, 강림, 안흥의 수재들을 모아 덕산 서당에서 사서삼경을 가르쳤으나 나이 들고 젊은이들이 한학을 배우려 하지 않아서 서당 문을 닫았다. 생계를 위해 막국수를 하였고 지금은 아들, 며느리가 가업을 이어 갔다.

선생은 반갑게 맞이했다.

"천자문도 모르는 놈들에게 얼마나 수모를 많이 당했소? 이제 누추하지만 누구 하나 전화 도청도 할 수 없는 이곳에서 하고 싶어도 못했던 말을 마음껏 하시게."

"일단 밀주나 한 사발 주시오."

"한 사발이 뭐야. 한 말이라도 드시게?"

선생은 촌에 살고 있지만 서울에서의 그 일을 손금 보듯이 다 알고 있었다.

"기미년이 참으로 이 나라 국운을 바꾸는 해는 해야. 일본이 미국의 원자탄으로 망했지만 이미 기미년의 조선의 인민들이 전국적으로 일어나서 기가 죽었어. 그 3.1혁명의 기운이 다시 기미년에 발현된 것일세. 일인혁명이야. 조선시대도 사육신 거사에 배신자가 생겨 실패했는데 혼자서 잘한 것이야. 그걸 장군들 몇 몇 뜻을 모아 진행했으면 그중 한 놈 변절자 생겨서 일망타진되고 수포로 돌아갔을지도 몰라. 혼

자서 아니 그의 심복들 다섯 명이 함께 사형되었지만 성공은 성공이
야. 이 나라에 민주화가 40년은 앞당겨질 걸세. 국민들이 그걸 이해하
려면 50년은 걸리겠지만….”

“난 이해가 안 가. 왜 3선만 하고 그만두었으면 두고두고 칭송받을
것을 헌법을 개정하면서 영구집권을 하였는지가….

“신이 아닌데 신으로 착각했거나 추종자들이 교주로 생각해서 그렇
게 된 거라고 생각해. 작은 조선 땅에 세 놈이 잘못 태어나 나라가 이
지경이 된 걸세. 북에는 김, 남에는 박 사이비 교주가 죽을 때까지 통
치하고도 나라가 안 망한 특이한 나라지.”

“정희의 희(熙)가 파자를 하면 신하 신(臣), 몸 기(己), 불 화(火)의
결합이라고 신하에게 화를 입을 이름이라는 말이 돌았었지요?”

“그거 다 죽은 다음에 호사가들이 지어낸 말이지. 해방 직후에 여운
형 선생이 건국준비위원회 만들었을 때 남이나 북이나 지도급 인사들
이 뜻을 모았으면 나라가 이 지경 안 되는데 세 놈 별종이 조선을 송두
리째 망가뜨렸어.”

“그 세 놈이 두 놈은 김일성, 김정일인데 한 놈은?”

“한 놈? 북이 두 놈이지만 그건 세습이라 한 놈으로 치고, 남이 이승
만이하고 박정희야.”

“이승만은 나라를 망하기 직전까지 왔지만 박정희는 도탄에 빠진 무
능한 정부를 구출한 거 아닌가요?”

“18년 장기 집권하고도 나라를 이 정도밖에 못 만든 건 무능 중에 상

무능이야. 다른 나라는 수시로 국민투표로 집권당이 좌로 우로 바뀌어도 발전하지? 그걸 변동 없이 18년을 하고도 이 정도라는 것은 완전 대기업 위주로 밀실 정치로 부패하고 또 부패해서 그런 것일세."

"그럼 다음 정권은?"

"다음 정권도 천자문도 모르는 놈들이라 큰 기대 안 해. 제대로 민주가 뭔지 아는 인물이 40년 후에나 나오겠지…."

그놈들이 하야를 부추기더라도 꾹 참고 일단 유신헌법을 폐기하고 새 헌법을 만들고 나서 하야를 하지 그렇게 맥없이 물러나면 고향 선비 원천석에게 미안하지 않느냐고 했다. 밤새 주거니 받거니 대화를 하고 옥수수 밀주 일명 앉은뱅이 술을 마시다 보니 동이 텄다.

동이 트자 선생은 망태기를 둘러메고 집을 나섰다.

"같이 가세."

초막을 나오니 태종대 아래 시퍼런 물이 눈앞에 보였다.

"태종 일행에게 원천석 방향을 반대로 가르쳐 주고 노파가 얼마나 기겁을 했을까?"

"그렇다고 죽어?"

"안 죽으면 원주 감영에 잡혀가 사형인데?"

"이래 죽으나 저래 죽으나 죽을 목숨 스스로 내가 살던 고향 물에 빠져 죽는 것이 감영에 잡혀가 죽음 당하는 일보다 좋았겠지."

산으로 올라갔다. 선생은 곰취, 도라지, 수리취, 딸기 등등 먹을 것을 잘도 찾았다.

"선생 눈에는 보이는데 내 눈에는 왜 안 보일까?"

"아직 서울 물이 안 빠져서 그래."

"서울 물이 뭔데?"

"서울 물은 자연을 자연으로 안 보고 사람이 마음대로 개조할 수 있다고, 국민들을 섬김의 대상이 아니고 내가 지배하고 통치하면 통치하는 대로 된다는 착각을 하는 거지. 여의도 놈들이나 청와대 놈이나 그 생각에서 빠져나와야 나라가 나라다운 나라가 되는데 이거 그런 생각 있는 사람은 제대로 뜻을 펴 보기도 전에 죽으니 나라가 어찌 되려는지…."

그렇게 대화를 나누다 보니 어느새 정상에 다다랐다. 산에서 저 멀리 수리네미를 보면서 절을 올린 원천석의 마음이 어떤 마음이었을까 상상했다. 내려오는데 날이 저물었다. 태종대 숲에서 새들이 울었다. 새 울음소리와 어둠이 밀려오자 그는 그날 밤 먹먹했던 밤이 떠올랐다. 선생이 한마디했다.

"이 밤이 지나면 동트는 새벽이 오겠지."

6.

누구는 너만 못해서

민주전자(民主電子) 관리소장이 오기 전에는 경비반장과 김홍기, 허남태가 사이좋게 근무를 했다. 반장은 매일 오전 7시에 출근을 해서 오후 6시 퇴근하고 야간에는 홍기와 남태가 홀수 일, 짝수 일 야근을 했다. 관리소장이 오면서 근무형태가 바뀌었다. 경비 2명이 24시간 맞교대 근무가 된 것이다. 관리소장이라는 직책으로 경비와 청소하는 아주머니 2명에 전기기사까지 인원, 시설관리를 총괄했다.

한상훈은 김홍기가 퇴사한 자리에 신입으로 채용되었다. 20년이나 군대생활을 하다 늦은 나이에 사회에 나오니 버거운 일이 한둘이 아니었다. 전역 후 처음은 인력시장을 전전하며 지냈다. 일이 있으면 서울, 경기, 인천은 물론이고 심지어 강원도, 제주도까지 다녔다.

아파트 신축공사장에서 지상 1층에서 지하 3층으로 3명이 동시에 떨어졌는데 목수 김 씨는 철근 삐쭉 나온 것에 안전벨트가 걸려 119에 구조되었고, 박 씨는 현장에서 즉사했으며, 상훈이 떨어진 곳에 보온재가 있어서 대퇴부 골절이 되고 목숨을 건졌다.

건설현장으로 복귀하려 해도 왼쪽 다리를 저는 것이 표시가 나서 취업지원센터에서 신입경비 교육을 받았다. 12만 9천 원의 교육비를 납부했다. 교육을 마치고 난 후에야 알게 된 사실이지만 군인이나 경찰로 10년 이상 근무한 사람은 경비교육을 받지 않아도 경비를 할 수 있는데, 이미 수강료를 냈고 시작한 이상 꾹 참고 교육을 받았다.

상식적인 내용이지만 강사 앞에서는 아는 척하지 않고 마쳤다. 아는 체하는 사람에게 자비가 없다는 것이 군대나 사회나 마찬가지라는 것을 알고 있었다. 아는 내용이라고 생각한 경비교육에서도 얻은 것은 있었다. 특히 경비는 인사를 잘해야 살아남는다는 것을 강사가 강조 또 강조했다. 아파트 부녀회장을 몰라보고 인사를 안 해서 해고된 경우, 회사의 전직 임원을 몰라보고 인사는커녕 문전박대했다가 해고된 경우 등 이래저래 해고된 사연을 들어 보면 천태만상이다. 교육과정을 이수하자 수료증이 수여되었다. 박사 학위증도 아닌데 표지가 금박으로 새겨지고 고등학교 졸업장처럼 폼이 났다. 수료증을 받자 경비도 전문직으로 여길 수 있다는 근거 없는 자신감이 생겼다. 취업센터의 이미정 팀장이 전화를 했다.

"여보세요?"

"한상훈 선생이십니까?"

"예, 그렇습니다."

"경비 한 명 뽑는데 지원하시겠어요? 한 선생 사는 은행나무에서 가까운 가산동입니다."

"예, 지원하겠습니다."

"그럼, 제가 개미통상에는 이력서를 보낼 테니 전화 오면 본인이 이력서 보냈다고 대답하고 면접 일정 잡아 달라고 하세요.

"예, 그렇게 하겠습니다."

"면접은 너무 걱정 마세요. 경비 직무 교육에서 받은 내용 물어볼 것이고 압박 질문도 여기서 연습한 범위 내에서 나올 겁니다."

"예, 감사합니다. 선생님!"

경비 1명을 뽑는데 지원자가 8명이나 되었다. 나이는 54세에서 62세 사이였다. 전직이 다들 화려했다. 전직 은행 지점장도 1명 있었고, 예비역 중령이 2명, 예비역 소령이 3명, 두 마리 치킨 집을 운영하다 창업주의 악행이 뉴스에 나간 후에 주문이 떨어지자 사업을 접고 온 사람이 2명이었다.

1차 면접은 8명을 집단 토론식으로 토론하고 토론 과정을 녹화하여 임원들과 경영지원팀의 인사 담당자가 임원들과 같이 보고 점수를 매겼다. 2차 면접은 개별 면접인데 집단 토론을 하고 돌아가면 3명을 문자나 전화로 개별면접에 오라고 통보한다고 했다.

2차 면접을 보러 오라는 연락이 왔다. 일단 후보자 3명 중에 포함되었다는 뜻이다. 한상훈은 바로 노인복지센터의 이미정 팀장에게 문자를 보냈다.

팀장님 한상훈인데요.

어제 집단 면접 토론에서 통과되어 3명 중 1명 추리는 개별

면접이 금요일 10시인데, 대처 방안 예상 질문 답변을 보내 주
세요

이 팀장이 문자와 첨부 파일로 그동안 취업지원센터에서 면접 봤던 사례 중에서 전자회사의 면접 자료만 정리해 보내왔다. PC방에서 파일을 출력해서 묻고 답하기 식의 연습을 했다.

10시까지 오라고 했지만 40분이나 이르게 도착했다. 면접은 경영지원팀 최 부장이 하였다. 최 부장은 창업주 최재석 회장의 차남이었다. 장남은 경영보다는 대학교수를 하고 싶다고 해서 미국에 유학을 가서 박사 학위를 받고 박사 후 과정을 이수 중이라고 했다. 최 부장이 질문을 했다.

"한상훈 씨, 나이가 어떻게 되죠?"

"예. 우리 나이로 56세, 만 나이로 55세입니다."

"55세면 아직 정정한 나이인데 급여가 적은 경비를 하려는 이유가 있습니까?"

"예, 건설 현장에서 일당 20만 원 해체공을 하다가 한 달 월급 130만 원 경비는 턱없이 부족한 돈이지만 다리가 불편해서 건설 일을 다시 할 수는 없고 경비는 할 수 있어 지원했습니다."

"이력서를 보니 20년 이상 장교로 복무했던데, 연금도 나오지 않나요?"

"예, 정상적으로 연금관리를 했으면 매월 200만 원 정도의 연금을 받을 수 있는데 제가 전역할 무렵 퇴직금 담보 대출을 받았다가 변제

를 못 해 연금 대상에서 제외되었습니다."

"참 안되었군요."

"뭐, 관운이 여기까지구나 생각합니다."

"경비는 24시간 근무 24시간 휴무 2교대인데, 3개월 정도 지난 후에 인접 회사에 3교대 근무 자리가 있다고 오라고 하면 어떻게 하시겠습니까?"

"글쎄요, 고민되는 질문이네요. 좋기야 2교대보다 3교대가 좋지요. 취직한 지 1년도 안 되어 메뚜기처럼 뛰는 것은 성격상 받아들이지 못할 거 같습니다. 그만두더라도 1년 이상은 근무한 후에 그만두겠습니다."

"그럼 1년 근무를 하였는데 바로 옆에 있는 우성전자에서 경비 월급을 250만 원 준다고 하면 어떻게 하시겠습니까?"

"예, 20만 원이면 큰돈인데, 갈등 생기네요."

"이건 합격, 불합격과는 관계없는 질문이니 솔직한 한 씨의 솔직한 대답을 해 보세요."

"예, 돈 20만 원에 경비에서 경비로 이직을 하지는 않을 겁니다."

"예, 잘 알겠습니다. 돌아가세요. 합격자는 경영지원팀의 노현영 대리가 전화로 알려드릴 것이고 혹시 안 되어도 다른 회사서 근무하시면 좋은 경비라는 소리 들을 것입니다."

"그럼, 이만 안녕히 계십시오. 돌아가겠습니다."

다음 날 문자가 왔다.

한상훈 님 합격을 축하드립니다. 민주전자 노현영 대리 드림

문자를 확인하는데 전화가 왔다.

"예, 한상훈입니다."

"문자 보셨지요? 민주전자의 노현영 대리입니다."

"예, 감사합니다."

다음 주 월요일 오전 8시까지 민주전자 경영지원팀으로 오라고 했다. 주민등록 등본 1통, 명함판 사진 한 장 준비해 오라고 했다.

경비직과 청소원 그리고 시설물 관리와 전기를 담당하는 관리소장과 전기기사는 개미통산주식회사라는 인력 파견 업체에서 민주전자로 파견을 보내는 구조였다. 근로계약서는 민주전자의 노 대리가 쓰는 것이 아니라 개미통상의 최기철 대리가 상훈을 만나 작성했다.

경영지원팀에서 사원 출입증을 발급 받고 근로계약서 작성을 마치고 노 대리와 최 대리가 우 관리소장에게 소개했다.

"관리소장님, 신입 한상훈 씨입니다."

"반갑소, 관리소장 우병태요. 환영합니다!"

"한상훈입니다. 잘 부탁드립니다."

"여기는 경비로 7년 동안 근무하신 허남태 씨입니다."

"잘 부탁드립니다. 신입 한상훈입니다."

나이로 따지면 허남태 경비가 65세이고 관리소장이 63세라서 나이가 위지만 허 경비는 관리소장에게 꼭 '소장님'이라고 호칭했다.

"허 씨?"

"예, 소장님!"

"신입교육을 시켜야 하니까 한 주 동안은 내가 시키고 다음 주는 허 씨가 시켜요."

"예, 알겠습니다. 소장님!"

관리소장은 접견실 한쪽 구석에 자리를 잡았다. 직무교육이라고 교재가 있는 것이 아니고 바로 현장 체험 교육이 이루어졌다.

"한 씨는 경비 근무 해 봤어요?"

"아닙니다. 군대서 병사들 보초 서는 것, 순찰만 돌아봤습니다."

"군대서 조는 병사 영창 많이 보냈죠?"

"뭐 근무 간 잠시 존다고 영창까지야 보냈겠습니까? 영내서 군기교육대로 끝내지요."

"여기 경비는 절대로 졸면 안 됩니다."

"예. 알겠습니다."

"이력서 보니까 소령 출신이던데 뭐 육사는 아닐 것이고 3사?"

"예, R.O.T.C.입니다."

"아하, 그러시면 융통성도 있겠네?"

소장은 경비에 대한 이야기는 간단히 마치고 과거 경력과 개인사에 대한 사연을 꼬치꼬치 물었다. 피곤하지만 생존을 위해 적당히 답변을 했다. 이 코딱지만 한 전자회사, 평수로 치면 800평도 안 되는 건물을 경비하는 것이 뭐 2주 동안의 교육이 필요하겠나 생각이 들었지만 꾹 참고 받아들였다. 교육을 받으면서 궁금한 점 한 가지는 허 경비는 7년 동안 근무했는데 다른 한 명의 경비는 왜 11명 인원이 그만두었고, 12번째 내가 되었을까? 하는 의문이 생겼다. 상훈이 허 경비에게 물었다.

"허 경비님 7년 동안 근무하는 동안 11명의 경비가 떠난 것이 사실입니까?"

"사실이니 한 씨가 12번째로 채용된 거 아니오?"

"떠난 11명이 왜 떠났습니까?"

"공동묘지 가서 왜 죽었냐? 물어봤어요, 이유 없는 무덤 있나?"

"하긴 11명 모두 사연은 다르지만 이유는 있겠네요?"

"공동묘지 무덤이나 여기 경비하다 그만둔 사람이나 다 이유는 있어요."

"주로 많은 이유가 뭐예요?"

"일단 졸다가 임원들 나갈 때 인사 안 한 경우가 제일 많고, 다른 곳에 3교대 근무 간다고 가거나 경비 월급 더 준다고 그곳으로 떠난 경우가 가장 많아요."

"아하, 그래서 면접에 경영지원 팀장 최 부장이 3교대 근무 일자리 생기면 어떻게 하겠는가, 20만 원 더 준다는 회사서 오라면 갈거냐 질문을 했구나?"

"경비는 오래 해야 구석구석 다 아는데, 좀 알 만하면 3교대로 가고, 돈 더 준다고 가니 경영지원 팀장은 머리 아프지 그렇다고 이 작은 회사서 경비 월급을 최 부장 맘대로 다른 큰 회사처럼 줄 수도 없고."

교대 시간은 6시 30분이 기준이었다. 관리소장은 6시에 교대했으면 좋겠다는 것을 허 씨가 신림동 고시원에 사는데 여기 오는 시내버스가 첫차를 타고 와도 민주전자 앞에 하차하는 시간이 6시 10분이다. 걸어서 회사에 오면 6시 20분이 되었다.

6시 교대 하면 허 경비는 회사를 떠난다고 하여 6시 30분 교대시간이 결정이 되었다.

회사 직원들 출근 시간에 경비는 건물 A동 중앙현관과 경비실 중간 지점에서 고개를 45도 숙여 인사를 했다. 아침 7시 30분부터 8시 30분까지 한 시간 동안 300여 명의 직원들에게 허리를 숙여 인사를 했다.

창문에서 정면을 보면 20층의 우성전자 건물이 보이고 11시 방향을 보면 블루타워 20층 건물이 보인다. 경비실 출입문을 열고 나오면 우측에 20층의 '서울 비전헬스 타운'이라는 거대한 오피스텔이 보인다. 도로에서 정문을 들어서면 가장 먼저 눈에 띄는 것이 수령 40년 된 소나무다.

창업자인 최 회장이 강릉시의 병산이라는 곳에서 민주전자가 독립 건물로 이사하던 198×년 식목일에 옮겨 심었다. 병산에서 10년 자란 나무였다. 금년은 수령 40년이 되었다.

소나무 옆에는 개집이 2개 있다. 맹견 중에 하나인 코카시안 오브차카라는 발음하기도 힘든 러시아산 순종이었다. 암수 한 쌍이 있다. 강아지였을 때는 회장이 아파트 베란다에서 키웠는데 크게 되자 아파트 주민들이 소음과 위험하다고 민원을 올리자 회사에서 키우게 하고 회장은 개가 보고 싶으면 예고 없이 회사에 온다. 경비직책에 개밥 주는 일이 추가되었다. 그렇다고 개밥 수당이 붙는 것도 아니고.

전임자 김홍기와 허 경비가 교대로 개밥을 주었다. 코카시안 오브 차카는 최 회장 다음으로 우 소장을 좋아했다.

사건은 1년 전으로 거슬러 올라간다. 날씨가 쌀쌀한 2월 어느 날의 일이다. 최 회장이 관리소장에게 아파트에 있는 코카시안 오브차카 2마리와 개집 2개를 회사 내 소나무 좌우측에 이동하라고 했다. 관리소장이 개 두 마리를 소나무에 개줄 10미터 되는 것이 없어 5미터짜리 두 개를 연결해 만들었다.

처음에는 경비실에 최 회장 아파트에서 가져온 사료자루를 두었다. 최 회장이 개를 보고 싶어 저녁에 산책 나온 시간에 관리소장이 회장에게 회사에 사원 식당이 있으니 사료보다는 밥을 주는 것이 개의 건강에 좋을 거라고 말하는 바람에 경영지원팀의 노 소영 대리가 3개월분 사료 주문한 것을 취소시켰다. 식사 후에 식당에서 아주머니가 개 2마리분의 잔반을 잔반수거함 옆에 플라스틱 그릇에 담아 놓으면 경비 교대근무 때 전임자가 개밥을 주었다.

관리소장이 직원식당에서 잔반을 가져다주는 개밥을 주라는 것을 허 경비는 '예' 하고 대답을 했으나 김 경비는 이의를 제기했다.

"소장님, 우리가 경비지 개밥이나 주는 사람입니까?"

"그게 뭔 소리여?"

"최 회장님이 관리소장님을 신임하고 소장님이 회장님을 좋아하는 것은 개인적 친분이지, 경비업무와는 아무 관련 없어요. 경비의 고유

업무가 엄연히 있는데 개밥을 주려면 소장이 줘야지, 왜 경비에게 시켜요?"

"이 사람이?"

"이 사람이라니?"

"아니, 개밥 주는 것이 뭐 시간이 몇 시간 걸리는 거야? 아님 개밥이 몇 톤 되는 거야? 무거운 것도 아니고 시간도 얼마 안 걸리는 건데 경비 서면서 운동 삼아 식당 앞에 가서 식당 아줌마가 남겨 놓은 잔반을 개 밥그릇에 나눠 주면 되는데 왜 못 한다는 거야?"

"그 개밥 주러 경비실 비운 동안 정전 되거나 불이 나면?"

"불나면 관리소장이 책임진다."

"정전되면?"

"그야 일단 전원 차단기 내려진 거 다시 올려 보고 그래도 안 되면 한전에 신고해야지?"

"그게 말이 안 된다는 말이오. 경비는 항상 전방 감시를 해야 한다고 12만 9천 원 내고 배우는 경비교육 교재 첫 페이지에 나오는 말인데, 경비 시간에 개밥도 주고 경비도 하라는 지시는 잘못된 거 아니오?"

"그럼 김 씨는 어떻게 하자는 말이오?"

"일단 개밥은 소장이 있을 때는 소장이 개밥을 주고 없을 때만 경비가 개밥을 준다거나 식당에서 경비실까지 운반은 경비가 하고 개에게 주는 것은 소장이 한다고 합시다."

"소장이 뭐야, '소장님!' 해야지!"

"예, 소장님, 우리 소장님!"

용산 미군부대가 평택으로 이전했는데 용산 시절 정문 이외의 12개 장소에 외부로 나가는 통문이 있었다. 여기를 순찰하는 사람은 미군이 아닌 한국인 고용인들이었다. 이들은 복장은 미군 얼룩무늬 복장이지만 계급장이 없었다.

내동댕이쳐도 끄떡없는 PATROL-365라는 무거운 순찰시계를 들고 12개의 지점에 매단 열쇠를 순찰시계 밑구멍으로 넣고 돌리면 그 안에 몇 시 몇 분에 몇 번째 통문을 순찰을 도는 지 알 수 있게 점이 찍혔다.

미군부대 경비소대장은 그 종이를 아침에 꺼내 옆으로 비스듬히 보면서 순찰을 제시간에 도는지, 빼먹은 것은 없는지 확인해서 경비 일지 뒷면에 점이 찍힌 종이를 무식한 PATROL-365에서 꺼내 붙였다. 그 일지를 경비중대장이 결재를 했다. 지금은 부속품 구하기도 힘든 그 순찰시계를 민주전자에서 보게 되고 그걸 들고 순찰을 돌아야 한다 생각하니 묘한 단상이 떠올랐다.

연합사 경비중대장 시절, 순찰시계를 들고 늦었는지 부지런히 다음 지점을 향해 경보 선수처럼 뛰다시피 가던 한국인 고용인이 있었다. 자신이 꼭 미군부대 고용인으로 보였다.

경비실 안에 있는 52인치 모니터에는 36개의 CCTV에서 보내온 영상이 36개의 격자에 나누어 비추고 있었다. A, B, C 3개의 동에 모두 경비회사의 감시카메라가 36개나 설치되었다. 심지어 A동에 설치된 카메라가 경비실을 정면으로 비추기 때문에 경비가 조는 지는 녹화 테이프만 보면 바로 알 수 있었다.

감시카메라를 설치하고도 경비는 밤 11시와 새벽 4시에 순찰을 돌 때는 PATROL-365라는 순찰시계를 들고 6개소의 열쇠를 매달아 놓은 곳에 가서 순찰했다는 표시로 열쇠를 시계 밑구멍에 넣고 돌렸다. 1번 순찰 키는 A동 지하 1층의 소방펌프 옆에 있었다.

얼마나 오래되었는지 열쇠는 벌겋게 녹이 슬었다. 2번 역시 A동의 3층 민주전자 연구소에 있었고 3번은 A동의 옥상에 있었다. 4번은 C동 3층 보일러실에 있었다.

5번은 식당의 주방 옆에 있는 배수펌프 수중 모터 위에 달려 있었다. 마지막 6번 키는 B동의 2층 벌꿀연구소에 있었다.

똑같은 순찰시계를 가지고 순찰을 도는데 아침에 관리소장이 순찰 결과를 확인하는 종이를 꺼내면 7년 차 경비 허 씨의 기록 용지는 선명하게 11시부터 12시 중간에 6개의 점이 찍히고 신입 경비의 종이에는 시간도 맞지 않고 점도 점인지 의심 갈 정도로 희미했다.

관리소장이 상훈을 보고 말했다.

"이봐, 한 씨."

"예. 소장님."

"한 씨 경비 한 지 얼마나 되었지?"

"오늘이 딱 한 달 되는 날입니다."

"그래 한 달이라 해 봐야 15번 근무 선 거야."

"예, 그렇습니다."

"이거 봐. 이건 당신 순찰 돈 타이머 기록지고 저건 허 씨 타이머 기록이야. 뭐가 달라?"

"예, 허 씨 것은 선명한 점이 있고 제 것은 희미합니다."

"또 다른 거 없어?"

"글쎄요?"

"봐 봐. 허 씨 순찰 결과는 항상 11시에서 12시 사이와 새벽 4시와 5시 사이 일정한데, 한 씨 찍은 것은 10시 50분에서 11시 30분 4시 30분에서 5시 20분 사이 시간도 제멋대로야. 이래서는 수습경비에서 정식 경비 되기 어려워. 그리고 허 씨가 그러는데 허 씨는 경비 마치고 퇴근할 때 샤워하고 퇴근하는데 한 씨는 샤워도 안 하고 그냥 퇴근한다고 하는데, 뭐 집에 급히 갈 일 있어?"

"뭐 특별한 건 없지만 24시간 근무 후에는 잠이나 빨리 잠자러 가는 겁니다."

"그래, 퇴근 빨리 하지 말고 허 씨에게 순찰시계 점 찍는 노하우를 배우란 말이야. 세상에 공짜로 얻어지는 것은 없어."

"예, 알겠습니다."

"신입 한두 달은 정신없이 어떻게 흘러가나 모르게 지났어. 그만큼 나도 실수도 많았고 여기 전에 근무하던 사람을 이해 못 했던 거야."

"그런데 말입니다. 경비회사의 보안 시스템을 설치하고도 그걸 이용 안 하고 무식한 순찰시계를 꼭 사용해야 합니까?"

"그럼, 이거 있어야 경비가 똑바로 순찰 도는지 알 수 있지, 없으면 증거가 없어요."

"그거 일제 잔재 아닙니까? 조선 놈은 팽이를 채로 쳐야 돌아가듯이 채찍을 가해야 똑바로 한다고, 조선인의 국민성은 아주 타의에 의해 통제 받아야 한다고 주입시킨 친일 잔재잖습니까."

"아니야, 이 순찰시계 있었으니 7년 동안 허 씨 경비원이 주어진 코스를 똑바로 순찰 돈 거고, 중간에 그만둔 경비들은 다 끝까지 순찰을 돌지 않고 건너뛰거나 근무 시간에 졸다가 지적받아서 그만둔 사람들이야."

"아니, 건물에 보안경비 업체서 외부 침입 감지되면 경보음 울리고 경비회사 직원이 출동하는 세상에 이런 순찰시계 쓰는 것도 이해 안 되고 왜 경비 기능을 이용 못 하는지 모르겠군요."

"경비회사 직원 출동은 출동이고 경비는 순찰시계가 제일 좋아."

"예, 알겠습니다."

그날 순찰을 돌면서 순찰시계 PATROL-365를 1번 열쇠가 있는 지하 1층의 소방펌프 앞에 내동댕이쳤다. 그리고 시계를 보았다. 시계는 똑딱똑딱 잘만 갔다.

다시 한번 벽에 집어던졌다. 그래도 시계는 갔다. 그리고 며칠이 지났다. 시계가 서서히 늦어졌다. 모른 척하고 지냈다. 7년 차 경비 허 씨도 시계에 대한 아무런 말을 안 했다. 1주일이 지난 후에 시계가 25분 정도 늦어지자 상훈은 관리소장에게 말했다.

"소장님, 시계가 경비실 벽시계와 순찰시계가 20분 정도 차이가 납니다.”

“어디?”

“여기 보십시오. 지금 벽시계는 10시 30분인데 순찰시계는 10시 5분입니다.”

관리소장은 책상 서랍에서 드라이버세트를 꺼냈다. 아주 작은 일자드라이버와 십자드라이버로 순찰시계를 분해했다. 부속품은 벌겋게 녹이 슬어 있었고 나사가 풀린 것도 있었다.

“오래되긴 오래 되었네. 나사도 풀리고. 녹도 슬어 부속품을 구할 수 있나 모르겠는데.”

관리소장은 혼잣말로 중얼거리면서 전화를 걸었다.

“여보세요. 민주전자인데요. 세운상가 세운시계지요?”

“예. 그렇습니다.”

“순찰시계 PATROL-365 부속품 있나요?”

“그거 생산 중단된 게 언제 적 일인데 지금 그런 부속을 찾아요? 지금은 디지털로 가볍고 성능 좋은 것이 얼마나 많은데 왜 그 무거운 시계를 써요?”

“예. 알겠습니다.”

몇 군데 전화를 해도 대답은 다 그런 부속 없다는 것을 확인하고는 그를 불렀다.

“한 씨.”

“예.”

"한 씨 순찰 돌다가 순찰시계 어디 부딪치거나 넘어진 적 없어?"

"아이 참, 소장님도 다리가 불편해도 그 정도는 아닙니다!"

"그래. 한 씨 믿지. 소령이면 엄청 높은 계급이고 우린 소령 보기도 힘이 들었어."

없는 부속은 그대로 두고 풀어진 나사만 찾아서 재결합 하고 나니 순찰시계는 돌아갔다. 다음 날 근무가 시작되자 관리소장은 허 씨에게 지시했다.

"허 씨, 이거 순찰시계 어제 한 씨가 20분 늦은 거 발견해서 분해해서 풀린 나사 다시 조립했는데 부속 몇 개는 아주 망가지고 부속 생산 중단 되어 구할 수 없으니 출발 전에 경비실의 벽시계와 몇 분 차이 나는지 확인하고 마치면 또 얼마나 차이 나는지 확인해요."

"예, 알겠습니다."

허 경비가 근무를 하고 다음 날 다시 근무를 섰다. 관리소장이 불렀다.

"한 씨."

"예. 관리소장님!"

"다른 사람이 있으면 관리소장이라고 부르고 둘이는 그냥 소장님으로 부르는 거야."

"예, 소장님!"

"아침에 경영지원팀 최 부장, 우유하고 김밥 가져갔나?"

"예, 최 부장님 우유 한 개, 김밥 한 줄 가져갔습니다."

"이봐, 한 씨는 대학까지 했다는 사람이 말이 왜 그래?"

"제가 뭘?"

"최 부장이 나보다 나이가 한참 어리잖아. 낮은 사람 이야기할 때는 최 부장에 '님' 자를 붙이는 것이 아니고 그냥 최 부장이 김밥, 우유 가져갔다고 하는 거야."

"예, 알겠습니다."

여기 민주전자는 아침 8시 이전에 출근하는 직원들에게 월, 수, 금요일은 김밥 한 줄에 우유나 주스 중에서 하나를 먹도록 했다. 화, 목요일은 컵라면에 우유나 주스 중에서 하나 먹도록 경비가 커피포트에 물을 따뜻하게 준비했다.

상훈은 첫 월요일 근무 때 화요일에 먹을 컵라면 물을 준비하다 물이 커피포트에 넘쳐서 마포걸레로 물을 닦느라 한 30분은 고생했다.

상훈은 관리소장의 어법이 이해가 안 갔으나 문제를 따지면 말만 많아질 것 같아서 그냥 소장이 시키는 대로 경영지원 팀장 최현 부장보다 관리소장을 더 높은 사람으로 호칭했다.

관리소장 말대로 최 부장보다 관리소장이 직위가 높으면 경비일지 결재란에 경영지원팀 최 부장보다 관리소장이 뒤에 결재를 해야 하는데 결재란은 담당자, 대리, 과장, 부장, 사장까지 되어 있으나 부장 전결처리 되었다. 소장은 담당자 칸에 결재를 했다.

이보다 더 한심한 것은 방문자 출입일지 좌측 상단에 근무자(정) 우병태, 근무자(부) 한상훈이라고 쓰게 되었다. 상훈이 군대 시절 그 많은 공문 처리하고 각종 일지를 결재했지만 근무자(정)이 만든 일지를 결재란 담당자 칸에 서명하는 일은 본적이 없었다.

전임자 김홍기가 왜 그만두었을까 궁금했다. 도대체 무슨 사유로 경비를 그만두어 나를 이 자리에 오게 만들어 피곤하게 만들었을까? 허 경비에게 물었다.

"허 경비님."

"왜?"

"그만둔 김 경비 전화번호 알고 있어요?"

"저장되어 있지, 왜?"

"알려주세요."

"왜?"

"왜 군대서 둘이 경비 서면 선임병은 사수이고 후임병은 부사수라고 하잖아요."

"여기가 군대야?"

"관리소장 시키는 거 보면 군대보다 더해요."

"그래서 김홍기에게 경비 비법 전수받으려고?"

"비법은 아니지만 그래도 경비 전임자가 후임자 인수인계도 없이 떠났는데 만나서 소주 한잔은 해야 되는 거 아닙니까?"

"그래, 한 씨 왔다고 환영을 하면 다른 사람이 경비를 2시간 정도 대체해 주고 나랑 같이 회식을 해야지 이거 난 경비 서고 청소 아줌마, 전기기사 소장이 한 씨 신입경비 환영회를 한다는 게 이상하지?"

"그러게 말입니다. 예전 경비반장은 그래도 신입경비 오면 신입경비와 선임 경비 한잔하라고 반장이 경비 하룻밤 서 줬거든…."

"당연히 그런 맛이 있어야 경비 오래 근무하지. 이건 경비 마치는 날까지 형님과 소주 한잔 못 하겠어요."

"기대 마라."

"그러니 김홍기 경비 전화번호나 알려 줘요."

"음, 저장해. 010-3727-××××이야."

"예, 감사합니다."

상훈은 다음 날 경비 근무를 마치고 오전 7시에 퇴근하면서 김홍기에게 문자를 보냈다.

> 안녕하세요?
> 초면에 놀라지 마시고요, 김홍기 씨가 퇴직하신 후 입사한
> 신입 한상훈입니다.
> 오전에는 일단 자고 점심시간에 전화를 드릴 테니 무시하지
> 마시고 받아 주세요.

다른 날은 집에 오자마자 잠이 들었는데, 문자를 보내고 김홍기 씨를 만날 일이 가슴 두근거려 잠이 오지 않았다. 마치 30년 전의 소위 시절 소대장 사수 2기수 선배인 원성제 중위 모습이 떠올랐다. 6월 어느 날 원성제 중위는 체육복 차림으로 나타났다. 6월 30일 전역을 앞두고 취업 활동 나간다고 소대원들에게 후임 소대장이 R.O.T.C 후배

가 오면 나가 보고 다른 출신이 소대장 후임이 되면 대대장 전역신고
만 하고 떠난다고 했다.

"야, 24기 소대장?"

"잘 왔다."

"우리 소대는 별명이 서너 개 된다."

"훈련할 때는 구월산 유격대!"

"축구할 때는 국가대표팀!"

"구호는 천하무적 1소대!"

"화이팅! 화이팅!"

"소대장 인수인계 끝!"

그렇게 원 중위는 상훈을 김포의 잘나가는 유흥주점 '금마차'로 데리
고 갔다. 김포 독립중대의 왕고이던 정규택 병장과 공병호 하사, 서광
원 하사, 박해철 하사, 장희송 하사 말에 의하면 정말 그랬다. 중대 체
육대회 축구를 하면 항사 1소대가 우승을 했고 배구를 해도 안재식 상
병이 청소년 대표 경기도 배구 대표 선수 경력자라 몇 점을 접어주고
도 우승했다고 한다. 사격이면 사격, 구보면 구보, 태권도 유단자 보유
율 등등 군대서 전투력 측정하는 모든 분야를 2, 3화기소대가 1소대를
따라올 수 없게 원 중위가 만들고 떠났다. 원 중위 자신이 운동을 좋아
하고 키가 179의 훤칠한 키로 운동장을 누비고 다녔다고 한다.

약속을 하고 나간 것도 아닌데 유흥주점 '금마차'에는 전역하는 선배
중위 5명과 후임자 소위 5명이 병아리가 어미닭 따라다니듯 쪼르르 따

라다녔다. 그동안 선배들이 짝으로 부르던 여자들도 자연스레 후배들에게 인수인계 하였다.

상훈은 사수를 만난다는 것에 낮잠을 설쳤다. 잠을 자는 둥 마는 둥하고 12시에 전화를 걸었다. 신호가 갔다.

"예, 김홍기입니다."

"안녕하세요? 저 오전에 문자 드렸던 한상훈이라고 합니다."

"아하, 문자 보고 언제나 전화가 올까 기다렸어요. 지금 어디입니까?"

"예, 저는 시흥사거리입니다."

"그럼 3×× 시내버스를 타고 종점 가기 한 정거장 전에 내려요. 거기서 전화해요."

"예, 알겠습니다."

상훈은 김포의 버스 종점 한 정거장에서 내렸다. 전화를 했다.

"여보세요?"

"저 한상훈입니다. 종점 한 정거장 전에 내렸습니다."

"빨리 왔네. 택시로 온 건 아니지? 거기 꼼짝 말고 서 있어요."

"식당이 여기서 먼가요?"

"건너편 신바람 아파트 상가 보여?"

"예, 신바람 상가 보입니다."

"거기 2층이니 2층 계단 앞에서 봐."

"예."

그와 김홍기는 초면이지만 어디서 많이 본 듯한 지인처럼 생각되었다.

"한상훈 씨?"

"예, 형님!"

"뭐 인사도 안 했는데 형님이야?"

"관리소장님에게 교육받으면서 김홍기 씨 이야기 들었습니다. 50년 호랑이 띠라고."

"소장님이라고 지금도 '님' 자를 꼭 붙이라고 해?"

"예."

"뭐 군대서 소장이면 별 둘이나 되지, 그까짓 경비 둘, 청소 아줌마 둘, 전기기사 한 명을 거느리고 소장 '님' 소리는 꽤나 강조하네?"

"개미인력에서 민주전자로 파견 보낸 6명이 일 잘하면 좋은 거 아닙니까?"

"소장이 일을 잘하게 하는 게 아니라 방해를 하니 그렇지?"

"방해라뇨?"

"야, 이거 만나자마자 초면에 남 험담하는 거 좋은 거 아닌데, 일단 식사부터 합니다. 사장님! 여기 쇠고기 버섯전골 중 하나, 소주 빨갱이로 주세요."

"예, 바로 준비하겠습니다."

술이 한두 잔 들어가자 홍기는 민주전자의 경비실과 관리소장 그리고 회장 최재석에 대한 이야기를 안주 삼아 했다.

"회장 최재석이 전자 회사 이름을 민주전자로 지은 것은 유신시대에 민주화운동 동참 못 한 것이 미안해서 민주로 한 거야."

"아하, 그렇군요."

관리소장은 최 회장이 실질 사장 시절에 영업과장 부장으로 근무하다가 부품을 조달하는 하청회사의 관리사장을 했다고 한다. 62세에 관리사장 정년퇴직을 하고 회장을 찾아가서 집에서 삼식(三食)하기에 아직 정정하다고 하니까 그럼 청소, 경비, 시설관리를 책임지는 관리소장을 하라고 해서 지난 2월 관리소장으로 온 것이라고 했다. 그 전에는 경비반장이었다. 경비반장은 주간 경비만 하고 야간은 야간만 전담으로 하던 사람이 있었는데, 관리소장으로 체계를 바꾸면서 경비원 2명, 24시간 맞교대 근무가 되었다고 한다.

개미인력에서 청소원 여자 2명, 경비원 남자 2명, 시설관리 2명으로 민주전자와 계약을 맺어 임금을 주는데, 시설관리 중 1명이 관리소장이라고 했다. 김홍기와 관리소장이 싸운 것이 그 점이다. 무슨 소장이냐? 넌 시설관리 2명 중 1명이고 난 경비 2명 중 1명이다. 경비는 경비에게 맡기고 넌 시설관리나 똑바로 하라고 한 것을 관리소장이 괘씸하게 여겨 경영지원팀 회의에서 김홍기가 잘못하는 점만 부각시켜 결국 버티지 못하고 떠났다.

"한 씨, 순찰시계 잘 돌아가?"

"돌아가기야 잘 돌아가죠, 그런데 웃기는 건 PATROL-365 순찰시계를 내동댕이쳐도 시계는 잘 돌아가요. 저는 시계가 맞는지 안 맞는지 확인도 안 하고 도는데, 어느 날 관리소장이 우리 경비실 안의 벽시계는 9시 30분인데 순찰시계는 9시 5분인 걸 발견하고는 경비가 시계 확인도 안 하고 순찰 도냐고 야단치더군요."

"아무리 신입 경비라도 출발 전 시계는 확인해야지."

"그럼 형님은 출발 전 시계 확인했어요?"

"확인하고말고. 그건 그야말로 순찰 하는 6개의 지점 열쇠구멍에 넣고 점을 찍기만 하면 되는 것이니 시간 의미가 없어."

"그런데, 왜 소장은 그 시계 시간에 목숨을 거나 몰라요."

"선무당이 사람을 잡는다고 경비교육을 안 받은 것이 상관 노릇하니 그런 거야."

"예, 그래서 그런지 경비보고 뭘 인사만 그리 열심히 하라는지 경비가 경비하러 왔지 인사하러 왔나 싶어요."

"원래 실력 없는 놈이 인사 잘하고 아부 잘하거든. 그런데 말이야, 웃기는 것은 이놈의 회사는 실력자는 어느 정도 지나서 떠나고 맨 아부하는 놈만 남아 있어."

"그럼, 회사 미래 발전이 별로네요?"

"연구소도 정말 실력 있는 책임연구원은 떠나고 아부하는 연구원만 남았어. 생산은 뭐 아부고 뭐고 생산물량이 말하는 거니 그렇고, 경영지원팀의 경리와 세금 분야 담당도 아부하는 자들만 남은 거야."

"그럼 경비도요?"

"그런 셈이지. 거기 허남태 있지?"

"예."

"원래는 경비 둘이 다 사표 쓰자고 했거든. 그럼 둘 다 쓰고 나온다면 개미에서 소장을 바꾸지, 경비 둘을 한순간 채우지 못하거든. 그런데 소장 공작에 말려 남은 거야."

"그럼, 소장님이 허 경비를 감언이설로 녹인 거네요?"

"소장님이 뭐야? 그냥 소장이지."

"예, 죄송합니다. 소장님, 소장님! 우리 소장님! 하다 보니 입에 붙어서…."

"아니야, 그건 그렇고 식당에 수중모터는 자동이 잘되어?"

"그건 모르겠는데요?"

"요즘 날씨가 비가 안 와서 모르는 모양이네."

"모터가 문제 있어요?"

"거 모르는 사람들은 내가 개밥을 주기 싫어서 퇴사했다고 하는데 그건 겉으로 나타난 거고, 시설관리 엉터리라 나중에 시설관리인이 잘못한 걸 경비가 뒤집어쓰는 경우 당하기 전에 미리 나온 거야."

"무슨 말씀인지 이해 안 되는데 천천히 제가 이해할 수 있게 말씀해 주세요."

홍기는 식당에 수중 모터가 2개 있다고 했다. 수중모터는 장마철에 작동이 안 되면 바로 교체 사용해야지, 수중 모터 작동이 안 되면 민주전자 뒤편의 공설운동장의 축구골대 뒤의 배수가 모두 지반이 약한 틈새로 물이 흘러들어 민주전자 지하 식당의 배수펌프로 물을 퍼 배수처리를 해야 했다. 그런데 식당 옆에 매달아 놓은 수중모터는 고장 난 지 2년이 되었다고 한다. 현재 사용하는 것도 자동모드가 안 되어 순찰

돌며 수시로 수동으로 물을 뺀다고 했다.

상훈은 장마가 끝난 후에 경비로 채용되어 그걸 몰랐다.

"하여튼 조심해. 모터 작동 안 되면 물이 식당 내부로 넘치는 날엔 대형사고 난다."

"대형 사고라면?"

"생각해 보게. 배수펌프로 물이 빠져나가지 못하고 식당으로 물이 역류돼서 식당 바닥에서 무릎 정도 높이로 콘센트 설치된 곳에 물이 들어가면 대형 감전사고 나는 거지."

"정말 그렇습니다. 그러면 밥을 못 하고 인원들 길거리 식당서 밥 먹는 전쟁이겠네요?"

"그러니 돌아가 근무하면 식당 수중 모터 꼭 자동으로 고쳐 달라고 요구해."

"예."

"소장이 돈 아낀다고 중고 알아보면 바로 경영진에 말해. 수중모터는 반드시 좋은 거 써야 하고 예비 모터도 고쳐 놓아야 한다고."

"그럼, 형님 계시는 동안 고치지, 왜 안 고치셨나요?"

"나야 고치려고 했지, 소장님인지 놈인지가 지가 알아서 한다고 해서 난 퇴사한 거야."

"예, 사연이 많군요."

"야, 이거 초면에 술맛 떨어지는 말을 너무 많이 했네. 자, 한잔하세. 즐겁게 신입 경비를 축하하며 앞날의 무궁한 발전을 위하여."

"위하여!"

술을 마시면서 프로야구 이야기, 국회 이야기며 나누다가 홍기가 불쑥 질문을 던졌다.

"민주전자 B동 옥상에 뭐 있는지 알아?"

"변압기요."

"몇 개?"

"그건 몰라요."

"올라가 봤어?"

"아뇨, 경비가 건물 내·외부 순찰만 돌면 그만이지 왜 올라가요?"

"하긴 경비가 전기기사 있는데 올라가면 월권행위지. 참, 전기기사는 신입 왔어? 나랑 근무하던 박 기사는 그만두고 강남의 15층 빌딩 관리소장으로 갔다고 자랑하는 전화 왔던데."

"후임으로 전기 2급 필기 합격하고 실기는 다음 달에 보는 사람 왔어요."

"문제야. 코딱지만 한 회사도 전기기능사 자격증 없으면 채용이 안 되니!"

"사고 나면 자격증 보유자가 관리했는지 따지니 그런 것 아닙니까?"

"하긴 경비도 12만 9천 원 내고 경비교육을 이수해야 경비 채용이 되는 세상이니. 완전 나라가 손으로 몸으로 하는 실력이 아니라 자격증으로 평가해. 민주전자 그런 건물은 자격증 보유자보다 공사판에서 시설 이것저것 다 다루고, 수중모터로 물도 빼 보고, 전기 작업도 건설

현장서 해 본 사람이 제격인데 그런 사람도 2급 기능사 자격이 없으면 이력서 자체도 안 받아 주니….”

민주전자 건물은 30년 전에 준공된 것이다. 그 당시는 주변에 여기보다 높은 건물이 없어 전신주에서 이 건물 B동 옥상에 변압기를 설치했다. 그리고 이 주변의 나중에 생긴 20층 이상의 건물은 변압기 시설이 모두 지하로 들어갔고 그런 건물은 용량이 어마어마하게 크다. 이곳 민주전자의 변압기 용량도 처음에는 전체 용량의 1/4도 사용 못 했었다.

점점 시설이 늘어나고 에어컨이나 온풍기 등 전기 사용하는 기기가 늘어나다 보니 지금은 변압기 용량이 빠듯하다고 했다. 떠나간 박 전기기사가 변압기 용량 큰 것으로 교체 건의 보고를 했으나 관리소장이 알아본다고 하고 최현 부장에게 보고를 안 하니 최 부장은 알 수가 없었고 박 기사는 큰 일이 나기 전에 떠난 것이다.

시내버스를 타고 시흥사거리서 김포로 갈 때는 맑았던 하늘이, 둘이 마신 술의 빈병이 7개나 되고 나니 하늘이 어두워졌다. 비도 추적추적 내렸다.

민주전자 경비실에 전화를 했다. 신호가 갔다.

“감사합니다. 민주전자입니다.”

“허 경비님! 저 한상훈입니다!”

“그냥 허 경비하지 경비에 무슨 ‘님’ 자를 붙이냐?”

“왜요? 관리소장에게도 님 자를 붙이는데 경비선임에게도 ‘님’ 자를 붙여야지요."

"목소리가 큰 것 보니 거하게 한잔한 목소리군?"

"예, 영원한 사수 김 경비와 한잔했습니다."

"이 사람아, 낼 근무 어쩌려고 그리 많이 마셨나?"

"지금 김포는 비가 오는데 거기는 비 안 와요?"

"여기도 비가 조금 내리네."

"형님, 김 경비에게 들은 말인데, 식당 수중 펌프 지금은 작동이 잘 되냐고 물어보는데 뭐라고 대답해야 하죠?"

"떠났으면 그만이지, 별 참견 다하네."

"하여튼 형님 비 올 때 근무 잘하라고 하네요. 내일 뵙겠습니다!"

"뭐 나 몰래 맛있는 거 먹고 딸꾹질이야?"

추석을 며칠 앞두고 가을비가 내렸다. 마을버스 05번을 타고 영창 실업에서 하차하면 민주전자는 걸어서 5분이면 도착한다. 김홍기와 과음을 해서인지 눈을 뜨니 오전 6시다. 우선 경비실로 전화를 했다.

"감사합니다. 민주전자입니다."

"형님, 택시 타고 갈 테니 좀 늦어도 용서하세요."

"어제 한 씨 전화가 왔을 때 말했지? 근무에 지장 없게 마시라고?"

"예, 그래서 김 경비가 한 병 더 하자는 거 더 이상 안 마시고 빈 병 7개 세우고 왔어요."

"홍기 그 사람은 백수니 마음껏 마셔도 되지만 한 씨는 경비야, 경비."

"예, 하여튼 빨리 가겠습니다."

시흥사거리에서 택시를 타고 갔으나 이미 회사에 관리소장이 출근해 있었다. 관리소장도 인상을 쓰고 허 경비도 잔뜩 인상을 찌푸리고 있었다. 경비실 공기가 싸늘했다.

신속하게 경비 복장으로 갈아입었다. 상의 푸른색에 하의 검정색이 꼭 중학교 교복을 떠올리게 했다. 검정색 교모만 쓰면 완전 중학생 모습이었다.

"늦어서 죄송합니다."

"어이, 신입이 이렇게 늦어도 되는 거야?"

"죄송합니다."

"어휴, 술 냄새! 한 씨, 도대체 누구랑 술 마신거야?"

"경비 그만둔 김홍기를 만나 마신 거랍니다."

"한 씨가 김홍기를 알아?"

"한 씨가 김 씨 전화번호 알려 달라고 해서 제가 알려 주었습니다."

"이 사람들이 경비라는 것이 공사 구분을 못 해. 그만둔 놈은 그만두었으면 그만이지, 전화번호 알려는 놈이나 알려 주는 사람이나 똑같다, 똑같아."

"죄송합니다!"

"당장 사직서 써!"

"예."

사실 관리소장과 허 경비가 화가 난 것은 상훈이 늦게 출근한 것 이전이었다. 전날 식당의 수중 모터가 자동이 안 되어 수동으로 작동하던 중이었다. 허남태 경비가 순찰을 돌기 전에 수중 모터를 작동할까 하다가 그걸 기다리느니 일단 A동 순찰부터 돌고 식당은 C동 도는 순서에 순찰과 모터 작동을 같이 하려고 먼저 A동을 돌았다.

세상에, 그 순찰을 도는 동안 물이 넘쳐 허 경비가 식당에 왔을 때는 물이 주방은 물론 밥 먹는 식당 좌석에도 물이 흘렀다. 일단 수중 모터를 작동해 물을 빼고 경비원 탈의실에 보관하던 낡은 신문을 가져다 물이 넘친 식당 바닥에 깔았다. 신문을 서너 번 반복해 깔고 걷자 물기가 어느 정도 사라졌다. 관리소장은 식당 상태를 사실대로 경영지원팀에 보고했다. 식당 주방장과 주방보조, 영양사까지 출근하자마자 모두 놀란 표정이었다.

그날 식당 운영을 못 해 직원 300여 명과 그 건물에 전세 들어 사는 뉴해피제과 100명, 뉴셀 50명, 메뚜기보일러 50여 명 등 500여 명이 디지털단지 식당을 점령했다. 식당마다 줄이 구소련 붕괴 전 배급 줄처럼 뱀처럼 휘어져 도로를 점령했다.

경영지원 팀장 최현 부장은 관리소장, 경비원 2명, 전기 담당까지 4명에게 사직서를 함께 받았다. 회사 규정에 따라 징계를 한다고 했다.

억울하면 출세하라고? 출세 못 할 놈은 어디가나 출세는커녕 정규직이 되기 전에 수습경비를 하다가 퇴사를 했다.

민주전자 자체 징계위원회가 열렸고 결과는 허 경비는 7년 동안 결근한 없는 점이 임원들의 눈에 들어서 경비직을 유지했다.

관리소장은 권고사직으로 결정되었으나 창업자 최재석 회장의 전화 한 통으로 징계를 면했다. 전기기사는 지난주에 본 실기시험에 합격한 점이 부각되어 이 작은 회사에서 자격증 소지하고 이론과 실무를 겸한 인재를 작은 월급으로 구하기 힘들다고 유임시켰다.

민주전자를 떠난 것은 한상훈 혼자였다. 민주전자는 공문을 개미인력에 보냈다. 성실한 경비를 새로 한 명 보내 달라는 내용이었다.

민주전자서 해고를 당하고 상훈은 개미인력 송 실장을 찾아갔다.

"어서 오세요."

"죄송합니다."

"세상 살기 참 힘이 드시지요?"

"예, 군대 생활도 힘들게 했는데 사회가 군대보다 더 힘든 것 같군요."

"상훈 씨는 계속 경비직을 하실 겁니까?"

"뭐 다른 직종 있나요?"

"군대서 간부로 지냈으니 관리소장 하셨으면 좋겠는데…."

"아닙니다. 관리가 경비보다 더 힘들어요. 그냥 경비 빈자리 있으면 소개 바랍니다."

"예, 우리 개미인력이 거래 업체가 200여 개 되니 곧 경비직 빈자리 날 겁니다. 나면 바로 연락드릴 테니 전화 오면 잘 받아 주세요."

"예, 감사합니다."

송기철 실장과의 면담을 마치고 관악고용노동센터에 가서 실업수당을 신청했다. 그리고 더 할 일이 없자 경비 사수 김홍기에게 전화를 걸었다.

"예, 김홍기입니다."

"한상훈입니다."

"민주전자 경비 해고되었다며? 미안해, 그날 내가 너무 술을 많이 권한 거 같아."

"아닙니다. 군기가 빠져 그런 겁니다."

"아우, 시흥사거리서 뭐해 여기 와서 술이나 하세."

"예, 가겠습니다."

"그래, 전에 만났던 물레방아에서 기다리지."

김포 한강신도시 종점 한 정거장 전에 내려 물레방아로 가니 홍기는 소고기 버섯전골을 알맞게 약한 불로 따뜻하게 먹기 좋게 하고 기다리고 있었다.

"형님, 이렇게 소주병을 앞에 두고 고사 지내게 해서 죄송합니다."

"아니야, 나도 여기 전화로 주문하고 온건 5분도 안 되네. 군대서 사수, 부사수가 군대 전역 후에도 만나는 이유가 뭔지 아나?"

"그야 고운 정 미운 정 다 들어 그런 거 아닙니까?"

"힘든 특수부대의 사수, 부사수나 통신병 등 주특기가 좀 난해한 곳이 사수, 부사수가 더 끈끈하지. 한상훈에게 가르쳐 주거나 군기 잡은 것 하나 없는데 왜 이리 끌리지?"

"그야 공공의 적이 있으니 끌리는 거 아닙니까?"

"야, 명언이다. 바로 그거야, 공공의 적!"

홍기와 상훈은 관리소장 담화를 안주 삼아 소주잔을 비웠다.

"아니, 해고를 하려면 식당에 물이 차서 밥을 못 하게 만든 원인 제공자 허 경비를 내보내야지. 더 원초적으로는 자동으로 돌아갈 수중 모터를 수동으로 하게 한 관리소장과 전기기사가 우선 해고감이지, 막 들어가 배우는 수습 경비를 해고하는 게 말이 돼?"

"술 마시고 출근 늦었으니 경비로 해고감이지요."

"야, 지각 한 번으로 경비 해고하면 경비로 남을 놈이 없다."

"뭐, 세상 다 그런 거 아닙니까?"

"실력이 있거나 백(Back)이 있거나?"

"예, 맞습니다."

"해직된 수습 경비 한 씨 앞날에 새로운 취직을 위하여!"

"위하여!"

"위하여!"

"한강 신도시를 지키는 형님의 건강을 위하여!"

"위하여!"

"위하여!"

"그래, 우리 둘 시기는 다르지만 민주전자에서 해고된 경비의 앞날에 영광을 위하여."

"위하여!"

"위하여!"

둘이 부어라 마셔라 소주병을 홀수로 세워 놓았다. 뉴스 속보가 나왔다.

"여기서 정치부 기자 간담회를 잠시 멈추고 서울 가산디지털 단지에 대형 정전사고가 발생하여 속보를 내보냅니다. 조필원 기자를 연결합니다. 조 기자 나와 주세요."

"예, 여기는 가산디지털 2로 170-××입니다."

"현장 소식 전해 주시지요."

"예, 이곳 민주전자 옥상에 설치된 변압기가 터졌습니다. 이곳의 변압기는 2만 2천 볼트의 고압을 민주전자 내의 필요한 곳에 직류 3볼트, 6볼트, 9볼트, 12볼트 등 다양하게 변환시키는 장치인데 오늘 오후 7시경 변압기가 폭발했습니다. 다행히 생산 직원들이 모두 퇴근한 후라 인명피해는 없었습니다."

"화재 원인은 밝혀졌습니까?"

"아닙니다. 관할 119 소방서에서 과부하로 추정할 뿐 자세한 것은 합동 감식반이 이곳의 잔해 물을 수거해 분석해 봐야 알 것 같습니다. 지금까지 사고 현장에서 조필원 기자였습니다."

"한 씨 왔을 때 말했지. 더 큰 문제가 있다고. 그게 저런 거야. 생각해 봐. 해고 안 당하고 한 씨가 경비로 근무하다 저런 일이 발생하면 경비가 속이 편하겠어?"

상훈은 뉴스 자막에서 눈을 뗄 수가 없었다.

민주전자 옥상 변압기 폭발. 인근지역 암흑

뉴스 자막이 좌에서 우로 이동하는 사이 화면에 관리소장이 개밥을 들고 소나무 아래로 걸어가는 장면이 보였다. 경비실 앞에 최 회장이 긴장된 모습으로 서 있고 최현 부장이 사옥 옥상의 폭발된 변압기를 손가락으로 가리키며 뭔가 설명하는 장면이 지나갔다.

화면을 향해 홍기가 한마디했다.

"회장만 나타나면 설치고 다른 때는 경비에게 개밥이나 주라 하고…."

7.

쓰리세븐(777)

한광훈은 777(쓰리세븐) 부대의 특수정보 담당자였다. 7급으로 시작해서 정보본부와 합동참모본부 민사심리전 참모부에서 사무관으로 근무하다 서기관으로 승진해 이곳 56××부대로 영전되었다. 56××부대장 박현풍 소장에게 신고를 하고 보직 받은 것이 제2함대사령부 정보부대 특수정보 담당자가 되었다.

정보부대에서 보고하는 사람이 함대사령관 해군 소장과 정보참모 해군 중령을 상대하기 때문에 정보소령이 편제되어 있으나 정보소령이 부족한지 56××부대는 한동안 충원이 없었다. 궁여지책으로 박현풍 777사령관은 서기관을 소령 편제된 곳에 보직했다. 박 소장은 보직 신고 할 때 한 서기관이 예비역 대위로 군무원 시험을 봐서 7급부터 시작해 승진할 때마다 나름대로 정보 전문가의 기량을 발휘한 것을 알고 있었다.

한 서기관이 2함대사령부 특수정보 관리장교가 된 것은 19××년 6월 15일 제1연평 해전에서 일방적인 승리를 거둔 것을 계기로 청와대로부터 부대표창을 수여받은 후였다.

김 대통령에게 따라다니는 '좌익'이라는 레드 콤플렉스를 한 방에 털어 버리는 계기로 제1연평 해전에 관계된 부대에 대대적인 훈·표장을 내린 것이다. 그동안 '김대중 정권은 용공정권'이라는 정치 이념 공세를 한 방에 날려 버릴 기회가 온 것이다. 제1연평해전 승리를 높이 평가한다는 대통령의 말 한마디에 청와대 국정상황실과 외교안보비서관실, 합동참모본부에서는 훈장과 포장과 표창을 안배하느라 정신이 없었다.

전투를 한 것은 2함대사령부인데 해군작전사령부, 합동참모본부, 정보본부, 합동참모본부전략기획실이 훈장과 표창을 챙기느라 여념이 없었다. 56××부대에도 정보지원을 잘했다고 부대표창이 내려왔다.

한때 영월, 태백 지역에 탄광이 번창하던 시기에, 영월에 가면 개도 지폐만 물고 다닌다는 말이 있었는데 연평해전 승리로 쏟아진 표창이 너무 많아 할당된 인원을 채우느라 당직 근무자까지 표창 공적내역을 올리라고 했다.

6월 19일 당직근무 명령서에는 원성제 중령이 명령이 나 있었는데 원 중령이 장인, 장모가 오신다고 조성상 중령에게 근무를 바꾸어 섰다. 문제가 생겼다. 공적조서를 올리려는데 실제로 고생한 조 중령을 올리자니 한 달 근무명령서를 모두 정정 명령을 해야 했다. 결국 근무는 안 섰지만 명령이 나 있던 원성제 중령이 표창을 받도록 공적조서를 올렸다.

19××년 7월 7일 해군 2함대사령부 군항부두에 전병구 국방부 장관

이 대통령을 대신하여 대통령 표창을 대독 수여하러 왔다. 국방부 장관이 오니 신일동 합동참모본부의장, 김종성 해군 참모총장 등 군 수뇌부가 모두 참석해 대대적인 포상식이 거행되었다. 상이든 벌이든 '과유불급(過猶不及)'이라고 승리가 감격에 벅차도 표창을 남발하면 표창의 의미가 퇴색된다.

함대사령부와 해군의 수뇌부와 56××부대가 부대표창을 받는 것은 타당하다. 회식자리에 숟가락 하나 더 올리듯이 연 해전에 직접 참가 부대가 아닌 2함대 군수지원단과 인근의 연평 부대도 경계를 잘했다는 이유로 합동참모본부장 표창을 받았다.

제1연평 해전이 발생하기 직전의 곽승종 2함대사령관은 사면초가였다. 합동참모본부에서 교전수칙이라고 내려온 것이 절대로 선제 사격을 금지한다는 것이었다.

곽 제독이 고민이 되어 편히 잠을 잘 수가 없었다. 해상에서 선제 사격이 얼마나 중요한 것인가는 인류의 해상전투 역사가 증명하고 있는 것이다.

제독의 머릿속에는 과거 자신의 해군 소위, 중위, 대위 시절이 영화의 파노라마 영상처럼 지나갔다. 만약에 '선제타격을 하지 말라'는 수칙을 지키다 서해 망망대해에서 예하 젊은 장교와 부사관병들이 적의 선제타격에 희생되고 배가 침몰한다면 그 책임은 온전히 곽 제독의 책임이었다. 최악의 경우 간부들이야 직업으로 택한 것이니 법규대로 국립묘지 안장되고 유족 연금으로 적당히 타협이 된다고 해도 의무복무로 징집되어 2함대사령부에 온 병사는 하필이면 왜 진해에도 해군부대가 있는데 이곳 인천까지 왔는가? 배경이 없어 이곳에 왔다고 얼마나 국가를 원망할 것인가? 그런 생각을 하니 곽 제독은 하루도 마음 편히 퇴근할 날이 없었다. '사공이 많으면 배가 산으로 간다'는 말이 해군에 비유하면 '해상 작전에 육군 장군이 간섭하면 배가 서울로 간다'가 될 것이다. 싸우는 지휘관은 2함대사령관 한 명인데, 해군작전사령관, 합동참모본부의장, 국방부 장관, 청와대 국정상황실 국방비서관까지 층층시하였다.

전에는 2함대사령관이 해군작전사령관 지시만 받고 현장에서 건의해서 해상 전투 대형을 변경할 수 있었으나 군의 과학화를 한답시고 해군전술지휘통제시스템이 도입된 후로는 시어머니가 열 명이 되었다.

이 장비가 합동참모본부까지 설치되는 바람에 말단의 전투 상황이 대형 TV 모니터에 생생하게 중계되었다. 그 화면을 보고 해군작전사령관 , 합동참모본부의장도 한마디, 국방부 장관이 한마디, 청와대서 합동참모본부에 전화를 한 통 하는 날이면 도저히 작전을 할 수 없는 상태가 된다. 그런 상태에서 제1연평 해전을 승리하게 된 것은 기적이었다.

기적은 없었다. 기적이 일어나기 전에 보이지 않는 지휘하는 2함대사령부 장병들의 피나는 노력은 아는 사람이 없었기 때문이다. 만약에 서해상에서 2함대 예하 함정이 북한의 선제공격에 배가 일부 파손되었다면 2함대사령부 본부와 지원부대는 어떻게 전투대형을 펼칠 것인가를 해상지도를 놓고 토의를 했다.

전술토의 한 것을 각자 임무카드에 수정했다. 전술토의가 끝나면 모의 실전 훈련을 했다. 해상에서 불시에 어느 함정 하나가 반파된 것을 상정하고 반파된 함정을 예인하는 조와 북한군 함정을 추격하고 원거리서 함포사격이나 공군의 지원 받는 것까지 모의훈련을 했다.

함대사령부의 많은 간부들에게서 불만이 터져 나왔다. 휴가 나간 병사들이 불만을 부모님께 털어놓았다. 지금까지 아무런 문제없이 2함대사령부가 굴러왔는데, 사령관이 바뀌더니 안 해도 될 일을 해서 부대원 전체가 피곤하고 힘들어 군대생활 못 하겠다는 소리가 나돌았다. 간부들의 입이 오리주둥이처럼 나왔다. 얼마나 2함대사령부 장병들의 불만이 많았는지 이혁원 기무사령관이 2함대사령부를 방문했다.

기무사령관은 곽 제독에게 부대방문을 기분 나쁘게 생각하지 마라, 하도 부대원들의 불만 동향보고가 올라오니, 기무사령관이 그걸 그대로 국방부 장관에 보고할 수 없어 확인차 왔다고 했다. 이 기무사령관은 곽 제독이 무리한 작전계획을 독단적으로 수립해 부대원을 혹사시킨다는 동향보고 이야기를 했다. 곽 제독에 대한 평가를 보면 '호전적인 군인', '몹시 불안한 지휘관', '돈키호테'로 인식할 수밖에 없다고 했다.

그 말을 들은 곽 제독은 기무사령관에게 신문 한 장을 보여 주었다. 199×년 11월 20일 강화도 석모도 앞 1.5킬로미터 해상에 간첩선이 출몰했다가 아군의 추격을 받고 도주했다는 기사였다. 간첩선을 발견한 것은 해군이 아니고 강화도 육상에서 경계 근무하는 육군 경계병과 열

상감지장비에 의한 것이었다. 해군이 제대로 추격하지 못해 북으로 넘어갔다. 해군은 닭 쫓던 개 지붕 쳐다보는 꼴이 되었다.

그 작전이 실패한 원인에 대해 합동참모본부가 2함대사령부를 검열하는 기간에 곽 제독이 함대사령관으로 취임했다. 함대사령부의 직면한 상황에서 예하 부대원이 해상에서 적에게 선제공격을 당한다면 2함대사령부는 완전 망한다. 부대 지휘관으로 부대가 망하는 길을 가겠는가? 조금의 욕을 먹더라도 부대가 사는 길을 갈 것인가? 곽 제독은 이혁원 기무사령관이 여기 2함대사령관이라면 어느 길을 택하겠냐고 반문했다.

"당연히 사는 길을 가야지요. 제독님 말씀을 듣고 나니 그동안 많이 올라온 동향 보고의 불평을 알겠습니다. 제가 국방부 장관과 합동참모본부장에게 말씀 드릴 테니 소신껏 지휘하시기 바랍니다."

기무사령관은 서울로 향했다. 합참에서 교전수칙이 내려왔다.

1. 적이 쏘기 전에 절대 선제 사격 금지.

2. 절대 확전하지 말 것.

3. NLL을 고수할 것.

4. 지혜롭게 대처할 것.

모순도 이런 모순이 또 있을까? 곽 제독은 교전수칙을 읽고 또 읽었다. 정보참모와 작전참모를 불렀다.

"사령관님 부르셨습니까?"

"참모들 다 부르려다 일단 정보, 작전 참모만 불렀어."

"무슨 긴급한 일이라도?"

"이거 교전수칙 참모들도 다 알고 있지?"

"네, 말도 안 되는 교전수칙이지만 상부의 지시니."

"작전참모, 선제사격 금지하고 확전될 빌미도 안 주고 NLL 고수할 수 있어?"

"냉장고에 코끼리 넣는 것보다 어려운 일입니다."

200×년 6월 12일, 한 서기관은 일일 블랙북 보고를 검토하고 있었다. 56××부대장 박 소장이 근무하는 777(쓰리세븐)부대에서 북한의 통신감청으로 만든 정보보고서에 '매우 민감한 엄중한 특이정보 열네 자가 내려왔다. 내용은 '해안포 발포 준비 중이니 방심 말 것'이었다. 무엇을 어떻게 한다는 것인지는 모르나 해안포 발사할 정도의 긴급한 내용을 담고 있는 정보였다. 56××부대에서 받은 정보를 정보본부장이 국방부 장관에게 보고하는 과정에서 중요 정보를 누락시켰다.

누락된 '단순침범' 내용만 블랙북으로 하달했다. 56××부대 내부망으로 SI 첩보 요약된 블랙북 정보가 아니라 분석되기 전의 생 첩보를 간 서기관은 자신의 군무원 신분증 번호로 된 아이디와 비밀번호 자신의 휴대폰 번호로 열람할 수 있었다. 며칠 동안의 생 첩보를 다 읽어본 한 서기관은 2함대 정보참모 윤빈영 중령에게 전화를 걸었다.

"참모님, 한 서기관입니다."

"이 시간에 웬일이오?"

"네, 바쁘시지 않으면 소주 한잔하시지요?"

"어디서?"

"고래사냥으로 오세요."

"알았소, 고래사냥서 만납시다."

포장마차 '고래사냥' 정 사장은 손님이 별로 없자 일찍 장사를 마감하려고 마지막 설거지를 하는 중이었다.

"안녕하세요, 사장님."

"어머, 어쩌지?"

"왜요?"

"오늘 손님이 없어 일찍 들어가려고 마지막 설거지 중인데…."

"손님 없는 줄 알고 이렇게 오는 거 아닙니까? 여운정 소령까지 불러낼까요?"

"아니요, 두 분만 드셔도 됩니다."

"아니야, 돈은 참모님과 내가 반반 내고 여 소령은 참석만 하라고 할게요."

그는 바로 여 소령에게 전화를 걸었다.

"여 소령?"

"예, 여운정입니다."

"나 56××부대 한 서기관인데, 지금 바로 고래사냥으로 와, 참모님 호출이야!"

"예, 알겠습니다. 바로 가겠습니다."

정보참모 윤빈영 중령, 56××부대 한 서기관, 정보종합장교 여 소령이 모였다. 정보참모가 여 소령에게 한마디했다.

"여 소령, 할 일 다 하고 온 거야?"

"한 서기관이 참모님 호출이라고 해서 왔습니다."

"야, 종합분석 장교 부르면 내가 직접 전화하지, 쓰리쿠션으로 참석시키겠어?"

"그럼, 저는 일어서겠습니다."

"야, 그런다고 바로 일어나면 참모가 좁쌀 참모 되지. 앉아!"

"예, 알겠습니다."

"참모님, 여 소령 술 잘 사 주고 일 잘해야 정보처가 빛나는 것입니다. 아시죠?"

"그럼. 참모야, 얼굴 마담이고 여 소령이 다 하지?"

"여기 밴댕이 회무침하고 소주 한 병!"

"예, 알겠습니다."

3명은 소주잔을 얼마 만에 마시는 소주냐는 듯이 부어라 마시기를 반복했다. 어느 정도 빈 병이 모이자 윤빈영 참모가 입을 열었다.

"이제 마실 만큼 마셨는데. 이 야심한 밤에 불러낸 이유가 뭡니까?"

"참모님, 이거 중요한 일입니다. 777부대가 통신감청으로 수집한 특수첩보로 북한 해안포 발포할 준비하라는 첩보가 입수되었는데, 블랙북 보고에 국방부 장관과 정보본부장이 경고성 문구 삭제하고 단순 침범으로 요약 정보가 내려올 것입니다. 참모님은 사령관님에게 제대로 경고성 보고를 해 주시기 바랍니다."

"알았어요. 그런데, 뭐 참고할 게 있어야 그런 보고를 하지."

"내일 새벽에 생 첩보를 출력해 드리겠습니다. 함대사령관님에게 독대 보고를 하십시오."

"예, 그렇게 하지요."

아침 상황보고에 참석하기 전에 56××부대 한 서기관은 북한이 해안포 발사 준비하고 있으라는 첩보를 출력해 한 부는 윤 정보참모에게 전해 주었다. 상황실에서 전일을 일직사령이 상황보고를 했다. 이어 정보참모, 작전참모, 인사참모, 군수참모 순서로 참모 보고를 하였다. 참모 보고를 다 마치고 2함대사령관이 집무실로 향했다. 정보참모 윤 중령은 사령관을 뒤따라갔다.

"정보참모입니다."

"들어와."

"긴급 보고 사항이 있어 보고 드립니다."

"무슨 내용이야?"

"블랙북 보고에 '단순침범' 보셨지요?"

"그래."

"사실은 단순침범 이외의 경고성 분석이 있었는데, 삭제하고 내려온 것입니다."

"그걸 정보참모가 어찌 알고?"

"예, 우리 부대를 정보 지원하는 56××부대의 특수정보 관리장교 한 서기관이 자기 신분증 번호와 패스워드 치고 들어가 생 첩보를 출력해 새벽에 보내왔습니다. 이거 읽어 보시면 단순침범이 아니라는 것을 느 낌으로 알 수 있습니다. 사령관님이 금일 출항하는 함정요원에 대한 특별 정신교육을 해서 출항시키시기 바랍니다."

"알았다. 정보참모 역시 정보다!"

"이거 보니 발포한다고? 완전 싸우자는 말이군!"

"예, 그렇습니다."

국방부 장관은 56××부대에서 보고한 북한 도발징후를 삭제 누락 시키고 배포한 블랙북 하달 후에 장관 지시사항을 내렸다. 제1연평 해 전처럼 '선제 사격금지' 지침에 추가하여 '북한선박이 내려와도 지난번 교전처럼 피 박살 내지 마라'는 지시를 하달했다. 국방부 장관은 자신 의 지시가 장관의 지시지만 청와대의 지침을 반영한 것이라고 은근히 김 대통령과 친분을 과시하고 있었다. 한 마디로 장 국방부 장관은 국 방부 장관의 지시가 아니라 햇볕정책 전도사인 청와대 대변인 수준의 지시를 합참을 경유하여 2함대사령부에 하달했다.

월드컵 분위기가 최고조에 달한 6월 29일이 제2연평해전의 날이다.

200×년 6.15 남북정상 회담을 마치고 돌아온 김 대통령은 '한반도 에 전쟁은 없다' 선언했다. 2년 후인 200×년 6월 한일 월드컵이 열리고 대한민국은 4강에 진출했다. 국민이 열광의 도가니에 빠져들었다. 온 거리마다 '대~ 한~ 민~ 국!'과 '오~ 필승 코리아!'를 외쳤다. 9시 54분

북한 경비정 388호가 NLL을 통과하여 남하했다. 제2함대 소속의 참수리 328호와 369호가 즉각 대응 기동을 했다. 북한 경비정은 서쪽으로 기수를 돌렸다. 잠시 후 북한의 388호보다 큰 배 684호가 NLL을 넘었다. 684호가 이동하는 방향으로 참수리 357호와 358호가 대응기동을 하였다. 358호가 선두로 출항하고 357호가 후미를 따라 기동했다. 북한 함정 684호는 제1연평 해전 당시에 반파된 배를 보수하고, 함포도 최신 장비로 장착시켜서 서해상에 다시 나타난 것이다. 684호는 참수리 357호에 37미리 포와 14.5미리포를 집중사격 했다.

정장 윤영하 소령이 현장에서 즉사했다. 제2연평해전은 완전한 패전이었다. 5천만이 TV 앞에서 '대~ 한 민국!'과 '오~ 필승 코리아!'를 외치는 순간 서해 바다에서 북한 해군의 선제공격에 우리 해군 장병이 꽃다운 나이에 전사하거나 부상당했다. 대참사가 발생했다.

국방 장관은 이 엄청난 참사에도 군의 사기 저하는 안중에도 없고 자기 안위와 영달을 위해 책임을 56××부대의 정보지원이 '단순침범'이라고 경고성 정보 수집을 못 했다고 56××부대장 박현풍 소장을 문책하려 했다. 777부대가 2연평 해전 전에 서해상의 북한군 통신내용을 감청하여 분석보고를 다음과 같이 내렸다.

첫째, 북한 해군의 전투판정 검열.
둘째, 월드컵과 국회의원 재보궐 선거 관련 한국 내 긴장 고조.
셋째, 우리 해군의 작전활동 반응 속도 탐지.

56××부대장 박현풍 소장의 노력에도 불구하고 작전부대는 '단순침범' 내용만 하달되었다. 해군 2함대사령부에도 단순침범으로 내려간 것을 그래도 한 서기관의 노력으로 2함대사령관은 서해상의 북한군이 단순의도가 아님을 알게 하였다.

하지만 역사에 만약은 없다. 참수리 357호 윤영하 소령, 한상국 중사, 조천형 중사, 황도현 중사, 서후원 중사, 박동혁 병장은 고인이 되었다. 죽은 후에 아무리 훈장을 추서한들 죽은 자가 살아 돌아오지 않는다. 미국 오바마 대통령은 아프간에서 전사한 18명의 시신이 운구되는 동안 어둠 속에서 거수경례를 하는 모습이 신문에 보도되었다.

김 대통령은 7월 3일 일본에서 거행되는 한일 2002 월드컵 폐막식에 참석했다. 서울공항 비행장과 국군수도통합병원은 헬기로 5분, 10분이면 갈 수 있는 거리다. 왕복 아무 때나 들러 제2연평해전 전사자에 대한 조문을 할 만도 하지만 대통령은 약속된 국제행사를 빌미로 참석하지 않았다. 대통령은 국제행사 참석으로 조문 못 했다 하더라도 국방부 장관은 영결식이 '해군장(海軍葬)'으로 치러진다고 해군참모총장이 임석상관인데 자신이 가면 월권이라고 참석을 안 했다.

국가의 안전보장에 육군, 해군, 공군이 따로 없음에도 국방부의 예산배정에 각 군의 알력은 심했다. 국방부를 일부 해군, 공군장교들은 빈정거리는 말로 '육방부(陸防部)'라고 불렀다. 육군 출신이 많다 보니 해군 공군의 무기체계를 육군 식으로 결정하기도 한다. 결정적인 실패작이 해상에서 쓰는 헬기를 육군 식으로 선정하다 보니 해군 함상에서 이륙한 헬기가 바다에 많이 추락한 것이 해군 장교의 말을 무시하고 육군의 계급 높은 사람이 결정해서 그런 일이 발생한 것이다.

제2연평해전의 작전지휘에 대한 책임을 묻기로 한다면 합참의장의 기동차단을 하라는 지시였다. 지상군에서의 기동차단 작전과 망망대해 해상에서의 기동차단이 어떤 차이가 있고, 기동차단을 하려면 사전에 얼마나 많은 후속 조치가 필요한 것인지를 알고 합참에서 해군 2함대에 기동차단을 지시했는지 이 서기관은 술만 먹으면 그 육군 똥별들이 해군의 청춘을 서해 바다에서 피로 물들게 했다고 눈물을 적시곤 했다.

합참 명령으로 차단 기동 나갔다가 357정은 선제 기습 공격을 측면으로 당한 것이다. 불행 중 다행으로 살아남은 이희완 중위가 다친 다리를 국방부 장관 앞에서 껑충 뛰어 보인 일이 있었다. 안보 강연에서 다친 다리로 고 윤영하 소령을 대신하여 함상에서 여기저기 다니면서 지휘했다고 영화는 그럴듯하게 만들어졌지만 진실은 은폐나 미화해서는 안 된다.

세월이 지나 국회 국방위원회에서 국방부 장관과 합참의장을 불러 왜 북한의 684함을 격침을 안 시켰냐고 물었다. 합참의장의 답변은 전면전으로 확전되는 것을 우려해서 684함을 격침 안 시켰다는 것이었다. 군인은 비가 와도 군인, 눈이 와도 군인이다. 합참의장이 통일부 장관 같은 답변을 한 것이다.

웃기는 것은 연평해전을 기록 영화로 만든 것에는 고인들이 치열하게 항전하는 것으로 되어 있지만 실제로 357정 사건이 종료된 후 진상 조사단이 확인 결과 '소총 외에는 응사한 흔적이 없었다'.

모든 포탄이 장전된 상태 그대로였다. 결국 357정은 전투가 아니라 일방적으로 선제 기습사격에 맥을 못 쓰고 패배한 것이다. 제2연평해전 당시의 연합사 부사령관은 문성규 대장이다. 6.13 도발정보 특수첩보를 미군 측에 통보하지 않았다. 세월이 지나 신문기자의 질문에 56××부대로부터 6.27 도발정보 특수첩보를 전달받지 못했다고 답변했다.

연합사령관도 연합사에 근무하는 한국군에게서 도발징후 관련 특수첩보를 통보받지 못해 미군도 아무런 조치를 취할 수 없었다고 했다. 이 신문 기사를 증거로 56××부대장이 거짓 증언을 했다고 민주당 부대변인이 발표를 했다.

2함대사령부 소속 참수리 357정의 고 윤영하 소령 외 5명의 합동영결식을 마치고 한 서기관은 부대 상황실에서 지나간 56××부대의 부대장 훈시를 읽어 보았다.

부대장 훈시

군인은 비가 와도 군인 눈이 와도 군인입니다. 청와대가 햇볕정책을 천명했다고 해서 첩보 수집을 소홀히 하여도 안 되고 국방부에서 우리가 수집한 첩보를 비중 있게 취급하지 않는다고 해도 의기소침해서도 안 됩니다.

777부대는 조기경보부대로서 5천만의 불침번으로서 또한 정보전의 최첨병으로서 북한군의 일거수일투족을 '사진 찍듯이' 정확히 그리고 철저히 수집하여 보고해야 합니다. 이것이 우리 부대에 부여된 지상명제입니다.

수집된 정보가 국방부에서 어떻게 처리되고 활용하는지는 국방부 차원의 일입니다. 때로는 국가정책을 수행하기 위하여 국방부 차원에서 정보 조작도 가능합니다.

미국 카터 대통령도 당시 주한 미군 일부를 철수시키려다가 벽에 부딪쳐 철수계획을 번복하게 되자, 북한군의 병력이 증가되었다는 정보로 조작해서 철수계획을 취소한 적도 있습니다. 이때 미 8군 참모장 싱글러브 소장이 철수를 반대하다 전역하는 사건이 발생했습니다. 우리는 정보부대지 청와대 참모부서가 아닙니다.

정부 부대원은 직급의 높고 낮음에 상관없이 점을 찾아서 모아 선으로 만들고 선과 선을 연결해서 면을 만들고 시간과 공간을 찾아서 완전한 정보보고서 한 건을 만드는 것입니다.

하기 쉬운 말로 판사는 판결로 말하고 검사는 공소장으로 말한다고 하는데 정보인은 정보보고서로 말합니다. 목숨 걸고 만든 정보보고서를 소중하게 국방부에서 활용하면 만족하는 것이고 쓰레기통에 버려져도 우리는 그들을 원망해서는 안 됩니다.

요즘은 장군도 장군답지 못하고 '똥별' 소리를 듣는 장군이 더러 있습니다. 청와대는 정치적으로 화해의 손을 들어 줄 수는

있습니다만 군인은 청와대 주인이 파란모자가 오든 빨강모자가
오든 변함이 있으면 안 됩니다.

일희일비하지 말고 수집 업무에만 만전을 기하면 됩니다. 국
방부에서 잘못 처리하여 어떤 사건이 발생하면 이는 전적으로
국방부의 책임입니다.

6.15 남북정상회담을 마치고 돌아온 김 대통령은 '한반도에 전쟁은
없다'고 선언했다. 그 이듬해 6월 2일과 3일에 북한 상선 3척이 사전
통보도 없이 제주해협을 통과하겠다고 왔다. 백두산호, 청진 2호, 영
군봉호 등 3척의 배는 우리 해군의 선박 검문에 '우리 장군님이 개척한
통로'라고 하며 선박 정지 명령에 정지도 없이 유유히 제주해협을 통
과해 서해로 나가 공해로 빠져나갔다.

6월 3일 통일부 장관 주재의 국가안전보장회의에서 사전 통보하거
나 허가 요청이 있을 때는 NLL을 북한 선박의 통과를 허용한다고 결정
했다. 참수리 357정이 박살이 난 이유가 햇볕정책으로 안보 불감증에
걸린 국방부 장관이 56××부대의 수집첩보에 대한 다양한 분석평가에
긴장을 표현하는 내용은 삭제하고 '단순침범'만 하달한 것이 원인인데
적반하장으로 국방부에서 56××부대의 정보지원에 문제가 있어 제2
연평해전이 패한 것이라고 한철용 소장을 징계한다고 했다.

200×년 7월 10일 56××부대장은 공관에서 식사를 하다가 전속 부관
공군 중위 이주현에게 메모 한 장을 전달받았다.

다음 날 7월 11일 15시 30분까지 정복 차림으로 국방부 장관실로 출두하라는 것이었다.

출두 이유를 궁금하게 생각하고 함께 식사하던 참모장과 기무부대장과 대화를 하는데 전속부관이 이번에는 팩스 한 장을 들고 왔다.

제2연평해전과 관련하여 '경고장'을 받으러 장관실로 출두하라는 내용이었다. 56××부대는 첩보수집 부대로 1999년 제1연평 해전 때도 부대표창을 받은 부대이다. 이번 제2연평해전에도 윤영하 소령 등 순직자를 영웅으로 만들고 상당수의 표창이 2함대사령부로 내려왔는데, 56××부대만 경고장을 준다는 것을 박현풍 소장은 받아들일 수 없었다.

박현풍 소장은 국방부 차관보에게 전화를 했다. 국방부 장관이 청와대 눈치를 보느라 56××부대서 올라간 정보를 긴장 요구하는 문구는 삭제하고 작전부대에 하달하고도 56××부대장에게 경고장을 준다는 것은 누가 봐도 잘못된 일이 아니냐고 따졌다. 합참의장이나 정보본부장이 경고장을 받으면 몰라도 왜 내가 경고장을 받느냐, 차라리 전역을 하면 했지 국방부 장관에게 경고장은 안 받는다고 했다. 자신은 내일 국방부 안 가고 부대로 출근해 전역지원서 올리니 그리 알라고 전화를 끊었다.

전역지원서 제출한다는 말이 나오자 합참의장이 바로 전화가 왔다. 전역지원서 제출을 보류하고 국방부 장관의 입장을 이해해 달라는 요구였다. 전역지원서를 작성하는데, 개각 발표가 났다. 국방부 장관이 교체된다는 발표가 났다.

참수리 357정이 그런 피해를 당했는데 편대장 겸 358정의 정장은 처벌받기는커녕 표창장을 받았다. 싸우다 산화한 해군 장병에 대한 영웅이 되게 하는 동안 햇볕정책의 그늘에 가려 어느 누구도 해군의 교전수칙에 대한 문제점을 청와대에 건의한 장군이 없었다. 합참의 수많은 장군 중에 누구 한 명이라도 선제사격 금지 한 줄 때문에 힘 한번 못 쓰고 더 좋은 장비를 보유하고도 당한 억울함을 풀어주는 장군이 없었다.

6월 30일 북한의 사곶 8전대 사령부에서 헬기 2대가 이륙하여 순안 비행장에 착륙하는 영상정보가 포착을 했다. 서해교전이라는 최초 명칭을 제2연평해전으로 이름을 바꾸고 패전을 승전으로 둔갑시켜 기념식을 갖는 나라는 남한과 북한뿐일 것이다. 전사는 똑바로 기록해야 한다. 7월 27일 휴전 기념일을 북한은 자신들이 전쟁에 이겼다고 전승 기념절이라 부른다. 냉정하게 평가하면 제2연평해전은 패전이다.

우리는 제2연평해전을 승전처럼 기념식을 한다. 2함대 사령관은 해전 후에 보직 해임되었다. 승전이면 왜 제독을 보직해임 시키는가?

200×년 7월 13일에 합참의장 지휘서신을 내렸다. '6.29 서해교전 관련하여'라는 제목이었다. 작전을 신속히 성공적으로 수행하였다고 자평하고 철저한 분석으로 교훈을 도출해야 한다고 했다. 그는 몇 가지 문제점을 나열하였다. 첩보수집 능력 보완, 함정 선체와 승조원의 방호력 보강, 지휘통제 및 보고체계 보완 등을 열거했다.

한 서기관은 야근하면서 지휘서신을 읽었다. 야근하고 싶은 마음이 순간 달아났다. 육군 대장이 해상전투에 대하여 얼마나 안다고 기동차단을 지시하고, 선제타격 금지를 지시한 놈이 이런 지휘서신을 내리다니 열불이 나서 더 이상 부대 사무실에 있을 수가 없었다. 윤 정보참모에게 전화를 걸었다.

"참모님, 합참의장 지휘서신 읽어 보셨어요?"

"봤는데, 열불이 나서…."

"장군이라는 작자들이 햇볕정책에만 신경 쓰고 청춘의 피가 적에게 죽어 가는 것을 뻔히 보면서 선제타격 금지를 상황에 따라 조치하라고 바꾸어 주지는 못하고 뭐 첩보수집 능력 보완? 지들이 첩보 수집이 어떻게 되는지 알기나 해?"

"그러게. 첩보 수집 능력 보완이라는데 뭘 보완하라는 거야?"

"그러니까 지들 잘못을 56××부대에 뒤집어씌우자 이거지요?"

"들리는 말이 부대장 전역한다던데, 사실이야?"

"예, 국방부 장관 경고장 받느니 차라리 전역하시겠다고 합니다."

"군인이 비가 와도 군인, 눈이 와도 군인이지, 대통령이 햇볕정책을 말한다고 국방부 장관도 굳이 햇볕정책 전도사가 되어야 하나 몰라?"

"에이, 참모님. 열 받는데 소주 한잔하시죠?"

"그래요, 고래사냥서 봐요."

"참모님, 여운정 소령도 불러요."

"오우케이~"

'고래사냥' 포장마차에서 정보참모 윤 중령, 한 서기관, 여 소령 셋이 만났다.

"필승!"

"필승 같은 소리 하네. 야, 우리 함정이 북한 선제공격에 박살났는데 무슨 필승이야?"

"그래도 햇볕정책 덕분인지 다 훈, 표창 내려오고 장군들도 영전되는데, 필승해야죠."

"사장님, 오늘은 동태찌개에 소주 주세요!"

"자, 잔을 들어. 우리 음지서 일하는 정보를 위해 한잔합시다."

"우리는 점을 찾아 선을 이어 정보를 만드는 정보요원이다. 정보를 위하여!"

"위하여!"

"위하여!"

"여 소령, 너 왜 정보병과 선택했나?"

"전공이 수학과라고 그냥 정보 보냈어요. 저도 함상 근무 원했는데."

"어, 수학과 몰랐다. 그럼 여기 마치고 56××부대서 난수표 암호 해독 장교 해라."

"그게 마음대로 되나요?"

"오늘 합참의장 지휘서신 읽어 봤어?"

"봤지요."

"뭘 느꼈어?"

"아니, 참수리 357호가 박살난 이유가 선제타격 금지로 그리 된 것을 그 정도 정보제공 했으면 되었지, 그 이상 뭘 어쩌라고 합참의장이라는 분이 첩보수집 능력 보완이라는지."

"그래, 여 소령이 별 넷보다 훌륭하다. 정말 마빡에 별만 달면 다야? 무식한 것들이 바다에 대해 뭘 알아? 바다의 전투는 해군 중령 대령이 더 잘 알지."

"그러니까 합참이 문제라니까요. 이건 합참이 야전부대를 도와주는 건지 시어머니 잔소리꾼인지 알 수 없는 합참이 되었어요."

"그럼, 명령계통은 단순해야 하고 일단 싸움이 시작되면 상부 간섭은 최대한 줄여야 하는 것이야, 그런데 뭐, 전술지휘통제시스템 그 개 뒷다리 같은 것 하나 들여놓고 2함대사령관에게 작전사령관 한마디, 합참의장 한마디, 청와대 국정상황실 한마디, 국방비서관 한마디 그러면 그게 싸움이 됩니까?"

"이번에 장군들도 느꼈으니 고치겠지?"

"고치긴요, 지들 자리보전 하거나 전역 후 국방부 장관이나 국방비서관 가려고 로비나 하지 정말로 이 나라 바다를 걱정하는 육군 장군이 있어요?"

"왜, 요즘 통합군 장군들이 많이 연구 중이던데?"

"원래 산에서는 호랑이가 왕이고 바다에선 상어가 왕입니다. 하늘엔 독수리!"

"그래서 장군들이 우리나라 육군은 호랑이처럼 싸우고, 해군은 상어처럼, 공군은 독수리처럼 싸우는 합참을 만든다고 하던데."

"지랄 염병을 해요. 그럼, 처음부터 북한처럼 통합군으로 했어야지, 왜 육군, 해군, 공군으로 해 놓고 이제 통합군 연구해?"

"그동안 국방부가 '육방부(陸防部)' 소리 들었는데, 앞으로 무기는 해, 공군 무기 발전이 더 필요하니까 장군들이 같이 가자 이거지?"

"참, 서기관님! 56××부대장 전역한다는 말 사실입니까?"

"아니, 아직 전역 확실한지는 모르고 들리는 말이 국방부 장관이 경고장 수여한다고 하니 경고장 받으니 그냥 전역한다고 했는데, 그 국방부 장관이 개각으로 물러나서 앞으로 어떻게 될지 모르지."

"아, 그렇군요."

"참모님하고 여 소령에게 56××부대장 이야기 나왔으니 제가 부대장 박현풍 인생 스토리 한마디할게요."

"뭐, 육사 나와 쭉쭉 진급 잘하고 56××부대장 별 둘이면 성공한 거지."

"예, 별 둘이면 성공한 거 맞는데, 대위서 소령 진급 스토리가 재미있습니다."

"뭔데?"

"처음에 우리 부대장 육사라서 쭉쭉 진급 잘한 줄 알았는데, 사령부서 전입 대기하면서 들었어요. 대위에서 소령 2번 떨어지고 3차 때는 박정희 대통령에게 전해 달라고 자신의 사연을 편지로 써서 박근혜 영애에게 보냈다는 거야. 정말 그 편지를 박정희 대통령이 읽었는지 아닌지는 모르지만 그해 3차로 소령 진급하였답니다."

"뭐, 연좌제야?"

"예, 박정희 시대는 연좌제 심했지요? 참모님도 아실 겁니다. 연좌제. 박현풍 소장의 형이 월북자라고 합니다. 그래서 연좌제로 대위에서 소령 진급 두 번 떨어지고 자필 편지를 써서 청와대로 보냈다고 합니다."

"야, 대단하네. 청와대로 편지 보낼 생각을 다 하고…."

"소령 진급 힘이 들었는데, 중령, 대령은 잘되어 1군단 정보참모 하고 8사단장 마치고 국가정보원장, 국방보좌관 갔다가 56××부대장 왔다고 합니다."

"그런 아픔이 있으니까 56××부대 군무원도 많고, 하사관도 많은 집단 골고루 살피지."

"그렇지요."

"그런데, 이 나라 대통령 아무리 햇볕정책이 중요해도 순직한 장병에게 조문도 안 한 것은 너무하지."

"그러게 말입니다. 요즘 시중에서는 개그 소리로 김정일 국방위원장이 남북통합 초대 통일대통령이라고 합니다."

"그럼 국정 기조가 햇볕정책이니 거기 반하는 말은 꺼낼 수 없지?"

"그래서 대통령이 월드컵 폐막식 참가로 일본 가면서 서울공항과 수도통합병원 얼마 안 되는 거리인데도 조문도 안 한 거래."

"점점 정보장교가 힘든 세상이 되었습니다."

"그래, 여 소령 앞날이 걱정된다."

"지난번에 북한어선 3척 내려온 것도 우리가 제대로 검문도 못하고 돌려보냈는데, 그놈들 중에 정찰요원이 있었는지 어찌 압니까?"

"그래, 통일부 장관 임동원이 완전히 김정일 국방위원장 오른팔이야."

"왼팔은 김양건?"

"그래, 여 소령이 세상 뭘 좀 아네?"

"정보장교들은 국정원장이 김정일 심복이라고 오래전에 알고 있었어요. 말로는 평화 전도사라는데, 우리가 살고 평화지 청춘의 피를 손해 보면서 무슨 평화입니까?"

"그러니까 정보장교 입장에선 북한 배 3척 정식으로 검문하고 합동 신문 하고 돌려보내도 되는데 바다에서 되돌려보내라는 통일부 지시로 국방부가 꼼짝 못 하는 거 아닙니까?"

"그렇지요."

"대통령이 아무리 국제행사가 중요해도 순직 장병들 조문도 안 하고 일본을 다녀온 것은 너무하지."

"그러게 말입니다. 김정일이가 초대 남북한 통합 대통령이라는 말이 사실로 보여요. 뭐든 북한 눈치 보고 시행하는 정부니까요."

"북한 눈치를 보느라고 대통령은 조문도 안 해. 합동참모본부는 지침이라고 어떤 일이 있어도 선제타격 하지 마라. 선제타격을 당해도 확전은 방지해라. 이게 나라입니까?"

"점점 정보장교 하기 힘든 세상이 되었습니다."

"오죽하면 청와대하고 국정원에 간첩이 득실거린다고 하겠어요?"

"지난번 북한어선 3척 내려온 것을 잡아서 검문도 못 하고 바다에서 되돌려보냈는데, 그 3척의 배에 북한 정찰병이나 정찰 간부가 탔다고 가정해 보면 끔찍합니다."

"내 생각은 그 어선이 우리 해군 동태를 정찰하고 간 어선 같아."

"정보장교들은 그런 생각을 하는데, 합동참모본부이나 청와대는 전혀 그런 감이 없으니까 임동원 통일부 장관이 남북 화해 협력을 위해 풀어주라 하니 이거 신상파악도 못 하고 그냥 보낸 것 아닙니까?"

"그래, 나도 연평해전 전에 끝까지 난동 부린 어선은 합리적 의심을 품게 했어."

처음 간단히 각 1병만 하려고 한 술자리가 밤 10시가 넘었다. 술병은 7병이나 되었다. 제2연평해전 정보지원 미흡으로 패했다는 국방부 장관의 56××부대장 경고장 사건에 흥분한 정보 관계자들은 술을 물 마시듯 마셨다. 고래사냥 사장이 이제 장사 마감 시간이라고 일어나라고 했다.

"아니, 고래사냥 옆에 누가 '멸치사냥' 포장마차 안 차리나?"

"왜요?"

"고래사냥은 10시 문을 닫으니 한잔 더 하려면 다른 포장마차 하나 있어야 하는데."

"그만들 하세요. 내일 새벽 나갈 양반들이 각 1병 마신다고 들어와 2병씩 마셨으면 되지, 뭘 더 마셔요?"

"그래도 술을 마셔서 늦은 적은 한 번도 없습니다."

"정말 정보처 간부들은 신기합니다. 참모님이나 장교나 하사관이나 술이 그렇게 취하게 마시고도 새벽에 출근하는 것을 보면 정보처 사람들은 간 기능이 다른 처부 사람보다 좋은가 봐요?"

"그럼요. 그래서 정보는 육, 해, 공군 구분 없이 국군정보사령부 그러는 것 아닙니까?"

"북한도 정보처 사람들은 다른 처부보다 일찍 출근하나요?"

"그럼요. 지들도 우리 정보 수집해 지들 지휘관에게 보고 하려면 새벽 출근하겠지요."

"아마 2함대 정보참모와 56××부대 특수정보 관리장교, 정보종합 분석 장교 여 소령까지 고래사냥에서 술 마시는 것까지 알고 있을 거다."

"고래사냥에서 술 마시는 거는 아는데 첩보 수집회의를 하는 것은 모르겠지요?"

"그래, 그건 알면 안 되지."

제2연평해전 순직자들의 영결식은 해군장으로 진행되었다. 임석상 관이 해군참모총장이라는 이유로 국방부 장관, 합동참모본부의장, 한미연합사 부사령관, 육군 참모총장, 1, 2, 3군사령관 등은 장례식에 참석을 하지 않았다.

서해를 지키다 순직한 6명의 장례식은 쓸쓸한 영결식이 되었다. 영결식 이후에도 정부의 무관심 속에 유가족은 허망한 세월을 보냈다. 오히려 UN군 사령관 라포트 대장이 유가족에게 애도와 위로의 편지를 보냈다. 더구나 모 방송국은 제2연평해전이 우리 어민들의 무분별한 꽃게잡이로 유발된 것으로 왜곡 보도를 하였다.

고 박동혁 병장의 부모는 아들을 잃고 국가에 대한 원망을 품고 강원도 홍천으로 낙향을 했다. 고 한상국 중사의 미망인 김종선 씨는 미국으로 이민을 떠났다. 미국 메사추세츠 주의 '우스터'라는 마을에 제2연평해전 순직자의 이름을 새겨 기리기 때문에 그 마을로 무작정 이민을 떠났다.

제2연평해전 2주년의 센트럴 메사추세츠 한국전 참전 기념탑 건립위원회가 우스터에 유가족을 초청하여 추모행사를 했다. 목숨을 바친 나라에서는 전사자들의 추모행사도 햇볕정책 그늘에 가려 쉬쉬하는데, 이역만리 '우스터'에서는 고귀한 추모행사를 하였다.

200×년 10월 4일 국회 국방위원회 국정감사에 56××부대장 박현풍 소장이 증인으로 출석했다. 박 소장은 국회의원들이 제2연평해전에서 56××부대의 정보지원에 문제가 있다고 지적한 것에 항변조로 최초 작성된 블랙북을 흔들어 보였다.

"이것이 최초의 제2연평해전 블랙북입니다. 기자들은 사진을 찍지 마세요!" 하였지만 카메라 기자들은 특종을 잡은 듯이 마구 사진을 찍었다. 이날의 석간과 다음 날의 조간은 블랙북을 흔드는 박현풍 소장의 사진이 크게 보도되었다. '블랙북'의 정식 명칭은 '일일 정보 보고서'다.

그것을 위장명칭으로 검은색 가방에 담아 보고한다고 '블랙북'이라 불렀다. 56××부대장은 블랙북은 그 내용이 비밀이지 블랙북 자체는 비밀이 아니라고 항변했지만 이미 블랙북이 특종으로 보도되어 박 소장은 비밀 누설자로 낙인 찍혔다. 점심 식사 후 속개된 국방위원회 감사에서 천병태 국회의원이 발언을 했다.

"민주당의 천병태 의원입니다. 군에서는 지켜야 할 보안사항이 있는 것입니다. 비밀은 비밀로 보호해야 합니다. 쓰리세븐(777) 부대는 그 존재 자체가 3급 이상의 비밀입니다. 저도 군대 생활을 30년 이상 했지만, 국방부 장관을 할 때까지 쓰리세븐 부대 내부가 어떻게 생겼는지 무얼 하는 부대인지 모르고 군 생활을 했습니다. 쓰리세븐 부대는 그 자체가 엄격한 비밀에 속하는 것입니다.

오늘 56××부대장이 블랙북을 흔들어 보이면서 증언하는 것은 우리 군대의 보안 수준이 이 정도인가를 한탄하게 만들었습니다. 국방부 장관은 엄중하게 보안 위반 사항에 대한 처벌을 해야 합니다. 한심하고 개탄할 노릇입니다!"

천 국회의원은 자신도 한때 장군이었고 국방부 장관을 마치고 국회의원을 하는 사람으로서 56××부대장을 호통을 쳤다. 천 의원의 호통은 언뜻 보면 훌륭하다. 하지만 정작 비밀을 누설한 것은 박현풍 소장이 아니라 천 의원이다. 자신이 비밀을 누설하고 박 소장을 호통치는 자가당착에 빠졌다. '쓰리세븐(777)부대'라고 언급을 하고 56××부대장 박 소장이라고 언급했다. 쓰리세븐이 비밀이라서 그걸 숨기기 위한 가장 명칭이 56××부대라는 것을 온 천하에 밝힌 비밀 누설자가 천 국회의원이다.

10월 8일 국방부 특별조사단이 2함대사령부와 56××부대를 대상으로 특별조사를 했다. 특별조사단장은 차태후 중장이었다. 특별조사단의 정부분야 검열관은 합동참모본부정작참모부의 구범모 대령이었다. 구 대령은 2함대사령부 정보참모실로 검열을 나갔다. 정보참모 윤빈영 중령과 56××부대 특수정보 관리장교 한 서기관과 여 소령을 불렀다.

구 대령이 3명에게 굳은 표정으로 말을 했다.

"정보참모 윤 중령, 56××부대 한 서기관, 정보종합장교 여운정 소령 지금부터 내가 하는 말은 합동참모본부의장과 국방부 장관을 대신해서 묻는 말이니 정직하게 답변 바랍니다."

"네, 알겠습니다."

"6월 29일 제2연평해전 전의 6월 1일부터 30일까지 일일정보보고서 다 가져와."

"네, 여기 있습니다."

"6월에 북한 어선이 NLL을 넘은 적이 많은데, 모든 분석 보고를 '단순침범'으로 했는가?"

"예, 56××부대서 일일 정보보고서에 보고한 사항은 거의 단순침범으로 보고했습니다."

"56××부대에서 분석보고서에 경고성 보고는 없었나?"

"아닙니다. 제가 56××부대장이 국회 국방위원회에서 문제가 된 특수정보 14자 보고 건에 대하여는 블랙북 보고 올라간 것 외에 별도로 생 첩보 보고를 드렸습니다."

"그 내용 어디 있어요?"

"56××부대 부대일지에 부착되어 있습니다."

"그것 한 부 복사해서 제출해요."

"예, 복사해서 제출하겠습니다."

"보고에 사령관님 반응은?"

"무슨 근거로 그런 보고를 하느냐고 하셔서, 그 생 첩보를 드렸습니다. 그리고 출항하는 함정에 대하여는 경각심을 고취하는 정신교육이 필요하다고 말씀드렸습니다."

"이런 생 첩보를 부대일지에 부착해도 됩니까?"

"예, 분석보고서를 만들어 정식으로 비밀 등급 부여하는데, 생 첩보는 부대일지가 대외비라 부착해도 대외비로 보호되니까 상관이 없습니다."

56××부대 병사가 한 서기관에게 6월 28일 부대일지와 생 첩보 부대일지에 부착했던 A4 한 장도 가져왔다.

"검열관님, 여기 부대일지 사본 생 첩보 사본입니다."

"알았어요. 한 서기관은 여기 오기 전에 어디서 근무했습니까?"

"네, 대위로 제대하여, 군무원 시험에 합격해 처음에는 국방부 근무했고, 정보사령부와 국방과학연구소, 사무관으로 승진된 후에는 합참 민사심리전사령부에서 근무했습니다. 서기관 승진 후에는 민사심리전사령부는 서기관 자리가 하나라서 제가 56××부대로 전출명령이 났습니다. 56××부대에 오니 해군 정보 소령이 부족해서 2함대사령부 특수첩보 관리장교가 소령 편제인데 4급 서기관은 소령 직위에 근무 가능하다는 인사처의 승인이 나서 왔습니다."

구 대령은 정보 분야 확인 사항 목록을 다시 확인했다. 정보 요원들에게 정보처로 모이도록 했다. 정보처 병사부터 정보참모까지 다 모였다.

"이번 제2연평해전 국방부 특별조사단의 정보검열관 구본영 대령입니다. 고인이 된 윤영하 소령과 순직한 5명의 영결식은 하였지만 솔직히 우리가 선제공격을 받아 참패한 해전입니다. 해군 장교라서 고인들에 대한 훈장 추서는 동의하지만 해전을 승리한 것으로 평가하는 것에는 반대합니다. 국방부 장관이 56××부대의 정보지원에 문제가 있었다고 언급했는데, 검열관이 확인한 바로는 여기 윤빈영 정보참모와 말단 병사에 이르기까지 또 56××부대 특수정보 관리장교 한 서기관과 56××부대 병사들 모두 음지에서 정보지원을 제대로 한 것이라고 보고서에 명시하겠습니다. 그동안 수고 많은 정보처 전 장병의 노고를 고맙게 생각합니다. 작전은 자신들의 작전성과를 자랑하거나 부풀릴 수 있습니다만, 정보는 항상 축소도 확대도 해서는 안 됩니다. 사실 그대로 정보보고를 해야 하는데, 여기 2함대사령부의 정보지원에는 문제가 없었다고 보고할 것입니다. 감사합니다."

국방부 특별조사단은 10월 15일에 해군 2함대사령부와 56××부대 등에 대한 조사 결과를 발표했다.

56××부대가 6월 13일과 27일 일일 정보보고를 통해서 북
한군의 최근 동향에 대한보고 및 전파를 한 것은 사실이나 일부

중요첩보는 처리과정에서 혼선을 초래하였으며 특히 6월 27일 서해 NLL을 침범한 북한군 선박에 대해 '단순침범'이라고 전파하여 제2연평해전의 발생 이전에 충분한 도발 가능성을 제시하지 못한 것으로 조사했다. 전임 국방부 장관 김동신의 지시 때문에 특이징후가 말단부대에 전파되지 못했다고 주장하나 비록 정보본부의 분석보고에 특수정보가 누락되었다고 해도 실제로 생 첩보가 해군 2함대사령부를 지원하는 56××부대 파견대는 생 첩보 원문 그대로 2함대 사령관에게 구두보고를 하였기 때문에 정보지원이 미흡하다고 단정할 수는 없습니다. 이번 제2연평해전 관련 정보본부장, 56××부대장, 정보융합처장, 701 정보단장에 대하여는 국방부 징계위원회에서 적절한 조치를 할 예정입니다. 이상 국방부특별조사단 조사보고를 마치겠습니다. 국방부 특별조사단장 육군 중장 소병학입니다. 감사합니다.

조사관 구 대령은 말단 정보지원에 이상이 없었다고 보고서를 작성했는데, 조사단장의 발표문에는 미흡한 것으로 되었다.

56××부대장 박 소장이 보직해임 되었다. 2함대사령부를 정보 지원하던 부대 특수정보 관리장교 한 서기관이 보직병경 되어 지휘통제실 상황장교가 되었다. 한 서기관 후임으로 여군 장교 손현승 소령이 보직되었다. 윤빈영 정보참모는 고래사냥에서 한 서기관의 환송회와 손 소령의 환영회를 함께 했다. 참모가 건배제의를 했다.

"모두 잔을 들어 주세요. 오늘 그동안 헌신적인 정보지원을 하던 한 서기관이 상급부대의 명령에 의하여 우리 옆을 떠납니다. 후임으로 여군 손현승 소령이 왔습니다. 전임자와 후임자 모두에게 앞날의 영광을 위해 건배제의를 하겠습니다. 우리 모두 위하여!"

"위하여!"

이어서 전임자 한 서기관이 건배제의를 했다.

"훌륭하신 참모님과 좀 더 근무하고 싶었는데, 그놈의 연평해전 정보지원 잘하고도 국방부 장관이 우리 56××부대장을 보직해임 시키고 저도 덩달아 떠나게 되었습니다. 정보병과를 위하여!"

"위하여!"

후임자 손현승 소령이 축배제의를 했다.

"잔을 들어 주십시오. 저는 앞으로도 기회가 많으니 축배로 하겠습니다. 정보는 비가 와도 정보 눈이 와도 정보라고 배웠습니다. 음지에서 양지를 지향한다고 했듯이 우리는 우리의 일이 묻히더라도 우리의 길을 잘 가기를 바랍니다. 특히 떠나시는 한 서기관님 앞날에 무운장구를 위하여!"

"위하여!"

포장마차 '고래사냥'은 '위하여!' 하는 우렁찬 목소리로 밤이 깊어 갔다.

8.

뒷모습

내 동생 귀염둥이

개구쟁이 내 동생

이름은 하나인데

별명은 서너 개

    동요 속 동생은 왕자님인데, 현실의 동생은 왕자님이 아니었다. 태어나기도 3.4kg 우량아로 태어났고 먹는 것도 엄마 젖, 분유 안 가리고 잘 먹었다. 그런 동생이 군대를 갔다. 부모님이 이혼하고 유일한 남자인 천명이 군 복무하는 20개월 동안 여자 둘이 지냈다. 표현하기 어려운 허전함이 있었다.

    양주군 가납 비행장에 살던 때가 있었다. 아버지가 무인항공기 중대장으로 근무하게 되어 가납초등학교 5학년에 전학을 했다. 동생은 1학년으로 전학을 했다. 여름방학에 전학을 했기 때문에 9월 2학기 개학에 친구들에게 첫인사를 했다.

    5학년이지만 거쳐 간 학교는 6개나 되었다. 전학을 할 때 서무실에서 공무원이 "어머나, 학년은 5학년인데 학교는 6개나 되네요?" 하였을 때 엄마는 천연덕스럽게 "예, 아빠가 직업이 군인이라서 여기저기 떠돌다 보니 그렇게 되었어요." 했다.

전학 갈 때마다 기존의 학생들의 텃세에 시달려야 했고, 어떤 애와는 싸우고, 도저히 싸울 상대가 안 되는 애에게는 미키마우스나 곰돌이 캐릭터가 들어간 공책, 지우개, 연필 등으로 환심을 샀다.

"애 아버지가 하필이면 정보장교라서 예고 없는 전출이 많았어요. 그러다 보니 우리 딸 학년 숫자보다 학교 수가 많아졌네요."

"어머나, 정보장교는 진급도 힘들다고 하던데, 소령이시면 아버님 대단하신 모양입니다."

"예, 무인항공 중대장도 정보학교 교육도 다 마치기 전에 수료증은 우편으로 보내 준다고 하고 부랴부랴 온 거예요."

"아, 그러시군요. 나중에 학생들 비행장 견학이나 할 수 있게 도와주세요."

"예, 애들 아빠에게 한번 말해 보겠어요."

군인가족 세계에서 남편이 대위면 여자는 소령이고, 남편이 소령이면 여자는 중령, 남편이 대령이면 여자는 장군이라는 말이 있다.

어려서는 그 말뜻을 몰랐다. 계란 한 판 나이가 되다 보니 사회생활도 별반 차이 없다는 것을 알게 되었다. 일만 죽어라고 하는 사람보다 직급 높은 사람과 술도 마시고, 영화도 같이 보고, 골프도 함께하는 사람이 일만 하는 사람보다 승진을 잘하는 것을 목격했다.

전학을 가 본 학생만이 전학생의 심정을 알 것이다. 과부가 되어야 과부 심정을 알고 홀애비가 되어야 홀애비 심정을 알 듯, 처음 단체생활을 한 것은 경기도 포천 신읍 초등학교 병설 유치원 때이다. 아빠가 포천군단 정보처에 근무를 했기 때문에 포천의 진군아파트에 살면서 신읍 초등학교 병설유치원 추첨을 하느라 엄마와 이모가 전날 밤부터 신읍초등학교 교문 앞에서 라면박스를 깔고 밤을 새서 병설유치원생이 되었다.

신읍초등학교에 입학하여 1학년은 병설유치원 출신들이 급장과 부장 등을 다 맡았다.

아빠는 여름방학이 지나 추석 무렵 군단 정보처에서 대전 육군대학의 학생장교가 되었다. 나도 대전 신봉초등학교 1학년으로 전학을 갔다.

××군단 마크를 떼고 육군대학 마크를 달고, 나는 신읍초등학교 이름을 지우고 신봉초등학교 1학년 2반이라고 공책마다 수정을 했다. 내가 조금 일찍 끝나서 그렇지 우린 비슷한 신세가 되었다.

신봉초등학교 선생님이 내준 숙제를 하였고, 아버지는 육군대학의 교관이 내준 숙제를 하느라 밤늦게 지도에 비닐을 붙이고 이상한 기호를 지도 위에 그리고 또 노트에 기록도 했다. 엄마는 동생 우는 소리가 공부에 방해가 된다고 동생을 데리고 아파트단지 내 어린이 놀이터에서 놀다가 밤 10시가 넘어서야 들어왔다.

이듬해 아빠가 육군대학을 수료하고 경기도 장호원의 ○○군단 정보처로 근무지가 결정되었다. 나래초등학교로 전학을 갔다. 학년은 2

학년인데 학교는 3개가 되었다. 전학을 갔을 때 나래초등학교는 전교생이 19명이었다. 전교생의 숫자가 20명 이하면 학교를 폐쇄하고 교육청에서 노랑 통학버스를 운영한다고 했다.

남매가 전학을 가서 학교가 폐교되는 것을 막아 타의에 의해 나래초등학교 폐교 위기를 구해 낸 구원투수가 되었다.

모든 선생님과 학생들이 반갑게 맞이하고 "네가 전학생 우미 아냐?" 하고 언니들이 물으면 "예" 하고 공손하게 대답했다.

1년 후 아빠가 ○○군단에서 정보사령부 본부로 발령이 났다. 정보사령부는 군인아파트 대기번호가 2년이 지나야 대기번호 20번으로 군인 아파트에 입주할 수 있다고 했다. 2년 후면 또 다른 부대로 전출 갈 것이기 때문에 군인아파트 입주를 포기하고 외가가 있는 영등포구 신길 5동에 주민등록을 이전하고 ××초등학교로 전학을 했다.

××초등학교를 1년 다니고 다음 해 아빠는 연천군 신서면 대광리 보병 ○○사단 전방연대 정보과장이 되었다. 대광 초등학교로 전학을 했고, 1년 후 아빠는 양주군 가납 비행장의 무인항공 중대장이 되었다. 전학을 가면 둘 중 하나의 노선을 바르게 선택을 해야 한다. 그 반의 '일짱'이라는 애를 누르거나 아니면 그 애의 마음에 들 선물을 준비해서 다른 애들이 나를 건들지 못하게 해야 편하게 학교생활을 한다.

엄마는 그럴 때 쓰라고 우리 집은 공책, 연필, 지우개는 항상 차고도 넘쳤고 일반 문구점에서 구입한 것이 아니라 남대문 알파문구 본점에서 대량으로 구입한 것이라 품질도 좋고 그림도 예뻐 문구로 가는 곳마다 텃세들의 환심을 샀다.

문제는 동생이었다. 전학 후 며칠이 지난 후 담임선생님이 보낸 가정통신문에 '천명 어머니 학교 방문 바랍니다. 담임 송미정'이라는 메모가 있었다.

"천명아."

"왜?"

"학교에서 무슨 일 있었니?"

"아니요."

"그런데, 왜 엄말 오라지?"

"선생님이 엄마 보고 싶은 모양이지."

엄마는 옷장에서 검은색 투피스를 꺼냈다. 명동의 모 백화점에서 아빠의 눈총을 받으면서 구입한 샤넬 핸드백을 걸쳤다. 핸드백을 사던 날 아빠는 몇 달치 봉급이 핸드백 하나 값이냐고 놀랐고 명품 핸드백을 걸친 여자를 '된장녀'로 불렀는데 그런 '된장녀'가 내 마누라일 줄은 꿈에도 몰랐다고 했다. 엄마는 쥐꼬리만 한 봉급으로 이만큼 살림하고 서울에 아파트 마련한 여자 있으면 군인 마누라 중에 나와 보라고 맞서 싸웠다.

천명과 난 어느 편도 들지 못하고 이불을 뒤집어쓰고 빨리 휴전이나 종전되기를 기다렸다.

엄마는 금색 쇠줄이 치렁치렁한 핸드백을 매고 가납초등학교를 당당하게 걸어 들어갔다. 1학년 2반 송미정 선생님을 찾아왔다고 했다.

송 선생님 앞자리 선생님이 말을 건넸다.

"1학년 어느 학생 학부모신가요?"

"예, 우천명 엄마입니다."

"아! 천명 참 영특한 아이입니다."

"아니, 뭐…. 애가 좀 개구쟁이라서."

"2반 송미정 선생님에게 들은 이야기인데 천명이 2반 교실의 금붕어를 학교 뒷동산에 제사를 지냈다고 합니다."

"네? 자세히 좀 말씀해 주시겠어요?"

"그건 좀 있으면 송 선생님이 종례 마치고 오시면 들어 보세요."

"예."

학교 종이 울리자 운동장으로 애들이 뛰어나왔다. 1학년 2반 송미정 선생님이 교무실로 들어섰다.

"송 선생, 여기 천명 어머님 오셨어요."

"안녕하세요? 선생님 알림장 보고 이렇게…."

"예, 사실은 제가 직접 천명네 집을 방문하려고 했는데, 군부대 관사라서 들어가려면 신분증도 정문에 맡겨야 하고, 출입일지 기록 남으면 오해할 수도 있어 오시라고 했습니다."

"천명이가 무슨 잘못이라도 했나요?"

"어머님, 천명이가요, 완전 애늙은이예요."

"네에?"

"자기가 좋아하는 것은 집중해서 빨리 하는데, 싫은 것은 아예 거들

떠보지도 않아요."

"선생님이 좀 잘 지도해 주세요."

"이건 제가 어떻게 할 수 있는 경지를 넘었어요. 유럽이나 미국 같은 선진국은 학생이 자기가 좋아하는 것 하나만 잘 해도 대학을 가는데, 한국은 전 과목을 잘해야 내신 등급 잘 받고 좋은 대학 들어가는데 천명은 도저히 한국 교육제도에 맞지 않는 아이 같아요. 죄송한 말씀이지만 경제적 여유 되시면 노르웨이나 스위스, 캐나다 아니면 중국의 국제학교라도 유학을 보내시는 것이 좋겠어요."

"유학 보낼 돈이 있었으면 이런 시골 군인관사에 살겠어요? 군인이라 여기저기 전학을 많이 다녀야 하는데 걱정이네요."

"처음에는 천명이 학습지진아인 줄 알았어요. 그런데, 보통의 아이 이상의 두뇌 소유자입니다. 수학은 3, 4학년 과정을 이해하고 있고 일부러 관심 갖게 남들 안 하는 행동도 하고 있어요."

"무슨 일 있었나요?"

"어머님, 놀라지 마세요. 며칠 전에는 교실에 금붕어 4마리를 교실 뒷동산에 묻고 나무젓가락을 고무줄로 묶어 십자가를 만들어 무덤에 세웠더군요."

"세상에."

"어린애가 잔인하다고 말할 수도 없고, 무덤에 십자가를 해 준 걸 보면 생명을 경시하는 애는 아닌데 정말 이해하려고 해도 이해가 안 되는 애입니다."

"어머나, 어머나!"

"더구나 왼손잡이라서 오른손에 연필을 쥐어 주면 힘이 없어요. 왼손으로 쓰라고 하면 모양은 형편없는데 빨리 쓰거든요."

"집에서도 왼손잡이 고치려고 했는데, 서울에 살 때 S대학교 심리학과 정신의학과에 가서 상담 받으니 그냥 왼손잡이는 왼손을 쓰게 하라고 해서 그냥 두었거든요. 애 아버지는 어려서 할아버지, 할머니가 왼손에 붕대를 감아 오른손잡이를 만들었다고 합니다."

"국어, 수학, 사회, 과학은 잘하는데 음악, 미술, 체육은 완전히 배를 째라 식입니다."

"선생님, 제가 금붕어는 4마리 교실에 사서 다시 원상 복구하겠습니다. 천명을 선생님이 좀 잘 지도해 주세요. 정말 유학 보낼 형편 안 됩니다."

"예, 노력은 하겠지만 어머님도 그 점 아시고 집에서 창의력은 유지하되 일반적 학생과 보통의 공감을 같이하는 연습을 시켜 주세요."

엄마가 학교에 다녀온 날 저녁 비행장 안에 있는 1호 관사에서 삼겹살 파티를 했다. 부대와 연결된 직통 전화로 야간 비행이 있더라도 식사는 집에서 같이하고 다시 나가 비행하라고 했다.

무인정찰기 부대는 1주일에 2회는 야간비행을 하도록 상급부대서 훈련지침이 내려와 있었다. 전쟁은 밤에도 할 수 있기에 야간비행은 필수라고 했다. 야간비행 준비 지시를 하고 식사를 하러 관사로 왔다. 항공부대 안에 있는 육군항공의 다른 조종사들과 정비사 그리고 육군

항공 중대장도 함께 식사에 초대되었다. 관사는 넓은 잔디밭과 통신선을 감는 방통을 이용한 원형 식탁이 있기 때문에 외부 식당으로 외식을 안 가고 집에서 준비해 먹어도 외식 분위기가 났다. 엄마가 씻어 주는 야채와 소금, 후추, 김치, 풋고추, 마늘, 기름장 등을 천명과 나는 주방에서 원형 식탁으로 운반했다. 아버지와 운전병 광재 아저씨가 도착했다.

"안녕하세요, 광재 아저씨!"

"아니, 광재 형!"

"그래, 미아, 천명 잘 있었니?"

"예."

부대 운전병인 광재 아저씨는 군용차량 70××부대 501차량의 운전병이었다. 군대 입대하기 전에는 모 음료회사의 2.5톤 박스차량 운전을 했다고 한다. 정말 운전의 귀재라고 할 정도로 부대 차량과 부대의 대형 트럭에 트레일러를 달고 운전하는 것도 잘했다.

그것보다 더 잘하는 것이 인형 뽑기였다. 아저씨가 뽑아 준 펭귄, 곰, 인형을 가방에 달고 다니면 친구들은 부러워했다. 어쩌다 인형을 도둑을 맞으면 우리는 엄마에게 일렀고, 엄마는 아빠에게 전화하여 아저씨를 보내 엄마에게 천 원짜리 지폐 몇 장을 들고 문구점에 가면 새로 보충된 인형 중에 몇 개를 뽑았다. 문구점 아저씨는 광재 아저씨의 실력을 알기에 빨리 나가기를 바랐지만 아저씨는 엄마가 준 천 원 지폐를 다 소모할 때까지 뽑기를 했고 인형을 가슴에 가득 안고 즐겁게

문구점을 나섰다. 어쩌다 아버지도 인형 뽑기에 도전했지만 돈만 날리
고 천 원짜리 몇 장을 아저씨에게 주어 뽑게 했다.

"야간 비행인데 꼭 관사에 와서 밥을 먹으라고 한 이유가 뭐야?"

"오늘 천명 학교에 다녀왔어요."

"왜?"

"어제 알림장을 봤더니 담임선생이 학교 방문해 달라고 적혀 있어서
다녀왔어요."

"이유가 뭐야?"

"유학을 보내라고 하더군요."

"왜, 우리나라 학교가 어때서?"

"천명은 우리나라 교육제도에 맞지 않는 아이 같아요."

"뭐야? 아들이 어때서?"

"자식이라고 편견을 가지지 말고 담임 이야기 그대로 전달할게, 당
신 화내지 말아요."

"말해 봐."

"교실의 금붕어 4마리를 학교 뒷동산에 묻고 나무젓가락으로 십자
가를 만들어 세워 주었다고 해요."

"뭐야?"

"아들 말을 좀 들어 보세요."

"너 왜 금붕어를 죽였어?"

"애들이 담임 보는 앞에서는 금붕어 예쁘다고 하고, 선생님만 나가

면 금붕어를 나무젓가락으로 머리나 꼬리를 건드리고 심지어 낚시로 붕어 낚시를 하고 다시 풀어주고 또 낚시를 하고 반복해서 금붕어 아가리가 다 찢어졌어요. 생각해 보세요? 아빠, 엄마가 금붕어라면 얼마나 스트레스 받겠어요. 금붕어가 사람처럼 자살할 수 있다면 자살했을 겁니다."

"그래서 네가 금붕어를 뒷동산에 묻었어?"

"예, 차라리 그런 고통 속에서 사느니 안락사 시켜 주자고 제가 그렇게 했어요."

"아무리 그래도 그렇지 어떻게 붕어 4마리를 살아 있는 생물을 생매장 하니?"

"엄마, 아빠는 횟집에서 회를 왜 드시는데요?"

"회야, 식용으로 먹는 것이지?"

"생선회 먹는 것보다 제가 묻어 주고 십자가 세워 준 것이 더 인간적이지 않아요?"

그 말에 할 말을 잊었다. 어려서부터 개구쟁이고 잘 때는 꼭 나의 머리카락을 만지면서 잠을 잤다. 아주 어려 젖을 먹을 때는 엄마 머리카락을 만지면서 잠이 들었는데 돌이 지나고 말을 배워 나를 누나로 부르고부터는 내 머리카락을 만지면서 잠들었다. 작은 손가락으로 나의 긴 머리카락 끝을 마치 화가가 색칠하기 전 붓끝을 비비듯이 머리카락을 좌우로 비비다가 스르르 잠이 들었다.

그 꼬맹이가 이제는 식탁에서 엄마, 아빠와 당당하게 금붕어 4마리를 장사 지낸 사건의 전말에 대해 당당하게 말하는 것이다. 동생의 저런 당당함이 부러웠다. 나는 한 번도 내 의견을 부모님에게 표현한 적이 없다. 옷이든 공책이든 연필이든 모두 엄마가 골라 준 것을 사용했다.

"천명아, 내일 엄마가 금붕어 파는 곳에 가서 금붕어 4마리와 어항 수초까지 새로 준비해 교실에 가져다줄 텐데, 다시는 금붕어 다른 애들이 못살게 굴어도 너는 모른 체하고 지내, 알았지?"

"엄마, 담임에게 내가 왜 4마리 금붕어를 안락사시켰는지 말해 주세요."

"그래, 말씀드리지."

"안 돼요, 엄마."

"뭐야, 넌 또?"

"엄마, 내가 전학을 다닐 적마다 얼마나 왕따 스트레스 받았는지를 아세요?"

"어머, 미아 너도 왕따를?"

"그럼요, 제가 집에 와서 다 말을 안 해 그렇지 가는 곳마다 텃세 심해서 적응하느라 애 먹었어요. 천명도 금붕어 장사 지낸 이야기 하면 담임은 전체 학생들을 벌을 줄 것이 뻔하고 엄마가 담임에게 일러 단체 벌을 받는 거 알게 되면 정말 왕따 중에서 최상으로 왕따 당해요. 그러니 죽은 4마리 원상복구만 하고 사연은 말씀하지 마세요."

"그래, 그 말은 미아 말이 일리 있으니 금붕어만 사서 교실에 주고 담임에게는 금붕어 사 놓았다고만 하고 천명 말은 하지 말아요."

"뭔 소리예요? 우리 아들 억울함 풀어주어야지."

"그러다 아들 정말 왕따 당하면?"

"걱정 말아요. 매일 자가용으로 학교 태워 보내고 태워 오면 왕따 당할 틈이 없어요."

우리는 두 분이 달라도 너무나 다른 두 분 사이에 태어났다. 엄마 성격을 뻔히 알기에 천명이가 엄마가 교실에 금붕어 다시 사다 주고 담임 만나고 나면 동생은 왕따 당할 것을 직감했다.

동생은 처음이지만 나는 다섯 번의 전학 경험으로 텃세를 극복하는 방법을 알고 있다. 전학을 가서 텃세들과 싸워 보기도 했고 공책이나 노트, 지우개 등을 주어 환심을 사기도 했다. 선물로 텃세들의 환심을 사는 것에는 한계가 있음을 느끼고, 가납 초등학교에서는 엄마에게 검도를 배우게 해 달라고 했다.

"아니, 남자도 아닌 여자가 웬 검도야?"

"배우나 탤런트들 여자가 칼 휘두르는 것 멋있잖아."

"그래서 배우려고?"

"검도 배운다고 소문나면 텃세들이 우리 남매를 함부로 못 하거든."

"알았다. 그럼 천명이랑 같이 배워."

우리 남매를 '파랑새 검도도장'에 등록을 했다. 부대의 폐타이어 2개를 가져다 관사 뒤뜰에 세워서 죽도로 검도 연습을 하는 허수아비 대항군을 만들어 주었다. 우리는 폐타이어를 시간만 나면 죽도로 힘껏 내리쳤다. 당연히 실력이 향상되었고 집에 이런 개인 훈련 시설이 없는 학생들보다 우리의 실력은 날로 발전했다. 학교 전체에 검도 배운다는 소문과 사범이 공개적으로 실력이 향상된다고 말을 해서 소문은 눈덩이처럼 퍼졌다.

그 소문을 증명하는 사건이 발생했다. 우리 5학년 남자 한 명이 청소를 안 하고 까불어 마포걸레 자루를 한 번 휘두른 것이 그 남학생 손가락을 부러뜨렸다. 담임선생이 남학생을 데리고 병원에 가서 깁스를 하고 그날 밤에 엄마와 난 과일 바구니를 사서 그 학생 부모에게 사과를 했다. 학생 집에서는 나를 몰아붙이더니 돌아오는 길에서는 나에게 잘했다고, 맞는 것보다는 까부는 놈은 혼내 주라고 했다.

금붕어만 사다 주고 말하지 마라 했지만 엄마는 송미정 선생에게 미주알고주알 다 말해 버렸다.

"선생님, 교실에 금붕어 4마리 사다 놓았습니다."

"어머, 고맙습니다, 어머님!"

"아들이 금붕어 죽인 것은 잘못입니다만 말을 들어 보니 담임선생님만 안 계시면 금붕어를 나무젓가락으로 못살게 굴고 낚시를 하는 애도 있다고 합니다."

"예?"

"선생님은 그걸 모르셨군요?"

"금시초문입니다."

"금붕어가 스트레스로 정신병 금붕어 될까 봐 안락사시킨 거라 하더군요."

"어머머, 어쩜."

"천명은 거짓말을 할 애가 아니거든요."

"어머니, 고맙습니다."

엄마가 학교를 다녀간 후 선생님은 1학년 2반 전체를 운동장에 집합시켰다. 모두 그 자리에 무릎 꿇고 눈 감고 두 손을 들게 했다.

"천명 어머니가 우리 반에 죽은 금붕어보다 더 크고 예쁜 금붕어 4마리를 기증해 주셨다. 이 붕어는 잘 키울 수 있지?"

"예에!"

"금붕어를 죽이기 전에 나무젓가락으로 못살게 했던 사람 앞으로 나와. 없어? 좋아. 그럼 금붕어 낚시했던 사람 나와! 없어? 지금부터 선생님이 스물을 센다. 그동안 금붕어 건드렸거나 낚시한 사람은 조용히 교무실로 가서 선생님 책상 앞에 서 있어라. 하나, 둘, 셋!"

"넷!"

"다섯!"

"여섯!"

…

"열아홉!"

"스물!"

송미정 선생님이 스물을 셀 동안 교무실로 간 학생은 한 명도 없었다.

"천명, 네가 말해 봐."

"선생님, 친구를 밀고하면 나쁜 사람이라고 선생님이 하셨는데…."

"이건 밀고가 아니다. 당당하게 진실을 밝히는 것이다."

"말하지 않겠습니다!"

"이건 밀고가 아니고 선생님이 알고 있는 사항을 너에게 확인하는 거야."

"그래도 저는 말할 수 없습니다."

"천명 너 왜 선생님 말을 무시하는 거야?"

"무시가 아닙니다."

"너 그럼 왜 말 안 하는데?"

"선생님은 제가 우리 반에서 왕따를 당하기를 바라시는 겁니까?"

"왜 왕따를 당하는데?"

"금붕어 괴롭히고 낚시 이야기를 선생님이 어떻게 아신 겁니까? 선생님이 몰래 순찰을 돌아서 발견한 것도 아니고 엄마가 선생님께 말해서 알고 있는 거라면 엄마는 또 그걸 어떻게 알게 되었을까요? 제가 집에 가서 학교의 일을 미주알고주알 다 말한 것으로 생각할 거 아닙니까? 그러면 저는 정말 미주알고주알 되는 겁니다."

"좋다. 아무도 입을 안 열고 자수하는 사람도 없으니 모두 운동장에 2열 종대 집합!"

반 아이들 26명이 2열종대로 섰다. 선생은 호각을 불었다.

"지금부터 운동장을 구보한다. 삑! 한 번 불면 앞으로 달리고, '삑! 삑~' 한 번 짧게, 한 번 길게 불면 돌던 방향에서 반대로 돌아 선생님 있는 곳으로 선착순 달려온다. 삑!"

아이들이 운동장을 반시계 방향으로 돌았다. '삑! 삐~익!' 하고 불었다. 아이들은 달리던 대형을 무시하고 반대 방향으로 달려서 선생님을 향해 왔다. 아이들은 다시 2열 종대로 정렬을 했다. 삑! 하고 호각을 불자 반시계 방향으로 구보를 했다.

한참을 돌다가 다시 '삐~익!' 하고 한 번은 길게 한 번은 짧게 불었다. 역시 달리던 방향을 무시하고 운동장 원둘레를 따라 선생님 있는 곳으로 각자도생의 길로 달렸다. 이번에는 순서에 무관하게 천명을 불렀다.

"천명 이리 나와! 너는 잘못한 것이 없으니 더 이상 돌 필요 없다."

학교 뒷산으로 해가 뉘엿뉘엿 넘어가고 있었다. 땅거미가 어둑어둑 해질 때까지 선생님은 아이들을 운동장에서 구보와 선착순을 반복하게 하고 있었다. 그때 승종이 "선생님, 제가 다 말할 것이니 구보 중지 시켜 주세요." 했다.

"누구야?"

"나무젓가락으로 금붕어 못살게 한 애는 영만, 순용이고, 낚시한 사람은 서구입니다."

"알았다. 영만, 순용, 서구 네 명만 남고 나머지는 집으로 가거라."

송 선생은 영만, 규일, 일동, 서구 네 명을 축구골대 좌측에서 오리 걸음을 시켜 반대 골대까지 선착순을 시켰다.

동생과 4살 차이가 된 것은 중간에 한 명이 엄마가 임신 중에 유산되었기 때문이라고 한다. 나의 출생 이야기를 하자면 아빠, 엄마의 결혼

이야기부터 해야 한다. 엄마 말에 의하면 아빠는 엄마를 만나기 전에 4명의 여자와 연애를 하고 차였다. 엄마와는 중매로 만나 결혼했다.

첫사랑은 초등학교 때 같은 반 여자 심현정이라고 했다. 치악산 아래 ××초등학교를 5학년까지 다니고 6학년이 되자 서울 D초등학교로 전학을 했다. ××초등학교에서는 우근호와 심현정이 전교 1, 2등을 엎치락뒤치락하다가 그가 서울로 전학을 간 후로는 현정이가 졸업 때까지 계속 1등을 했다.

D초등학교에 전학을 와서 고향이 그리워 강림초등학교 6학년 선생님과 친구들에게 편지를 보냈다. 처음에는 50여 명의 친구가 답장을 보내왔는데 차츰 줄어들고 중학생이 되어도 편지를 주고받은 것이 현정이뿐이었다.

그녀는 초등학교를 졸업하고 중학교를 마치고 원주여자고등학교에 진학을 했다. 원주여고를 졸업하고 S대학교 사범대학 수학교육과를 나와 수학교사가 되었다. 19××년 2월 중학교를 졸업하고 고등학교 입학 전인 2월 어느 날 현정은 근호를 만나기 위해 서울로 왔다.

서울이 초행이라 현정은 서울이 집이고 ××중학교 미술교사였던 이유나 선생에게 도움을 요청했다. 선생님이 서울에서의 며칠을 선생님 집에서 현정의 숙식을 해결해 주고 그를 만나는 대방 전철역까지 동행을 한 것이다.

그는 미리 전철역 개찰구에서 기다렸다. 교복을 벗어던지고 핑크색

바지와 하얀 상의 블라우스에 학생교복 외투였던 검정색의 반코트를 걸치고 현정은 나타났다.

"근호야, 인사해. 우리 미술 가르치신 이유나 선생님이셔!"

"안녕하세요? 우근호입니다."

"현정이가 근호를 많이 좋아하나 봐, 어제 오늘 만난다고 잠 한숨도 못 잤어."

"저도 현정이 만난다는 생각에 어제 잠이 안 왔습니다."

"그럼 둘 다 서로 엄청 좋아하는 거지?"

"예."

그는 현정의 손목이라도 잡고 싶은데 선생님이 옆에 계시니 그럴 수도 없고 난감한 순간에 이유나가 말했다.

"현정아, 뭐 하니? 오랜만에 남자 친구 만나 손목도 안 내주고. 근호는 현정이 손목 잡고 싶은데 선생님이 옆에 있으니 말도 못 하고 그치?"

"아, 아, 아닙니다."

"뭐가 아니야? 말을 더듬는 걸 보니 딱 걸렸네!"

"나도 근호 손 만져 보고 싶었어."

"그럼, 잡는다."

"어머, 남자 손이 뭐 이렇게 보드랍고 예쁘니?"

"난 촌에 살면서도 나가서 풀 뽑으면 부모님이 넌 가서 공부나 하라고 못하게 하셨고, 서울 와서는 풀을 뽑을 일이 없고, 그러니 손이 보드라울 수밖에 없지."

"손목 이하만 나랑 바꾸었으면 좋겠다."

"대방은 데이트 코스가 못되고 우리 여의도로 가자."

"여의도가 멀어?"

"여기 대방에서 지하차도 국회의사당 방향으로 가면 여의도야."

"어머나, 위로는 전철이 다니고 지하로는 버스가 다니네?"

"음, 여기 대방지하차도를 만든 이유가 전쟁 나면 국회의원들을 수원 이남으로 빨리 가기 위해 대방지하차도를 건설했다고 해."

"정말 대방 지하차도만 빠져나오면 안양, 수원은 금방 가겠네?"

"여러모로 필요하니까 지하도 만들었지. 설마 국회의원들 도망 빨리 가라고 했겠어?"

"여기가 샛강이야."

"왜 샛강이야?"

"왜는? 옛날 사람들이 샛강이라 부르니 샛강이지."

이때 선생이 둘 사이에 끼어들었다.

"샛강은 사이에 있는 강이라고 샛강이야. 저기 한강 큰 강이 흐르고 있는 노량진, 대방 천변에서 흐르는 사이의 강이라고 샛강이라 부르는 거야."

"예, 그렇군요."

"선생님은 왜 서울이 댁이신데 강림중학교 교사가 되셨어요?"

"교사 임용 시기에 서울에 미술 선생님 자리는 5명이고 강원도는 10명이나 부족해서 내가 지원을 강원도로 해서 처음에는 춘천, 원주에 근무하다 대도시 근무 4년 하고 나면 벽지 근무도 해야 하는데 ××중학교가 벽지에 포함되고 서울 오기도 좋아서 그리 보내 달라고 했지."

"예에."

"선생님은 여기서 벤치에 앉아 있을 테니 둘이 샛강, 여의도 한 바퀴 돌고 이리로 와."

"예, 알겠습니다."

선생님은 둘만의 시간을 배려했다. 현정과 근호는 손을 손가락을 깍지 끼듯 잡았다.

2월의 샛강은 아직 물이 오르기 전의 앙상한 나뭇가지와 누런 갈대가 바짝 말라 있었다. 샛강의 버드나무 아래서 현정에게 키스를 했다. 현정도 내심 바라고 있었다는 듯이 더욱 깊게 혀와 혀를 엉키게 했다. 지나가는 새들이 끼룩끼룩 울었다. 하늘에는 잿빛 구름이 흘러가고 있었다. 얼마나 지났을까 시계를 봤다.

"야, 선생님 기다리시겠다. 빨리 가자."

"다음부터 우리 만날 때는 선생님 없이 너 혼자 와. 알았지?"

"그래. 내가 촌뜨기라 서울 길을 몰라 선생님 도움을 청한 거야. 이제 여기 샛강, 여의도에 약속 일시 정하면 혼자 올 수 있다."

"알았어, 다음 만날 약속은 편지로 하자."

"응."

그렇게 만났고 그것이 마지막 만남이었다. 원주로 내려간 현정에게 편지를 썼으나 부치지는 못했다. 원주여자고등학교 몇 반인지도 모르는데 심현정 앞으로 편지를 쓸 용기가 없었다.

두 번째 여자는 김미숙이다. ××대학교의 영어교육과 1학년 때 같은 과에 미숙이라는 학생이 있었다. 둘이 서로 첫눈에 불꽃이 튀어 사랑을 하게 되었는데, 돌발 상황이 발생했다. 교양 법학개론 시간에 국어교육과와 무용교육과 학생이 법학개론을 주로 신청했다. 교재가 국한문 혼용으로 편집되었다. 첫 시간에 정용찬 교수가 출석을 불렀다.

'김미숙!' 하고 부르니 4명이 동시에 '예~' 하고 대답을 했다.

국어교육과에도 김미숙이 2명, 무용교육과도 김미숙이 2명인 것이다. 법학 교수는 법학개론 시간에 국어교육과 키 작은 미숙은 1번 김미숙, 키 큰 학생은 2번 김미숙, 무용교육과 키 작은 미숙은 3번, 키 큰 미숙은 4번으로 불렀다.

그는 첫 시간에 4번 김미숙 옆에 앉았다. 교수님이 수업시간에 법학개론 교재를 이름을 무작위로 부르면 강독을 시켰다. 한자실력이 부족한 학생은 읽다가 멈추기를 반복했다. 첫 시간이 끝나자 옆의 4번 미숙이가 근호에게 법학개론 책을 주면서 한자음을 달아 달라고 부탁했다. 다음 시간 만날 때까지 연필로 한자에 한글 음을 모두 달아 주었다. 한 주가 흘러 법학개론 시간이 되었다. 그는 4번 미숙에게 한자에 음을 달은 법학개론을 전해 주었다.

"어머나, 이 많은 것을 끝까지 다 달아 주셨네요. 고마워요."

"신입생끼리 다 상부상조하며 공부하는 거지요."

"저기요, 부탁드리고 미안해서 제가 근호 씨 몸매 대략 짐작으로 짠 조끼거든요, 집에 가서 입어 보시고 크면 그냥 입고 작으면 말하세요. 늘이는 것은 쉬우니까."

"예, 잘 입겠습니다."

발 없는 말 천리 간다고 누가 말한 것도 아니고 그냥 그가 조끼를 입고 교실에 나타나자 여학생들의 질투 섞인 야유가 쏟아졌다.

"야, 우근호. 4번 미숙이가 짜 준 조끼 입으니 하늘로 날아갈 듯 기쁘지?"

"왜 그래? 내가 4번 미숙이랑 어떤 사이도 아니고 그냥 음을 달아 달라고 해서 음 달아 주고 그것에 고맙다고 준 선물인데 거절하면 그게 더 이상하지."

"잘났다, 우근호!"

"미숙아, 왜 너까지?"

"됐어, 난 손재주 없어 뜨개질도 못 하니 조끼도 못 뜨고, 무용과 4번처럼 키도 안 크고 얼굴도 4번만큼 안 예뻐서 내가 물러나니 4번 미숙과 잘해 봐라!"

"야, 그럼 이 조끼 안 입으면 다시 사귀냐?"

"아니, 끝났어!"

두 번째 사랑은 그렇게 허무하게 끝이 났다.

그는 대학 3학년부터 R.O.T.C. 훈련을 받았다. 1주일에 8시간의 군사 훈련을 받고 대학 졸업 후 장교로 군대 복무를 하게 되었다.

××대학교 학군단에서 군사훈련을 받았다. 그때 곽희진, 과학교육과 여학생과 소개팅을 했다. 정말로 예쁘고 영리한 여자였다.

그런데, R.O.T.C.를 '바- 보- 티- 씨-'라고 놀렸다. 그는 그녀와 사귀는 것을 중단했다. 셋째 여자 곽희진도 어정쩡하게 떠났다. 그는 헤어진 것은 헤어진 것이지만 그녀가 과학교육과라는 것에 착안하여 곽희진을 주인공으로 소설을 썼다. 네 번째 여자는 치악산 아래 강림 농협의 창구 직원이었다. 그의 아버지인 우학선은 농협에 돈을 맡기거나 찾을 때면 창구 직원 장영희 양에게 우리 며느리, 우리 며느리 했다. 더구나 할아버지인 우재석 옹과 장영희의 증조할아버지인 장근식 옹은 어린 시절 서당의 동문이었고, 노인정에서 장기와 바둑 쌍벽이었다.

증조부와 장 옹은 장기로 내기를 걸어 노인정 그날 나온 노인이 20명이면 20명분의 자장면 내기를 걸었다. 항상 승패는 반복되었고, 노인정 노인들은 누가 이기더라도 자장면 공짜로 먹는 즐거움으로 두 사람의 대국을 즐겼다. 우근호 중위가 서울 북한산 아래 모 부대에서 근무하던 198×년 9월 부대에 관보가 도착했다.

조부위독 급래요망(祖父危毒 急來要望)

그는 휴가증을 받아들고 급한 마음으로 강림을 향해 달려갔다. 서울서 원주까지는 고속버스로 원주서 강림 시외버스로 갔다. 강림 버스정류장에 도착하니 위독하다고 하시던 할아버지가 정류장에 나와 계셨다.

"할아버지 위독하다고 관보가 와서 이렇게 휴가 나왔는데, 여기 있으면 어떻게 합니까?"

"위독하지만 손자가 온다니까 위험을 무릅쓰고 나온 거다! 이놈아, 왜?"

"어디가 아프신데요?"

"온몸이 다 아프다. 특히 내 맘이 맘이 아니다!"

"왜요?"

"왜긴, 내가 갈 날이 얼마 안 남은 거 아는데 우리 손자가 손주며느리 인사도 안 시키니 내가 맘 편히 눈 감을 수 있겠냐. 그래서 내일 나랑 횡성에 좀 다녀오자."

"횡성은 왜요?"

"가 보면 안다."

할아버지와 손자는 횡성 터미널 근처의 '초우'라는 다방으로 들어갔다. 약속시간이 되자 장 옹과 손녀 장영희 양이 들어왔다. 두 노인은 손자, 손녀에게 상대방을 인사시켰다.

"처음 뵙겠습니다. 우근호 중위입니다."

"반갑습니다. 장영희입니다. 우 중위님은 저를 모르시겠지만 제가 강림중학교 우순선과 동창이라서 오빠 이야기 많이 들었습니다."

다방 마담에게 주문을 했다. 장 노인은 쌍화차를, 우 노인은 칡차를, 장영희와 우근호는 커피를 주문했다. 주문한 차를 마시고 노인들은 젊은이를 위해 자리를 비켜 주었다.

"우리는 횡성 경로회관 가서 바둑 두면서 시간 보낼 테니 둘이 재미있게 시간 보내고, 부곡 들어가는 막차 시간에 터미널서 만나자."

"예, 알겠습니다."

노인들이 자리를 비우자 영희는 본격적인 대화를 진행했다. 할아버지, 아버지가 농협에서 우리 며느리라고 세뇌교육을 시켜서 그런지 영희는 그와 이변이 없으면 결혼할 작정으로 대화를 진행했다.

"근호 씨는 언제쯤 결혼하실 생각인가요?"

"예, 중위는 봉급이 작아서 대위 진급이나 하고 결혼할 생각입니다."

"지금 중위신데, 대위는 언제 진급되나요?"

"진급 탈락 안 되면 2년 후 4월 1일에 대위 진급합니다."

"평소 어떤 여자와 결혼하고 싶다고 이상형으로 생각한 여인상은 있으세요?"

"뭐, 신사임당 같은 현모양처? 요즘 그런 여자 구하기 힘들겠지만…."

"어머나! 요즘 신사임당 같은 여자가 어디 있어요?"

"신사임당 없으면 헌사임당이라도?"

"어머나, 유머 감각도 좋으시네요. 저는 유머 있는 남자가 좋아요. 헤헤."

초우다방에서 수다를 떨다가 횡성극장에서 영화를 한 편 보았다. 영화를 보고 횡성 터미널 근처의 숲속의 언덕이라는 음식점에서 저녁을 먹고 강림 막차 시간에 터미널로 나왔다.

영화를 볼 때까지는 몰랐는데, 나란히 걸으면서 이야기 하다 보니 그녀 치아 상태를 보게 되었다. 앞 이빨 두 개가 반쯤 깨어진 것을 교묘하게 치과에서 인공 치아로 이어붙인 것을 발견했다. 초면에 여자에게 치아에 대한 질문하는 것이 실례로 생각되어 질문을 하지 않았다. 다만 할아버지, 할머니, 아버지, 어머니 모두 다 맏며느릿감으로 좋다고 하는 여자에 대한 거절의 명분 하나를 발견한 것에 속으로 쾌재를 불렀다. 이빨 깨진 것을 발견하고는 더욱 재미난 이야기를 했다.

"영희 씨, 물고기 IQ가 얼마인지 아세요?"

"에이, 물고기가 아이큐가 어디 있어요?"

"왜요? 돌고래는 70 정도의 IQ라고 하는데, 물고기는 얼마나 될까?"

"한 10 정도?"

"물고기 IQ가 10이면 전 세계 어부들과 참치회사 알거지 됩니다."

"왜요?"

"음, 물고기 아이큐가 1이거든요. 1이 뭐냐 하면 직진입니다. 10이 후진인데 소도 뒷걸음질 치거든요. 그런데, 물고기도 닭도 후진을 못해요. 그래서 머리가 나쁜 사람보고 닭대가리라고 하는데, 닭보다 더 머리 나쁜 것이 물고기입니다. 물고기 아이큐가 10만 되면 그물에 걸린 물고기가 후진으로 다 도망가요. 도망 못 가고 유선형 몸으로 계속 앞으로 전진만 하다 보니 그물망에 몸이 꽉 끼어 꼼짝 못하게 되는 겁니다."

"하하하."

막차를 타고 두 노인과 손자, 손녀가 아무 일 없는 것처럼 동네 사람들과 이야기하며 횡성에서 강림으로 부곡으로 돌아왔다. 우 중위는 허

가된 5일간의 휴가를 마치고 부대로 복귀했다. 할아버지, 할머니, 아버지, 어머니께는 영희에 대한 자신의 생각을 부대서 좀 생각해 보고 편지로 알리겠다고 했다.

그녀는 우 옹이 농협 들를 때마다 우리 며느리, 우리 며느리 하다 보니 그에 대한 막연한 호감이 있었는데, 횡성에서의 하루 데이트 동안 물고기 아이큐가 1이라는 농담이 머리에 새겨져 늘 싱글벙글 지내고 있었다.

농협의 다른 직원이 '장 양! 뭐 좋은 일 있어? 항상 웃음이야?' 하면, '그럼요, 인상 쓰는 것보다 즐겁게 지내는 것이 좋지요'라고 응수했다. 그녀의 어머니는 우 중위와 하루 데이트 한 이후 싱글벙글 지내는 것을 보고 할머니만 만나면 결혼시키자고 졸라 댔다. 그때마다 어떻게 한 번 보고 결혼 진행을 하냐고 좀 기다려 보자고 했다. 열흘쯤 지나서 우근호 중위는 고향의 부모님께 편지 한 통을 썼다.

부모님 전 상서

지난번 관보 덕분에 휴가 참으로 잘 다녀왔습니다. 다시는 그런 관보로 저를 놀라게 하시면 정말로 조부 위독할 때 관보가 와도 부대서 휴가 안 내보낼 수 있습니다. 횡성서 만나 본 장영희 양은 참으로 가정교육이 잘된 처자였습니다. 곱게 자랐고, 기품 있었는데, 옆에서 보니 앞이 두 개가 제 이가 아니더군요.

초면에 여자에게 치아가 왜 깨져 본이가 아니냐고 물어볼 수 없어서 그냥 왔습니다만 제가 장 양과 결혼하기에는 아직 아닌 것 같습니다. 어머니가 그녀 어머니에게 그냥 우리 아들이 아직 중위라서 봉급이 작아 결혼할 마음이 없고 대위나 되어서 결혼할 것이라고, 영희 양은 더 나이 들기 전에 좋은 배필 만나 결혼하기 바란다고 전해 주세요.

저는 여기 북한산 아래 군부대서 성실히 근무하고 2년 후 대위 진급하면 맞선을 보든 연애를 하든 결혼하겠습니다. 그럼, 이만 줄이겠습니다. 할아버지, 할머니, 아버지, 어머니 모두 건강하게 지내시기 바랍니다.

198×.11.17. 아들 올림

우 중위는 198×년 9월 1일 중위에서 대위로 진급을 했다. 10월 2일 대위 필수 보직인 고등군사학교에 입교했다. 광주 전투병과 학교 내의 보병학부 고등군사반 제310기로 입교했다. 수료식은 1990년 1월 13일 토요일이었다. 수료식 1주일 전인 1월 8일 22사단 고성군에 하숙집 짐을 옮기기 위해 담임교관 이대원 소령에게 결석계를 제출하고 방을 구하러 떠났다.

광주서 서울역까지 기차로 서울역에서 상봉동 터미널까지 새벽에 택시로 갔다. 새벽 상봉터미널은 전방으로 가려는 사람들로 붐볐다. 택시에서 내리니 뒤에 따라온 택시에서 중년의 부부가 내리는데 짐이 5개나 되었다. 2개는 아저씨가, 2개는 아주머니가 들고 하나가 남았다. 어쩔 줄을 몰라 하는 순간에 우근호 대위가 짐 보따리 하나를 번쩍 들었다.

"제가 들어다 드리지요."

"아니, 대위 양반이 어떻게 이런 짐 보따리를 다 드시나?"

"예, 장교는 하급자가 인사하면 인사 잘 받고 상급자에게 경례 잘하라고 양손에 물건을 들지 않습니다만 여기 새벽에 저보다 높은 사람도 없고 저보다 낮은 사람도 없으니 짐 들어도 아무 문제없습니다."

짐을 들어 주고 서로 가야 할 곳의 차표를 사고 나니 시간이 5시 10분이었다. 우 대위는 강원도 간성행 5시 40분, 아저씨와 아주머니는 화천행 5시 45분 차였다.

차 시간이 많이 남았는데, 차나 한잔하자고 했다. 터미널 다방에서 커피 한 잔을 앞에 두고 대화를 했다.

"우 대위, 초면에 정말 감사합니다. 나는 전영수의 애비 전찬용이라고 합니다. 여기는 내 내자 신난숙이오."

"우근호 대위입니다. 광주서 교육 마치고 다음 주면 ○○사단으로 배속되는데, 사전에 방을 구하러 간성에 가는 길입니다."

"그러시군요. 우린 아들 영수가 화천 27사단 신병교육대 수료라서 가는 길입니다."

"우 대위, 결혼했소?"

"아니요. 아직…."

"아니, 대위면 나이도 꽤 있을 텐데, 사귀는 여자는 있소?"

"없습니다. 대학 때 사귀던 여자는 모두 연애 상대로는 98점인데 결혼상대로는 59점이라고 떠나고, 맞선은 군인이라 정말 시간 내기 힘들어 맞선 약속만 하면 돌발 상황이 발생해 못 했습니다."

"그럼, 내가 나중에 기회 되면 중매 설게, 자리가 잡히면 연락 바라오. 내 전화는 02-835-73××입니다."

"예, 어르신 감사합니다. 중요한 훈련 끝나고 한가해지면 연락드리겠습니다."

다방에서 차를 마시고 메모를 주고받은 후에 시간이 되자 각자 간성, 화천 버스를 탔다.

199×년 1월 13일 광주보병학교 고등군사반 제310기를 수료하고 ××사단 ××연대 9중대장이 되었다. 1월 17일 중대장 취임식을 했다.

다음 날 18일에 고성 일대에 눈이 150cm가 내렸다. 간성읍 대대리에 위치한 73××부대의 연병장에 눈이 수북하게 쌓였다. 부대는 완전 '설국(雪國)'이 되었다. 부대일지에는 기본적인 일보상황을 적고 교육훈련칸에는 '제설작업' 네 글자만 큼직하게 썼다. 제설작업을 일주일 내내 하고서야 대대 탄약고와 고가초소 병사식당 가는 곳의 길이 열렸다. 부식 차량운행이 중단된 동안은 긴급 식량으로 비축한 전투식량과 염장 미역과 멸치, 김장김치로 연명했다. 제설작업이 끝나자마자 연대 전투단 훈련, 사단기동훈련, 대대 전술훈련, 중대전술훈련을 하고 나니 4월 1일이 되었다.

4월 1일이 만우절이라 거짓말로 세상 사람들이 즐겁게 보내는 날 문득 상봉터미널에서 보따리를 들어 주고 연락처를 주고받은 일이 떠올랐다. 수첩을 뒤져 연락처를 찾았다. 02-832-73××로 전화를 걸었다.

"예, 독산동입니다."

"안녕하세요? 상봉터미널애서 인사드린 우 대위입니다!"

"아, 우 대위, 반갑소! 왜 이제야 전화하는 거요?"

"1월 17일 취임한 다음 날 폭설이 내려 제설작업하고 부대 큰 훈련, 작은 훈련, 검열을 받다 보니 이제야 연락드립니다. 어르신, 중매 약속 지키셔야지요?"

"그럼요, 내일 우리가 신길동에서 친목계 하는 날인데, 그날 계원 중에 딸 가진 부모에게 물어서 군인을 사위로 할 의향이 있는 집 처자를 소개할 걸세."

"예, 감사합니다!"

신길5동 새마을금고 뒷골목의 함규성 씨 집에서 친목계가 열렸다. 함 씨의 부인 조윤선 여사가 공개적으로 사윗감 구한다고 말을 했다.

"누구 젊은 남자, 직장 반듯하고 성격 좋은 남자 있으면 우리 경희 저년 시집 좀 보내게 중매 바랍니다!"

전영수의 엄마 신난숙 여사가 배시시 웃으며 말했다.

"군인 대위 한 명 알고 있는데, 군인도 되나?"

"그럼요. 군인이면 어떻고 경찰이면 어때요? 남자는 성실하고 착하면 되지요. 우리 저 양반에게 하도 눌려 지내서 우리 경희 짝은 착한 남자 맺어 주고 싶어요."

"그럼 내가 우근호 대위 한번 연락해 볼게."

"영수 엄마는 그 대위를 어떻게 알았어?"

"참 기막힌 인연이지. 우리 아들이 겨울에 군대 갔지 뭐야. 신병교육대 수료하는 날 먹을 거 잔뜩 준비해서 택시를 타고 상봉동 터미널에 내렸는데, 짐이 5개인 거야. 내가 두 개 들고 두 개는 영수 아버지가 들고 그래도 하나 남아 난감했는데, 웬 대위가 오더니 짐을 번쩍 들어 주는 거야."

"모르는 대윈데?"

"그럼. 그래서 저 양반이 아니 대위가 어떻게 이런 물건을 들어 주시냐고 했더니, 장교가 양손에 물건을 들지 않는 것은 하급자가 인사하면 인사 잘 받아 주고 높은 사람 나타나면 인사 잘하라고 양손에 물건을 안 드는 것인데, 이 새벽에는 인사할 사람도 인사 받을 사람도 없다고 하면서 들어 준 거 있지. 요즘 그런 착한 사람이 어디 있어?"

"야, 그 대위 정말 진국이네!"

"모르는데 손이 모자라는 것 보고 짐을 들어 주는 것 보면 반듯하게 큰 사람 같더군."

"영수 엄마, 영수 아버지 그 대위 꼭 한번 만나게 해 줘요."

"알았어. 친목계 마치면 전화해 보고 연락드리지요."

"고마워, 영수 엄마!"

전영수 이병의 아버지 전용찬 씨와 그 부인 신난숙의 중매로 그는 함경희 양과 결혼했다.

19××년 4월 5일 식목일이 들어 있는 주 일요일에 처음으로 간성 우체국 앞 우체통 옆에서 만났다. 함규성이 운전을 하고 조수석에 아내 조윤선 여사가 타고 뒷자리에 함경희, 간성 우체국 앞에서 픽업한 우 대위가 뒷자리에 탔다. 차는 간성에서 7번 국도를 따라 속초로 내려갔다.

속초에서 여명식당이라는 곳에서 식사를 하면서 두 분은 꼼꼼하게 물었다.

"고향은 어디입니까?"

"강원도 횡성군 강림입니다."

"부모, 형제는요?"

"예, 할머니는 제가 소위 되기 직전인 85년에 돌아가시고, 할아버지는 금년 90세시고, 아버지 72세, 어머니 68세입니다."

"형제는?"

"3남 2녀의 제가 장남인데, 여동생 둘 결혼해서 한 명은 부산에 한 명은 울산에 살고 있고, 가운데 동생 영대는 결혼해서 가락동 농수산물시장 근처에 살고, 막내 영주만 고향에서 부모님과 농사일 하고 있습니다."

"그동안 여자들 만났는데 왜 아직 결혼 못 했나요?"

"예, 대학 시절 연애하던 여자들은 제가 연애상대는 98점인데, 결혼상대로는 59점이라고 떠났고 군인으로 중매하려니 이거 5공 청문회로 군인들 인기가 떨어져 중매가 안 들어와 아직 결혼 못 한 것입니다."

"그런데, 대위 월급이 얼마나 되나요?"

"예, 그건 2급 군사비밀이라 말씀드릴 수 없고, 국가공무원 9급은 군대의 하사와 비슷하고 상사는 6급, 대위는 6급과 5급 사이로 보시면 됩니다."

"우리 딸 경희가 우 대위와 결혼하면 먹고 사는 것에 걱정은 없겠지요?"

"예, 걱정 마세요. 결혼해서 아내 생기면 배우자 수당 나오고요, 아기 태어나면 아이도 출생 신고와 동시에 가족이 늘어 가족수당이 나옵니다. 그러니 먹고사는 걱정은 마세요. 전국 어디를 가도 군인 아파트나 군인 관사가 이미 다 건축되어 집 걱정도 할 필요 없어요. 재산으로 내 집은 아니지만 거주 공간으로 집은 전국 어디 근무해도 다 있습니다."

"그렇군요."

식사를 마치고 어른들은 두 사람에게 금은방에 가서 금 3돈의 실반지 2개를 만들었다. 각자의 손에 반지를 꼈다. 차를 몰아 속초에서 간성우체국 앞에 우 대위를 내려 주고 세 사람은 진부령을 넘어 서울로 갔다.

금수리 3반 이선훈 씨 댁에 우 대위가 월세방에 오니 난리가 났다. 이선훈 씨와 부인 김선애 씨가 근호에게 물었다.

"아가씨 만나 본 소감이 어때요?"

"착한 거 같았어요."

"이 반지는 뭐예요?"

"식당서 식사를 마치고 어른들이 중앙시장 정신당 금은방에 데려가더니 금반지 3돈으로 저하고 아가씨에게 해 주셨어요."

"아니, 아가씨 잘 살펴보지도 않고 반지를 덥석 받으면 어떻게 해요? 정말 우 대위 아저씨 몰라도 너무 모르네?"

"뭐 잘못했나요?"

"아니, 뭐 꼭 잘못은 아니겠지만 왠지…."

"솔직히 말씀해 주세요."

"우 대위 위해서 하는 말이니 기분 나쁘게 듣지 말아요. 여자가 오죽 급하면 부모가 딸을 차에 태워 산골에 와서 사윗감을 찾겠어요? 혹시 아가씨가 무슨 흠결이 있거나 아니면 이미 결혼했다 실패한 경우인지 주민등록초본으로 확인해 봐야지요."

"에이, 설마."

"설마가 사람 잡아요."

"그럼, 이제 어떻게 하죠?"

"일단 반지를 받았어도, 양가 부모님 인사 전이니 우리가 한 번 점검하게 다음 주 아가씨와 부모님이 간성에 오면 여관서 자지 말고 우리 집 방에 재워 드린다고 저녁도 우리가 집에서 대접한다고 모시고 와요. 하룻밤만 묵으면서 대화하면 다 파악할 수 있으니까요."

"예, 알겠습니다. 그럼 다음에 금수리로 모시고 오겠습니다."

금수리 아주머니 말을 들으니 우근호 대위는 반지를 너무 성급하게 받은 거 아닌가 하는 불길한 생각이 들었다.

4월 마지막 주 토요일 금수리 3반 이선훈 씨 댁으로 서울서 내려온 함규성, 조윤선, 함경회를 데리고 우 대위는 주인집 어른에게 인사를 시켰다.

"제가 신세를 지고 있는 주인아저씨 아주머니입니다. 아저씨는 고성군청 산림과 공무원이십니다."

"아이고, 처음 뵙겠습니다. 저는 함규성입니다. 여기는 내자이고 이쪽은 딸입니다."

"반갑습니다. 이선훈입니다. 군인 우 대위가 아가씨를 만난다고 해서 집주인으로 한번 초대하고 싶었습니다."

"감사합니다."

부엌에서는 주인아주머니, 조윤선 여사가 저녁을 준비하고, 거실에서는 함규성, 이선훈 두 사람이 바둑을 두면서 맥주를 마시고, 함경희는 양쪽을 오가며 상차림을 하였다.

우 대위는 면세 소주, 면세 맥주를 한 박스씩 들고 왔다. 저녁 준비가 다 되었다. 커다란 원형 상에 앉았다.

"아가씨 이름이 함경희오?"

"주인댁은 자식들 어떻게 됩니까?"

"우리는 아들만 둘인데, 큰아들은 강원대학교 수학교육과 2학년 마치고 군대를 가서 신남 13화학대대에 있어요. 작은 아들은 고3으로 속초고등학교 다니고."

"고3이면 한참 고생이네요?"

"공부 지가 알아서 하고 우리는 하숙비만 잘 보내 주면 됩니다. 하하."

"경희 양 밑으론 아들입니까?"

"아닙니다. 딸만 내리 셋을 낳았어요. 경희 아래 경환, 경순까지 딸을 낳으니 강릉 함씨 대가 끊어진다고 여자를 소실을 얻겠다는 것을 제가 말리고 애를 낳았는데 아들이라 얼마나 내가 아들 낳고 울었는지 몰라요."

"정말 고생 많으셨네요."

"막내도 아들이라 2남 3녀가 위로 셋이 딸 아래로 아들 둘입니다."

"우 대위는 3남 2녀라고 하던데."

"예, 부대서 휴가 얻으면 횡성 우 대위 부모님께 인사도 갈 예정입니다."

"아니, 정말 인연도 이런 인연 없을 겁니다. 생전 처음 본 사람 물건이 손이 부족하거나 말거나 신경 안 쓰는 세상에 물건을 들어 준 인연으로 우리가 친목계 회원이라 소개받았는데, 정말 삼신할머니가 맺어 준 인연 아니겠어요?"

"그러게 말입니다. 솔직히 말하자면 우리는 우 대위에게 세상을 너무 모른다고, 생각해 봐라, 서울에도 남자가 많은데 뭐하러 이 강원도 촌구석에서 사윗감 찾겠냐고, 혹시 흠결 있는 여자 아니냐고 의심해 보라고 했는데 정말 이렇게 만나 보니 천생연분입니다."

"그러게 말입니다."

주인댁 부부와 함씨 부부는 밤늦게까지 이야기를 하면서 맥주를 마시고 포도와 옥수수를 먹었다. 잠은 어른들은 주인댁에서 주무시고 자연스럽게 우 대위와 함경희는 그의 방으로 왔다. 말로는 결혼식 전에는 성관계 안 한다고 했지만 둘만이 작은 방에 들어오니 생각이 달라졌다. 누가 먼저랄 것도 없이 둘은 포옹을 했다.

　방에 이불을 폈다. 불을 껐다. 불을 끈 상태에서 둘은 옷을 벗었다. 그는 그녀를 조심스럽게 이불위에 눕혔다. 심장 뛰는 소리가 가슴에서 가슴으로 전해졌다. 그녀 몸 위로 우 대위가 천천히 올라갔다. 불을 껐어도 얼굴의 이목구비가 구분이 되었다. 두 손으로 뒷목을 감싸고 입술과 입술을 맞댔다. 그녀는 눈을 감았다. 그가 하는 모든 행동을 받아들일 것이라는 암묵의 신호였다. 그녀 아랫도리에 손을 넣었다. 이미 아래가 축축해 있었다. 손가락을 넣자 허벅지가 파르르 떨렸다. 손가락을 조금 깊이 넣었다. 그녀는 신음 소리를 참았지만 어쩔 수 없었다. 그가 자신의 것을 경희의 그곳에 넣었다. 매끄럽고 시원하고 뭐라 표현할 수 없는 감흥이 일었다. 그녀는 다리를 그의 하반신을 휘어 감았다. 더 깊숙하게 자신의 것을 넣었다. 한참 동안 구름 위에 떠다니는 듯 착각 속에 시간이 흘렀다. 밤이 왜 그리 짧은지 아침 해가 떴다. 어른들이 아침을 다 준비하고 둘을 깨웠다.

　"경희 일어났니?"

　"예. 잠시 후 건너갈게요."

　둘은 옷을 서둘러 입고 주인댁으로 갔다.

　"잘 주무셨어요?"

　"주인댁에서 아주 좋은 잠자리 마련해 주셔서 잘 잤지. 경희도 잘 잤어?"

　"예, 방이 조용하고 좋았어요."

　"새벽에 피아노 소리에 깼어요."

"우리 뒷집 간성고등학교 윤리 담당 장수란 선생님인데, 아마 함 양이 여기 우 대위하고 결혼할 거라는 소문 돌고 돌면 피아노 소리도 끊어질 것입니다."

"왜요?"

"왜긴 피아노 소리 듣고 우 대위더러 자기 좀 데려가 달라는 뜻인데 이미 함 양이 찜했으니…. 하하."

우 대위의 부모와 함 양의 부모는 사이에 19××년 10월 2일에 결혼식을 올리자고 약속을 했지만 돌발 상황이 발생했다.

199×년 10월 동해안 22사단 우 대위가 근무하는 ××연대 3대대 9중대는 대대에서 교육훈련 중이었다. 1대대가 철책선 경계 근무를 마치고 10월 초에 철수하기로 되어 있었다. 탑동 2대대가 철책 경계근무를 투입해야 하는데 2대대장 장근효 중령이 임기가 10월 중순이 끝이 났다. 이 사실을 보고 받은 사단장 조성복 소장은 철책선 경계근무 순서를 2대대가 아닌 3대대가 먼저 근무하고 다음 해 4월 철수하면 2대대를 투입한다고 명령을 하달했다.

우 대위는 이 사실을 횡성군 강림의 우재석 옹에게 알렸다. 서울의 함 양에게도 알렸다. 전화로 알리고 경희에게는 편지도 썼다.

사랑하는 경희에게

지난 주말에 만났는데, 편지를 쓰려고 볼펜을 잡으니 더 보고 싶다.

양가 어른들에게 인가를 하고 10월 중에 길일을 택해 결혼식을 올리자고 했는데 오늘 속상할 소식을 전한다.

철책선 경계 근무는 1, 2, 3대대 순으로 돌아가는데, 2대대장이 임기가 거의 끝나 10월 중순에 이·취임식을 해야 한다고 이번 철책근무를 2대대가 아닌 우리 3대대가 들어가고 내년 4월 철수하면 2대대가 들어가라고 사단장의 명령이 하달되었어.

그래서 우리 결혼식은 10월에 할 수 없고 내년 5월 5일 어린이날에 해야겠다고 강림 부모님과 신길동 어른들에게 전화를 하였어.

너무 마음 많이 상하지 않기를. 안녕!

199×.9.23. 간성에서 근호 씀

편지를 받고 경희도 답장을 썼다.

보고 싶은 근호 씨

오늘 편지를 읽으면서 얼마나 눈물을 흘렸는지 몰라요.

엄마, 아빠 친목계원 중에서 딸을 군인에게 시집보내려는 사람은 도시락 싸들고 다니면서 말리고 싶다고 말한 아주머니 한 분이 계시는데 왜 그런지 이해가 가네요.

어느 하나 개인의 의지로 하는 것 없이 부대일이 우선이니 그런 말씀을 하신 것 같아요.

그러나 이미 근호 씨의 아내가 되려고 마음을 먹었으니 아무 걱정 마시고 철책선 경계근무 잘하고 내년 철수해서 결혼해요.

이 편지가 당도할 때면 이미 근호 씨는 철책에 올라가 있겠 지요?

저는 내년 4월 만나는 날을 기다리며 신부수업이나 잘하겠 어요.

사랑하는 근호 씨!

다치지 말고, 아프지도 말고 철책근무 마치고 몸 건강하게 다시 만나는 날까지 안녕히.

199×.9.29. 서울에서 경희

그는 소령에서 중령으로의 진급에 3회 누락되어 만 45세에 계급정 년으로 전역을 했다. 군에 있을 때는 술만 한잔하면 '나 태어난 이 강산 에 군인이 되어 꽃 피고 눈 내리기 어언 30년' 하는 양희은의 〈늙은 군 인의 노래〉를 즐겨 불렀다.

소령에서 중령으로 진급하겠다고 연대 군수과장 시절에 엄마는 연 대장 공관에서 거의 살다시피 했다. 오히려 연대장 사모님보다 연대장 과 같이 있는 시간이 많았다. 연대장 가사도우미 수준으로 연대장 공관 에서 공관병이 할 수 없는 일을 했다. 김치를 담그는 것은 기본이고 계 절마다 지역 특산품을 몸에 좋다고 구해서 연대장 입맛을 돋게 했다.

대전 육군본부의 고위 장군에게 조 대령이 보내는 선물을 조 대령 부인이 아닌 엄마가 대전까지 운전해 다녀오기도 했다. 그걸 어떻게 내가 아냐고? 초등학생으로 엄마의 보디가드였거든. 항상 엄마는 운전할 때 나를 뒷좌석에 베이비시트를 설치하고 나를 태워 장거리 운행을 했다. 만약에 교통사고가 나더라도 나는 살려야 한다는 엄마의 투철한 모성애가 차에 장착된 에어백으론 부족하다고 초등학생인 나에게 어린이용 시트를 착용시켰다.

꼭 끼는 시트가 답답했지만 엄마의 성질을 알기에 항변도 못하고 꾹 참고 차에 타고 있었다. 그녀의 행동반경은 신출귀몰했다. 전국의 특산품은 모두 사서 수송 배달했다. 아마 엄마는 아직도 내가 엄마와 조 대령과의 관계를 모를 것으로 생각하겠지만 이미 초등학교 5, 6학년과 중1 시기에 엄마와 조 대령과의 부적절한 관계를 눈치를 채고 있었다. 다만 모른 척할 뿐이었고 아버지의 태도가 이해가 되지 않았다. 어른이 되면 내 남편은 아버지처럼 무능한 남자, 엄마처럼 출세를 위해서는 도덕이고 양심이고 다 버리는 여자처럼은 절대로 안 된다고 다짐했다.

한번은 이런 꿈도 꾸었다. 내가 미팅을 갔는데, 세상에 나의 파트너로 우리 아빠와 너무 비슷한 남자를 만났다. 대머리에 큰 눈, 174 정도의 중간키, 뚱보도 날씬한 것도 아닌 몸매, 어눌한 말투까지. 꿈에 미팅 파트너를 정하자 내가 먹은 커피 값만 주선한 친구에게 던져 주고 미팅 장소를 나왔다.

중3에서 고1이 될 무렵 아빠는 전방에서 군수과장을 마치고 정보과장을 하고 있었다. 사실 병과가 정보라서 군수과장은 해 봐야 손해를 보는 보직이었다. 정보과장 빈자리가 없다고 그 부대서 정보과장이 떠날 때까지 군수과장 일을 하다가 정보과장이 떠나면 이어받으라고 한 것이다. 경기도 연천군 신서면 대광리의 ××사단 전방연대는 눈 감고도 지프차 선탑하면서 여기는 신병교육대 다리, 여기는 대광리 보신탕집 앞, 여기는 독서당리, 저기는 대마리 하고 다 알 정도였다.

그가 전방연대 정보과장 시절 북한의 G. P와 우리 G. P 사이에 총격전이 벌어졌다. 되로 주고 말로 받는다는 속담처럼 북한이 먼저 도발을 했으나 북한 G. P를 완전 초토화시켜 그날의 뉴스 헤드라인을 장식했고 아빠의 후배 구○○ 중위는 한순간 영웅이 되었다.

군에서는 훈장도 수여하고 장기 복무를 유도하느라 학군 선배인 아빠가 구 중위 장기 복무 유도 작전에 투입됐다. 구 중위의 대답이 "10년 후의 모습이 정보과장님 우 소령님 모습이 되는 것이 두려워 장기 안 합니다"였다. 구 중위는 2년 3개월의 의무 복무만 마치고 전역했다. 그날 아빠는 "야, 요즘 젊은 후배 놈들은 선배 말을 하느님 말씀으로 여기는 것이 아니라 동네 개 짖는 소리로 들어" 하면서 혼자 소주를 3병이나 마셨다.

나랑 천명은 서울에서 공부하고 엄마는 우리 뒷바라지 한다고 아빠의 퇴직금을 담보로 5천만 원을 대출해서 전세로 이사했다. 그러다 아버지가 전역해서 아파트로 이사를 했고 아버지와 엄마는 한집에 살지만 각자 방을 쓰고 남이나 다름없는 생활을 했다. 조 대령은 내가 중간고사 기간인데도 우리 집에 와서 아버지가 있어야 할 안방을 엄마랑 사용했다.

중간고사 기간이라고 엄마에게 말해 줘도 엄마는 '응, 알았어' 하고는 조 대령과 은밀한 행위를 하는 소리와 샤워소리가 공부방에 다 들릴 정도로 둘은 조심하는 법이 없었다.

〈이제는 말할 수 있다〉 같은 탐사보도에 제보하고 싶다. 내 나이 서른이라서 하는 말인데, 시험 공부하는 학생 바로 옆방에서 엄마와 조 대령의 이상야릇한 소리가 들리고 샤워하는 물소리가 들리는데 내가 아무리 천부적으로 아빠에게 물려받은 좋은 DNA의 소유자라 해도 공부에 집중이 되었겠냐고? 그 중간고사서 난 수학만 제대로 90점을 받고 나머지 과목은 다 70~80점대를 받았다. 문과반인데 문과 중요 과목보다 수학 점수가 더 좋다고 수학 선생님 최영수 선생님은 "야, 우미야 넌 지금이라도 이과반(理科班)으로 가거라! 가서 이과반 애들에게 수학 공부는 이렇게 하는 거야"라고 좀 보여 줘라 말씀하셨다.

사실 내가 수학을 하는 것은 잘하는 축에도 못 든다. 내 동생 천명은 내가 초등학교 5학년 때 1학년 입학을 했는데, 수학 문제로 고민하면 동생이 옆에서 훈수를 들었다.

"누나, 한쪽은 완전 0이 되게 몰아 봐."

정말 함수의 개념도 설명도 누가 해 준 것도 아닌데 천명은 5학년 수학책의 문제를 풀었다.

엄마가 우리에게 육군본부의 조 대령과 친한 장군들에게 로비를 잘

해서 우 소령은 우 중령으로 진급하고 조 대령도 조 준장으로 진급하게 한다고 했지만 아버지가 예비역 소령이 되고 조 대령도 장군이 못 되고 대령으로 한직인 후방부대의 부사단장으로 전출을 가서 부도수표라는 것이 증명되었다.

전역한 아빠의 첫 직업은 보험설계사였다. 아버지의 R.O.T.C 선배 한 명이 모 보험사의 지점장으로 있고 그 밑에 세일즈 매니저로 선배들이 몇 명 있어서 완전히 지점 전체가 R.O.T.C 동문으로 만든다고 들어갔다. 하지만 보험설계사의 직업이 계속 신규 계약을 늘려 가야 하는데 아버지의 알고 있는 지인의 풀이 떨어지자 아빠의 계약 건수도 줄고 정비례하여 수입도 점점 줄어 서서히 고사목이 되었다. 아빠의 수입이 줄어들면 엄마는 지출을 줄여야 하는데, 엄마는 아빠에게 돈 많이 벌어 오라고 닦달만 했지 가정의 지출을 줄이는 노력은 안 했다. 드디어 아빠는 보험회사를 그만두고 일확천금을 노리는 곳으로 직업을 바꾸었다.

다단계라면 치를 떨던 아버지가 다단계에 빠졌다. 아니, 빠진 것이 아니라 다단계의 전도사가 되었다. 다단계에 가담한 것은 승득남이라는 탈북자 때문이었다. 아빠가 정보장교라 한때 대성공사라고 하는 탈북자를 신문하는 기관에서 근무했는데 그러다 보니 탈북자에 대해 잘 알아본다. 탈북자의 외모는 남한 사람과 별 차이 없다. 표가 나는 것은 억양이다. 투박한 함경도 억양이거나 따발총을 연상하는 평안도 억양이나 어투로 표시 나고 행태로는 지하철 노선도를 성경책 이상으로 아긴다. 노선도 없이는 어디 행차를 못하기에 항상 지하철 노선도를 지갑에 잘 접어 찾기 쉽게 하고 다닌다. 아버지가 승득남을 만난 것은 지하철역 목동에서다. 목동 근처에 탈북자들이나 중국 교포의 출입을 관리하는 출입국관리 분소가 있다. 지하철 노선도를 살피더니 시흥역이 없다고 혼잣말로 중얼거렸다.

"시흥역 가시려고요?"

"예, 제가 중국서 설명 듣기로 시흥역에서 마을버스 1번을 타면 벽산아파트 간다는데 여기 시흥역이 안 보입니다."

"예, 원래 시흥역을 새 청사를 지으면서 역 이름을 금천구청역으로 변경했어요."

"남조선은 역 이름을 그렇게 막 바꿉니까?"

"남조선? 그럼 아저씨는 북조선서 왔어요?"

"예, 본디 혜산 사람인데, 딸하고 2년 전에 탈북했고, 이번에 마누라가 탈북을 해 지금 하나원서 교육 중이래요."

"아, 그런데 벽산아파트에 누가 살아요?"

"예, 중국서 신세 진 분의 아들이 살고 있다기에 찾아가는 길입니다."

"그럼, 저랑 같이 가시지요. 저도 집이 벽산아파트 가기 전이라 그쪽으로 갑니다. 저는 두산아파트에 살아 가산디지털단지 역에서 내리는데 아저씨는 금천구청역이라고 방송 나오면 거기서 내리세요. 그럼 마을버스 1번 탈 수 있어요. 오늘은 초행이니 그냥 금천구청역에서 내리고 다음에 갈 때는 독산역에서 내리세요. 그럼 거기가 1번 버스 출발

지라 앉아서 갈 수 있어요."

아버지에게 엄마가 나와 상관없는 사람에게 친절을 베풀지 마라 했지만, 늘 처음 본 사람에게 길만 가르쳐 주는 것이 아니라 다음 방문에 마을버스 앉아서 가는 팁까지 알려 주었다. 그러니 엄마와 아버지는 처음부터 맞지 않는 상대였다. 사실 엄마, 아버지 결혼한 것도 생전 처음 본 분들의 짐을 들어준 인연으로 결혼했으니 아버지의 친절은 타고난 거였다.

"당신은 아직도 내 말을 안 들어요? 탈북자에게 길만 알려주지, 뭐 그런 친절을 베풀고 전화번호까지 주고받아요?"

"탈북자는 일단 한국 국적 획득해도 보험은 없을 거 아니야? 내가 하나원을 어떻게 방문해 이런 식으로 탈북자 알아서 보험계약 탈북자 일 년에 3000명 정도 오면 그중 200명만 내가 계약해도 난 지점에서 최고 신규계약 잘하는 설계사 될 거 아냐?"

"당신 TV도 안 봐요? 요즘 탈북자 보험 설계사가 탈북자들과 짜고 보험 고액으로 가입해서 별거 아닌 것으로 병원에 드러누워 보험금 타서 나눠 가지다 적발되었다고, 당신이 하나원 가서 탈북자 하나 계약하기 전에 이미 탈북자 출신 보험설계사가 하나원 퇴소하면 누구 만나라고 예약한다고 합디다."

탈북자 한 사람을 계약하고 나면 줄줄이 탈북자의 소개로 계약이 연속될 거라는 아빠의 소박한 꿈은 엄마의 속사포에 기가 죽었다. 그 일이 있고 얼마 후에 승득남이 아빠에게 접근했다.

"형님, 사람들이 핸드폰 가입자만 늘려 나가도 돈벌이가 된다고 하는데, 좀 오시겠어요?"

"야, 그거 다 다단계야!"

"다단계가 뭡니까?"

"그거 전화로 설명 못 해. 만나서 직접 그림 그려 가면서 해야 된다."

"그럼, 제가 형님 사시는 가산동 두산아파트로 가겠습니다."

"그래, 오후 7시 각자 저녁 먹고 두산아파트 앞에 좋은 공간이라는 카페로 와라."

"예, 그럼 형님 그때 봐요."

'좋은 공간'은 원래 사장님이 서점이던 곳을 서점이 수입이 줄어들자 카페로 바꾼 것이다. 팔던 책 중에서 아끼던 것을 카페에 비치해서 커피도 마시고 노트북 가져온 사람은 문서작업도 할 수 있는 곳이다. 약속시간에 정확히 둘이 만났다.

"형님, 반갑수다레!"

"그래, 벽산아파트 만나려던 사람은 잘 만났고?"

"예, 형님 덕분에 잘 찾아갔습니다."

"독산역에서 1번 타봤어?"

"예, 형님 말대로 독산역에 내리니 1번 앉아서 갈 수 있었습니다."

"그래, 마을버스 1번은 사람이 많이 타고 다니는데, 금천구청역에서 타려면 거의 앉아 갈 확률이 희박하다."

"예, 저는 형님 덕분에 남조선에 빨리 적응하는 중입니다."

"그래, 만나자고 한 건부터 말해 봐."

"가산디지털단지역에 4번 출구로 나오면 우림오피스텔이 있는데, 203호에 한솔이노베이션이라는 것이 있습니다."

"그래, 거기서 뭐라고 하더니?"

"제가 가입하고 탈북자로 몇 명을 가입시켰는데, 탈북자 아닌 사람으로 한쪽 라인을 만들라고 합니다."

"그래, 그래서 한 100명 만들면 평생 돈 걱정 없이 산다고 하지?"

"예."

"그거 다 사기다. 사기!"

"사기가 다 뭡니까?"

"너 왜 탈북했어?"

"북조선에서 밥 먹고 살 수 없어 탈북한 거 아닙니까?"

"그래, 밥 먹고 살 수 없어 탈북했지? 다단계 해도 밥 못 먹고 나중에 겨우 벌어 모은 돈도 다 날리고 교도소 간다."

"그럼 왜 남조선은 그런 다단계를 법으로 금지 안 하는 겁니까?"

"그게 민주주의고 자본주의야."

"왜 그럽니까?"

"결적정인 피해 근거가 나와야 법으로 단속하고 처벌하거든. 그러니 문제가 표면에 나타나 피해자 생기기 전에는 경찰도 검찰도 그냥 두는 거야."

"그래도 형님이 우리 회사 교육 한 번 들어 보고 확실히 다단계면 저도 그만둘 테니 형님 가서 강의 한 번만 들어 주겠어요?"

"그래, 죽은 사람 소원도 들어준다는데, 살아 있는 의형제 동생 소원 들어주지."

"고맙습니다, 형님!"

"그래, 교육이 언제야?"

"매주 화요일 오전 10시, 목요일 오후 2시입니다."

"다음 주 화요일 10시에 가마."

"고맙습니다, 형님!"

호랑이 잡으러 호랑이 굴로 가듯이 다단계 잡으러 강의를 들으러 갔던 아빠는 완전히 동화되어 다단계 사업자가 되어 승득남은 탈북자를 신규 회원으로 가입시키고 아빠는 내국인을 가입시켜 나갔다.

과도한 부채와 아버지의 핸드폰 다단계 사업에 대한 검찰 수사가 시작되기 직전 엄마는 변호사를 고용해서 이혼소송을 했다.

TV 드라마에서 보던 것처럼 아파트 내부에 스티커 부착하고 압류 표시를 하는 것을 나와 동생은 작은 방에서 숨죽이며 빨리 지나가기만 기다렸다. 엄마는 남매에게 가정법원 판사가 엄마, 아빠 이혼하게 되면 누구와 살고 싶냐 물으면 엄마라고 대답하라고 일러 주었다. 너희 아빠랑 계속 살면 우리 집안 모두 거덜이 난다고 했다.

며칠 후 네 식구는 가정법원에 출두했다. 가정법원 판사는 여자였다. 판사가 물었다.

"피고인 우근호 씨는 아내를 폭행했습니까?"

"아닙니다."

"우근호 씨는 마약을 했습니까?"

"아닙니다."

"우근호 씨는 배우자 이외의 여자와 부적절한 성관계를 가졌습니까?"

"아닙니다."

몇 가지 질문에 대답하자 판사는 동생과 나에게 만약에 아빠와 엄마가 이혼을 하게 되면 누구와 살고 싶으냐고 물었다. 엄마에게 교육받은 대로 '엄마랑 살고 싶어요' 했다.

판사는 피고인 우근호 씨가 즉각 이혼 대상의 질문에 부정을 하였기에 2개월간 숙려기간을 준다고 했다. 2개월 후에 다시 법정에 나오라고, 한쪽이 안 나오면 없는 대로 궐석재판이 이루어진다고 했다. 2개월 후 아빠 없이 엄마 혼자서 이혼확정 판결을 받고 판결문은 아빠에게 등기로 보내졌다.

20××년 5월 51일 천명이 군대에서 전역한 2년 후인 바로 그날 이혼확정판결을 받았다. 살고 있던 아파트는 경매로 넘어가고 은행부채와 경매와의 차익금 1500만 원을 들고 엄마, 나, 동생 셋은 부천의 오피스텔로 이사를 했고 아빠는 그냥 집을 나갔다.

그날 이후 아빠는 시흥사거리 은행나무에 있는 24시 불가마 사우나에서 밤을 보내고 새벽이면 대우인력으로 나가서 그날그날 건설 일용직 근로자가 되었다.

신용불량자와 통신 불량자에 모두 걸려 내 이름으로 입출금 통장과 휴대폰을 개통해서 주었다. 아빠와 나는 암호로 대화를 주고받았다. 핸드폰 문자로 '신 15' 하면 신한은행에 15만 원 보냈다는 뜻이다. 전화번호 저장도 아버지, 아빠가 아닌 '은사님'으로 저장했다. 왜냐하면 내 핸드폰을 이모나 외삼촌 엄마가 보면 아버지와 만나는 것을 알게 되기에 엄마나 외가 어느 누구에게도 아빠와의 연락을 안 하고 행방을 모르는 것으로 했다.

실제로 다단계 수배자로 아빠를 찾는 경찰도 있었고 법원 송달들도 다녀갔다. 엄마는 이혼 후로는 왕래가 없다고 했다. 행방을 모른다고 대답했다. 핸드폰 문자 메시지만 주고받았다.

'은사님, 오늘 비 오는데 뭐 하세요?'
'비 와도 우리는 지하에서 일한다.'
'돌아오는 일요일 충무로 대한극장 12시.'
'오케이.'

그것으로 아빠와 나의 의사소통은 되었고 둘 다 정확히 12시 5분 전에 충무로역 지하 대한극장 들어가는 유리문 앞에서 우리는 만났다.

"은사님, 눈이 내려요. 지금 어디신가요?"

"제주도."

"그 멀리?"

"건설일용직 근로자는 지구 끝이라도 일감 있으면 가서 하는 거야."

제주에서 건설 일용직을 하면서도 아빠는 한 달에 아빠의 고시원 방세와 동료와의 소주 값 정도만 남기고 나에게 보내 주었다. 많을 때는 130, 보통은 70, 80만 원 정도를 보내고 문자로 '신 70'라고 보내왔다. 그런데 동료 간에 불화가 생겨 1년 약속으로 간 것을 고작 4개월 하고 다시 서울로 왔다. 그때가 20××년 5월이다.

5월부터 아빠는 건설일용직 잡부가 아닌 고단가의 일을 한다고 해체를 하러 다녔다. 시흥사거리를 벗어나 남구로 ××인력으로 나갔다. 새벽 4시 50분 인력 사무소 안이나 밖이나 사람들이 북새통을 이루고 있다. 주민등록증을 인력사무소 김 부장에게 제출했다.

"우근호 씨, 내국인이죠?"

"예."

"그동안 경험한 직종은?"

"정리도 하고, 해체 조공도 했습니다."

"예, 마침 잘되었군요. 한국인만으로 편성된 해체 팀에 조공이 한 명 부족한데 그리로 보내드리죠."

"감사합니다."

인력시장의 90%는 외국인이다. 중국이 가장 많고 몽골, 베트남, 필리핀, 우즈베키스탄 등 다양한 곳에서 단지 돈 벌기 위해 이렇게 말도 안 통하지만 나온 것이다. 그러니 일하는 현장에서는 한국인은 눈에 보기 드물고 최소한 외국인이라도 한국말 알아듣는 사람이 금값이 되었다.

"우근호 씨?"

"예?"

"반갑습니다. 해체팀장 공승현입니다."

"반갑습니다. 강각성입니다."

"잘 부탁드립니다."

"아닙니다. 한국인 찾기 힘든데 형님 오셔서 정말 고맙습니다."

그렇게 간단한 인사를 하고 공승현 해체 팀의 일원이 되었다. 여기
저기 해체가 필요한 공사장이면 어디든지 다녔다. 그런데 시흥 무지개
지역방송 신축공사장에서 해체를 하다 거푸집에 깔려 대퇴부 골절이
되었다. 119에 실려 시화병원으로 이송되었다. 시화병원 응급실 당직
의사가 물었다.

"환자분! 이름이 뭐예요?"

"우근호!"

"이거 몇 개로 보여요?"

"3개!"

"어떻게 다쳤어요?"

"해체하다 거푸집에 깔렸어요."

"예, 전신 마취를 하고 수술을 할 겁니다. 그리 아세요."

"예."

"지금부터 마취를 하니까 하나, 둘, 셋, 스물아홉까지 세세요."

"하나."

"둘."

"셋."

"넷."

일곱을 세자 완전마취가 되어 여덟을 세기 전에 잠이 들었다. 시화병원 제1정형외과 과장 김청야 과장은 신속히 수술을 진행했다. 수술을 마치고 회복실을 경유하여 마취가 다 풀릴 즈음 706 병동으로 이동했다. 간호사가 입원서류 서명을 받아갔다.

"우근호 환자님, 혼자 식사는 하지만 화장실 갈 수 없으니 가족 중에 병원에 나와 간병할 분 있어요?"

"없어요."

"아드님 없어요?"

"군대에 갔어요."

"따님은?"

"회사 다니는데 일이 많아 매일 야근입니다."

"그러시면 어차피 간병인 써야 하니 간병인 있는 병실로 하겠습니다."

"예."

201×년 8월 21일부터 간병인이 공동 간병하는 707 병동으로 이동했다. 아버지 소식을 듣고 혼자 시화병원으로 가려고 했는데, 엄마가 따라나섰다. 이혼한 엄마가 병원 가면 다쳐서 신경 날카로운 환자에게 도움이 될 일 없다고 했으나 엄마는 따라나섰다. 난 엄마 고집을 이길 수 없었다.

간병인 석경희 여사는 중국 교포 조선족 여자였다. 젊어서 중국에서 간호사를 했으나 나이가 들어 간호사를 할 수 없어 한국으로 와서 간병인 10년 차라고 했다. 전직이 간호사라 아빠에 대한 간병을 잘했다. 그런데 따라온 엄마 때문에 사단이 생겼다. 예고 없이 나타난 아빠의 이혼녀인 나의 엄마는 침대 시트에 그려진 오줌지도 모양의 무늬를 보고 간병인을 야단쳤다.

"간병인이 간병을 제대로 해야지, 침대 시트가 이게 뭐예요? 오줌인지 물인지 모르지만 지도가 그려지고."

"얼음주머니 방수가 잘 안 되어 그런 겁니다."

"환자 수염도 산적처럼 좀 깎아 주어야지."

"아주머니! 면도기는 보호자가 사 주어야지, 남의 면도기 빌려 사용 후 감염되면 누가 책임지라고 그런 소릴 하세요?"

그 말에 엄마는 아무 대꾸도 못했다. 더구나 잠에서 깬 아버지가 버럭 소리를 질렀다.

"야, 함경희! 여길 왜 왔어? 미아는 내 딸이니 이혼해도 가족관계증명서에 이름 등장하니 와도 되는데 넌 이혼녀라 이름 없어. 그런데 무슨 자격으로 병실에 들어와?"

"이혼한 마누라는 병문안도 못 와요?"

"문안 같은 소리하네. 이혼했으면 그만이지, 남 다리 얼마나 다쳤나 확인하러 왔니?"

"그래, 얼마나 다쳤나 확인하러 왔다!"

"빨리 나가! 간호사 불러! 여기요, 저 여자는 환자 가족 아니니 병실 밖으로 내보내요!"

아빠의 불호령에 엄마는 황급히 시화병원 707 병동을 빠져나왔다. 엄마가 나가자 간병인 석경희는 아빠에게 말을 걸었다.

"우 사장님, 저런 여자와 결혼해 몇 년 사셨어요?"

"20년."

"세상에, 내가 남자라면 저런 여자와 3일도 못 살 거야."

"에이, 20년 산 사람도 있는데."

"20년 동안 사장님이 지고만 살았죠?"

"어떻게 알았어요?"

"안 봐도 훤해요. 간병인 10년이면 관상쟁이 다 됩니다. 아무리 돈 많은 척 자랑해도 간병인비 제대로 못내는 환자 보호자들, 자식 자랑해도 병원 한번 못 오는 잘난 자식 10명이면 뭐해요?"

"그렇지요. 돈 많이 못 벌어도 병원 와 주는 사람이 고맙지."

"환자 퇴원 때면 그네들 집안 수준 다 드러나죠. 서로 모시려는 집안, 서로 네가 모시라고 공 떠넘기는 집안… 환자가 부자면 자식들이 서로 모시려 하고, 환자 돈 없고 자식들도 그저 그럭저럭 사는 형편이면 서로 안 모셔요."

"그럼요. 이 세상에 문제없는 집이 어디 있어요? 다 그런 문제는 가족 간에 적당한 선에서 묻고 사는 것과 서로 책임 전가하고 캐고 따지는 차이지요."

정형외과 과장이 보호자인 나를 불렀다.

"과장님, 부르셨어요?"

"예, 우근호 님의 수술은 아주 잘되었고, 환자분이 식사도 잘하시고 병원에서 시키는 대로 물로 하루 2리터 이상 꼭 드셨기 때문에 상당히 호전되었습니다. 우리 병원은 수술하는 병원원이라 규정상 수술 환자는 4주 정도만 여기서 입원하고 그 후는 환자의 집 가까이 있는 정형외과로 가도록 합니다. 시흥사거리 정형외과로 이송하시지요?"

"예, 저도 직장이 서울이라 아빠 병문안 한번 오려면 3시간 걸리니 힘들었어요."

"어디 평소 이용하던 정형외가 있나요?"

"아니요, 없습니다."

"그러시면 시흥사거리에 내 고등학교 동창이 있어요. ××의과대학 졸업하고 실력이 좋은 친구인데 ○○정형외과 병원으로 이송하세요. 미리 전화해 두겠습니다."

"예, 감사합니다."

○○정형외과로 이송된 다음 날 동생이 포상휴가를 나왔다. 군대 갈 때는 일반병 ○○군번으로 갔는데, 사단 신병교육대 수료하고 주특기를 통신으로 받았다. ○○사단 포병연대 낙석대대 통신병으로 배치된 그는 이등병 때 사단 음어경연대회에서 1등을 했다.

초등학교부터 한국 교육제도에 맞지 않는 아이라는 소리를 들었고 나와 나이 차이가 4살이 나지만 학년은 3학년 차이인데, 초등학교, 중학교 시절 내가 수학책을 들고 문제풀이가 안 되어 머리를 쥐어짤 때면 동생이 '누나 x를 한쪽으로 몰아봐'라고 힌트를 줄 정도로 수학의 귀재였다. 하지만 한창 공부할 중학 시기에 부모가 이혼을 하고 가정이 풍비박산이 나서 그 이상의 공부를 하지 못한 것이 한이 되어 스스로 아르바이트를 해서 한 푼, 두 푼 모아 고입 검정고시, 대입검정고시 학원을 다니고 학점은행 공부를 하다가 군대를 갔다.

군대 입대해서 신병교육대 신체검사에서 군의관이 과체중이라고 귀향조치를 내렸는데 신병교육 기간에 현역 몸무게를 맞추겠다고 우겨서 스스로 현역이 된 것이다.

남들은 돈으로 권력으로 군대를 면제하거나 기피하려고 하는데 이 녀석은 스스로 현역이 되었다. 이등병이 사단 음어대회 1등을 하는 낙석부대의 역사를 새로 쓰고 나온 것이다.

"아버지, 많이 다치셨는데 너무 좌절하지 마세요. 내년 8월이면 전역하니까 그때는 아버지 돈벌이하러 새벽에 인력시장 나가시지 않아도 될 겁니다."

"좌절?"

"예, 제가 아버지 성격 닮아서 하는 소리예요."

"그래, 나 시화병원서 간병인이 대소변 받아낼 때는 이렇게 사느니 병원 7층서 그냥 뛰어내릴까 생각했었다."

"에이, 아빠. 그건 오버다."

"오버 아니야. 이런 다리로 세상에 뭔 일을 하겠니? 일을 못하면 돈이 없고 천박한 자본주의에서는 돈 없으면 죽어야 한다."

"아버지, 일단은 누나가 있고 내년 8월이면 저도 전역해 돈 벌면 잘 살지는 못해도 먹고 사는 데는 이상이 없어요. 그러니 아버지는 재활에만 신경을 쓰세요."

"그래, 알았다. 아들!"

"아빠."

"왜?"

"남녀 차별 안 한다더니?"

"내가 무슨 차별이야. 딸은 딸이라 예쁘고, 아들은 아들이라 믿음직한데?"

"그거 알아?"

"뭘?"

"강림 할아버지가 난 한 번도 안아 주지 않고 도식이, 우식이, 천명만 안아 준 거?"

"야, 돌아가신 분 이야기는 왜 새삼?"

"아니야, 난 정말 영원히 할아버지에게 여자라고 손자들만 안아 주고 난 한 번도 안아 주지 않고 돌아가신 거 잊을 수가 없어."

"너나 시집가서 애 태어나면 남녀 차별 없이 잘 키워."

"응, 그럴 거야."

"군대 가서 느낀 것인데 아버지가 예비역 소령이라서 소령 아무것도 아닌 줄 알았는데, 신병교육 받으니 소령 높은 줄 알았어요."

"그럼 이병부터 치면 이병, 일병, 상병, 병장, 하사, 중사, 상사, 원사, 준위, 소위, 중위, 대위 그다음이 소령이니 높지. 하지만 장교 중에서는 중령, 대령들의 밥이다, 밥!"

"아버지, 죄송해요."

"뭐가?"

"서울 가정법원에 이혼할 때 아빠랑 살겠다고 안 하고 엄마랑 살겠다고 말한 거 정말 죄송해요. 그때 엄마 말만 듣고 정말 아버지가 잘못해서 이혼하는 줄 알았어요. 나중에 누나에게 들으니 엄마 잘못도 크다는 것을 나중에 알았어요."

"다 지난 일인데, 이제 뭐가 죄송해? 잘 자라 이렇게 군대서 포상휴가도 나왔는데. 역사에 가정법이 없듯이 인생에도 가정법은 없다. 이미 지나간 일을 그때 왜 그렇게 했을까? 후회해도 소용없다. 그러니 후회할 필요 없이 지나간 것은 지나간 대로 두고, 새로 오는 인생에 대해 준비를 잘해 또 다른 후회거리를 덜 만드는 것이 중요하다."

"아빠?"

"왜?"

"난 여자지만 엄마도 이해가 안 되고 아빠도 이해 못하겠어."

"왜?"

"조 대령하고 엄마가 그렇게 붙어 다니는 것을 왜 아빠는 말리지 않고 묵인했어?"

"엄마가 조 대령을 만나는 것은 나의 진급을 위한 노력이라고 하니까 묵인한 거지."

"그래서 아빠가 진급을 했어?"

"못 했지."

"왜 진급 못 하고 전역 얼마 안 남은 상태서 조 대령 만나러 나가는 것을 묵인했어?"

"만나지 마라 하면 엄마가 안 만날 여자니?"

"그래도 만나지 말라고 아빠는 말을 했어야지."

"만난 지 여러 해 되는 남녀에게 그만두라는 말을 하는 것이 더 이상하고, 일단 엄마와 부부의 연은 여기까지구나 했어도 너희들 대학 마칠 때까지는 이혼 안 하고 지내려 했지."

"그런데 왜 이혼했어요?"

"엄마가 이혼 소송을 가정법원에 제출했고, 출두하라고 해서 출두한 거야. 엄마는 변호사 도움을 받아 서류 작성하고 나는 혼자 작성했어."

"난 여자지만 아빠 입장이라면 엄마 그렇게 놀아나게 내버려 두지 않을 거야."

"나라고 엄마 나돌아 다니는 거 마음이 편했겠니?"

"엄마, 아빠 이혼하고 경화 이모가 나보고 뭐라고 했는지 알아?"

"뭐라고 하든?"

"미아 너, 엄마랑 대령 아저씨랑 그렇고 그런 사이라는 거 언제 알았느냐 물었어."

"그래서?"

"나 초등학교 5학년 때 이미 알고 있었지만 모른 척한 거라고 했지."

"이모 반응은?"

"미치겠다. 너는 완전 애늙은이구나! 초등학생이 알면서 모른 척하고 몇 년을 지냈다니. 형부도 바보 멍청이고, 언니는 인간도 아니야 했어."

그렇다. 이모는 엄마가 대학 다닐 때 고등학교만 졸업하고 김포공항의 물류회사에서 일을 하고 있었다. 여고 졸업자라고 대졸 사원들 사이에서 임금 차별받으면서 일하다가 외할머니의 등쌀에 맞선을 봤다. 남자는 서울의 명문대를 나왔고 남자의 언니와 여동생 모두 대학을 졸업했다.

이모는 학력 열등의식으로 그 남자와 더 이상의 만남을 할 수 없었다고 한다. 그래서 지금 이모부도 당시 고졸 출신으로 열심히 일하는 모습을 보고 이 남자자면 평생 같이해도 굶어 죽지는 않을 것이라는 믿음으로 결혼을 했다. 외가에서는 외할아버지, 외할머니 다 반대하고 엄마, 아빠도 반대, 외삼촌 두 명도 반대를 했다. 이모는 집을 나가 이모부와 동거에 들어갔다. 나중에는 어쩔 수 없이 어른들이 결혼식을 올려 주었지만 지금도 이모는 입에 거품을 물고 말한다. 결혼식 올려 주든 안 올려 주든 사는 데 아무 문제는 없다고.

"나 조 대령 만났다."

"어디서?"

"삼성동 회사 옆에 봉은사 있고, 코엑스 건물 식당서 점심 먹고 회사로 걸어오는데 누가 '우보림!' 하는 거야. 이름을 보림에서 미아로 개명을 했는데 개명 전 이름을 누가 부르나 쳐다봤더니 조 대령이었어."

"뭐라고 하든?"

"엄마 전화번호 가르쳐 달라고. 자기가 전화하니 없는 번호라고 안내 음성 나온다고."

"그래서?"

"싫어요. 더 이상 우리에게 관여하지 마세요. 다시 만나도 부르지 말고 모른 척 하세요!"

"그랬더니?"

"알았다. 자기는 방배동 궁전아파트 팔아서 용인 동백지구로 이사를 갔다고. 그런데, 대령 때보다 완전 할아버지야. 얼굴도 쪼글쪼글하고 키도 더 작아진 느낌?"

"딸 보기보다 냉정하네."

"나 아빠 딸이야!"

"난 냉정 아닌데?"

"아니야, 엄마가 이혼 후에 하는 말인데 아빠는 찬 사람이래. 뱀처럼!"

"하긴 고향 어머니도 아버지보고 맨날 찬 인간이라고 인정머리라고는 눈곱만큼도 없는 인간이라고 했어."

"천명도 차니?"

"아니, 정이 많아. 동물도 좋아하고."

"그래, 세상에 둘 남은 남매니 잘 지내."

"엄마는 커 갈수록 내 얼굴에서 아빠 모습 보여 놀란다고 해."

"천명은 엄마 닮아서 동그란 형이지?"

"그래, 천명은 외할아버지, 엄마, 작은 외삼촌이랑 비슷한 형이야."

201×년 3월 ××일 근로복지공단에서 산재치료를 종료시켰다. 근로복지공단 서울 남부지사에서 등급 판정을 받았다. 14등급이었다. 722만 원의 일시금이 나왔다. 그것으로 끝이다. 산재환자의 재활 운동 지원도 없고, 취업을 위한 무료교육도 12등급 이내에 받아야 혜택이 있지 14등급은 스스로 취업활동을 해야 했다. 아빠는 지팡이를 짚고 금천노인복지회관 취업훈련을 받았다. 서울시 어르신 취업센터에도 등록을 해서 취업훈련을 받았다.

취업사이트에 이력서를 작성해서 올렸다. 이력서에 자신을 알리는 한 줄 칸에 아빠는 '학교생활 16년, 군대생활 21년 3개월 동안 지각 한번 안 한, 시간을 칼처럼 지키는 사람'이라고 적었다.

그는 어렸을 때 아빠의 할아버지, 즉 증조부의 회갑 잔치로 결석 한번 해서 개근상을 못 받고 정근상 받았다고 했다.

우리 남매에게도 학교 지각하면 안 된다고 항상 일찍 등교를 시켰다. 웃기는 일은 아빠가 연애를 할 때 여자가 10분 늦었는데, 그 10분을 못 참고 메모지에 '6시 20분에 와서 40분까지 기다리다 간다.'라고 써서 알림판에 붙였다. 그것을 본 여학생이 무슨 남자가 그렇게 인내력이 없냐고, 10분도 못 기다리느냐고 따지더란다. 아빠는 여자에게 치명적인 말을 했다. 10분이면 전투기가 수원 비행장에서 출격해 평양 주석궁을 폭파하고도 남을 시간이라고 했다.

한 줄 자기소개가 인사 담당자의 눈에 들었는지 세한통산이라는 곳에서 면접 제의가 왔다. 가산동에 있는 민주전자라는 곳에 경비원으로 취직이 되었다. 24시간 근무, 24시간 휴무라는 근로기준법에 어긋나는 고용형태지만 아빠는 대퇴부 골절 환자를 고용해 준 것만으로도 감사하다고 24시간 경비, 24시간 휴무를 비가 오나 눈이 오나 나가고 있다.

걱정을 많이 했다. 군대서 소령에서 중령으로 진급하지 못한 이유가 여러 가지 있는데 그중 하나가 굽힐 때는 굽힐 줄도 알아야 하는데 아빠는 그놈의 눈에 보이지도 않고 만질 수도 없는 '의(義)' 하나 때문에 진급을 못 했다.

요즘 한국항공우주산업이라는 회사가 방산비리가 발각되어 검찰의 수사를 받는 중인데, 그는 소령 시절 그 항공우주산업이 만드는 무인 항공기의 운용 부대장이었다.

상관은 정품의 부속을 사용하면 하나에 10만 원 하는 것을 B급으로 2~3만 원에 구입해 사용하고 영수증 정리는 정품으로 한 것처럼 해서 차이 나는 돈을 위로 상납하기를 원했다. 하지만 아빠는 그걸 거부하고 무조건 정품으로 사용해서 1년 배정된 정비예산이 불용액도 없고 차익금도 없게 한 것이 상관이 유용할 자금을 0으로 만들어 버려 상관의 기분을 상하게 했다.

결국 지휘관의 인사 평점에 최하 점수를 받고 예비역 소령이 되었다. 술 한 잔만 들어가면 아버지는 양희은의 노래 〈늙은 군인의 노래〉를 흥얼거린다.

나 태어난 이 강산에 군인이 되어

꽃 피고 눈 내리기 어언 이십 년

무엇을 하였느냐 무엇을 바라느냐

나 죽어 이 흙 속에 묻히면 그만이지

아~ 다시 못을 흘러간 내 청춘~

나 태어난 이 강산에 군인이 되어

왜 육사를 못 갔느냐

R.O.T.C가 무얼 바라느냐

나 태어난 이 강산에 묻히면 그만이지~

아 다시 못 올 흘러간 내 청춘~

자조적으로 개사한 늙은 군인의 노래를 수없이 들었다. 그토록 진급 못 하는 한이 있어도 지키려고 애썼던 '의(義)'는 아빠가 졸업한 대방동의 S중학교의 교훈이 '의(義)에 살고 의에 죽자'였다. 고등학교의 건학이념은 '참에 살고 의(義)에 죽자'였다.

××사단 전방연대 정보과장이라 자리를 한시라도 비울 수가 없었다. 거의 휴가 외박은 명목상 인사행정 검열용으로 명령을 내고 실제로는 계속 근무했다. 한마디로 월, 화, 수, 목, 금, 금, 금이었다. 딱 한 번 아빠가 외박을 나온 경우가 있다. 내가 대영초등학교 6학년에서 대영중학교로 올라가는 첫 번째 학부모 회의에 참석했다. 그리고는 우리가 살고 있는 서울에는 나타나질 않았다.

엄마가 오빠로 호칭하는 조 대령이 수시로 집 근처에 나타났다. 외할아버지가 조 대령과 어떤 사이냐고 물으면 엄마는 천연덕스럽게 미아 아빠를 진급시키기 위해서 노력하는 분이라고 소개했다. 나는 대영초등학교를 졸업하고 대영중학교에 진학했다. 영등포역에 있는 교복판매장으로 갔다. 교복을 입혀 놓고 교복 얼짱 콘테스트를 한다고 사진을 찍었다. 내 사진과 다른 여러 명의 학생 사진을 매장 입구에 세워놓고 스티커를 지나가는 사람들에게 붙이게 했다. 실제로는 나에게 스티커가 가장 많이 붙었으나 여의도고등학교 배순선 언니가 금상을, 내가 은상을 받았다. 동상은 여의도고등학교 최미선이 받았다.

내가 교복 얼짱 콘테스트에 뽑혀 교복 값 26만 원을 내고 50만 원의 상금을 받았다. 금상은 100만 원, 동상은 30만 원이었다. 엄마는 기분이 좋다고 백악관 뷔페에 예약을 하고 외할아버지, 외할머니, 외삼촌 2명, 이모 2명, 그리고 조 대령을 초대했다.

모두들 나의 교복 얼짱을 축하해 주었다. 엄마는 기분 내느라 술도 여러 병 시켰다. 그날은 좋게 헤어졌다. 교복 매장에 붙어 있는 문화강좌 포스터를 보고 L백화점 문화강좌에서 함경희 여사는 사진반에 가입했다. 원래 엄마는 대방여중과 서울여고 시절 사진반 활동을 했었다. 나이가 들어서도 사진에 대한 열정이 다시 살아나서 엄마가 찍은 사진이 문화강좌 사진반 야외촬영 후 자체 강평에서 최고 좋은 작품에 선정되었다. 그 사건으로 엄마는 육군 소령 우근호의 아내에서 사진작가 함예은으로 변했다.

여기저기 사진전시회에서 초청이 오고 엄마도 그런 초청을 즐겼다. 더 열심히 찍었다. 외할아버지, 외할머니에게도 자랑을 했다. 외가의 친목계 모임에서 외할아버지는 자랑을 했다. 우리 경희가 이번 대한민국 미술대전에서 사진으로 입상을 했다고. 더구나 연세대학교에서 외국인을 대상으로 한글을 가르치는 한국어 교사 양성반도 수강을 했다.

××사단 전방연대 정보과장인 우근호 소령의 봉급으로 애 둘의 학비도 빠듯한데 엄마는 아빠에게 생활비 부족하다고 돈을 더 보내라고 요구했다. 아빠는 "뭔 소리야. 봉급 통장을 당신이 가지고 있는데 돈을 더 보내라면 나보고 봉급 외에 도둑질을 하라는 소리냐?"라고 항변했다. 그 후로 전방 근무 중에 휴가가 있어도 아예 서울에 나오지 않았다.

엄마가 조 대령을 만나러 갈 때마다 승용차에 나를 태우고 나갔다. 나는 짐작했다. 나이가 어리지만 내가 있음으로 조 대령이 엄마에게 어떤 행위를 약간은 방어해 줄 거라는 생각으로 나를 대동했지만 나가서 하는 짓은 그것도 아니었다. 엄마는 옆트임 치마를 입었고 조 대령은 그 트인 사이로 손을 넣어 엄마의 은밀한 부분을 만지작거렸다. 나는 커서 절대로 엄마처럼 살지 않겠다고 다짐했다. 드디어 외할아버지가 화가 나서 엄마를 추궁했다.

"미아야, 너 내 딸이니?"

"그럼 아빠 딸이지."

"그 조 대령이라는 사람과 너는 어떤 사이냐?"

"뭔 어떤 사이야? 우 서방 진급 위해 내가 알고 지내는 오빠지?"

"함가하고 조가하고 어떻게 오빠야?"

"왜 아는 사람끼리 친하게 오빠, 동생 하는 거 말이야."

"내가 보기엔 네가 조 대령과 어울려 돌아다닌 것이 우 소령 진급을 도와주는 것이 아니라 오히려 기무부대 동향에 올라 마이너스될 것 같구나?"

"아버지 정말 왜 그래?"

"왜 그래? 조 대령과 너 만남은 오늘로 끝내라!"

"아버지, 우 서방 성격 알지요. 너무 순하고 남에게 절대 아쉬운 소리 못 하는 성격, 지 밥그릇도 똑바로 못 지키는 바보."

"진급 못 하면 사회 나와 딴 일 하면 되지, 쓸데없이 로비한다고 돈 펑펑 쓰지 말고 절약해. 돈 모아 전역시켜라!"

"아버지, 그게 자식에게 할 소리예요?"

"그럼, 자식이니까 살길을 도모하라는 거야."

"소령과 중령 연봉 차이가 얼마인지 아세요? 소령은 45세 전역하고 중령은 57세야. 중령 봉급 57세까지 합하면 억이 넘어요."

"그래도 로비해서 진급하는 것은 난 반대다. 우 소령 속마음도 네가 치맛바람으로 진급하는 것은 원치 않을 거야."

"아버지, 대위에서 소령 진급도 얼마나 마음고생했어요? 맨날 남 뒤치다꺼리나 하는 사람이에요."

"그럼 네가 조 대령과 어울려 다니면 우 소령이 우 중령이 되는 거야?"

"된다는 보장은 몰라도 최대한의 노력은 다해 보는 겁니다. 조 대령이 육본 장군 인맥이 많다고 하니….”

외할아버지도 더 이상 엄마 추궁을 그 이상 하지 않았다. 엄마의 눈물겨운 노력에도 불구하고 아빠는 중령 진급에 탈락되어 내가 중3에서 고1이 되던 해에 전역을 했고, 나는 ××중학교가 있는 영등포구에서 아파트가 있는 금천구로 배정되어 산기슭 고교에 입학했다.

우리 반 35명 중에 대부분 가산, 한울 , 독상, 문성 출신인데 나만 ××중이었다. 친구들은 “××중이 어디야?” 하는 애도 있고 “××중이 여길 왜 와?” 하는 애들도 있었다.

산기슭 고교는 금천구라서 엄마가 신길 5동 외가 근처에서 가산동 ××아파트로 전입하고 주민등록등본을 학교 배정 전에 제출해 여기로 배정받게 한 것이다.

우리가 입주한 아파트는 유명한 S제과 공장을 이전하면서 공장 부지에 아파트를 1,400세대나 지은 대단지 아파트였다. 108동 401호가 우리 집인데 엄마가 아빠의 군대 퇴직금을 담보로 5,000만 원을 대출받아 103동 1113호를 구입했다. 108동 401호는 38평인데 103동 1113호는 45평이었다.

문제는 전역을 하면서 5천만 원 문제가 수면 위에 떠올랐다. 엄마가 대출받아 아파트를 구입한 5천만 원을 갚아야 아버지 퇴직 후 연금을 받을 수 있는데, 그 5천을 못 갚으면 퇴직금을 잔액만 일시금으로 받는다고 했다.

결국 5천만 원을 엄마가 마련 못해 연금 대신 퇴직금 ×억 4천 5백만 원을 받고 아버지의 평생 200만 원씩 받는 연금은 사라졌다. 연금 200만 원에 사회 나가 최저시급 받으면서 월 130만 원 이상만 벌면 되겠다고 생각한 아빠에게 엄마는 350만 원 이상의 돈벌이를 요구했다. 이곳저곳 이력서를 넣다가 안 되자 아빠는 P생명보험사 설계사가 되었다. 다음 S생명, 다시 D생명을 전전하면서 아파트 원리금을 납부하지 못해 경매에 아파트 두 곳이 모두 넘어갔다.

집 안의 장롱과 TV, 전축, 엄마의 사넬 핸드백, 프라다 구두 등 명품에 모두 압류 스티커가 부착되었다. 드라마에서 보던 압류를 숨죽이며 눈앞에서 목격했다. 아버지는 도피를 했다. 남부가정법원에 가서 엄마, 아빠의 이혼 재판에 동참을 하고 판결을 봐야 했다. 동생 천명과 나는 두 분이 이혼을 해서 우리가 어디서 살든지 엄마가 재혼을 해서 새 아빠가 생기면 우리는 무조건 집을 나가자고 약속을 했다. 조 대령 부인이 우리 안방에 와서 엄마 머리채를 휘저으면서 너 죽고 나 죽자고 싸울 때 아빠는 아무 편도 못 들고 슬며시 자리를 피했다.

아니, 그날로 아예 집을 나가 찜질방에서 잠을 자고 새벽이면 건설 일용직 근로자들이 가는 인력시장에 가서 일을 나가면 한 공수(工手) 해서 돈을 벌고 없으면 금빛 공원 근처의 벤치에서 편의점에서 막걸리 한 병과 추억의 꽈배기를 안주로 아침 겸 점심을 해결했다.

대낮부터 찜질방에 들어가면 거기 매표원이나 청소하는 아줌마가 직업도 없는 놈이라고 무시당한다고 그런 식으로 시간을 보내다가 날이 어둑해지면 찜질방으로 들어갔다.

꿈에 가정법원의 재판이 재생되었다.

"피고인 우근호는 아내 함경희를 구타한 적이 있습니까?"

"아니오. 없습니다."

"마약을 복용한 적 있습니까?"

"아니오."

"알코올 중독자입니까?"

"아닙니다."

"두 자녀에게 묻습니다. 먼저 우미아 양, 엄마, 아빠 이혼하면 누구와 살고 싶어요?"

"엄마요."

"우천명 군은?"

"저도요."

"예, 여기 이혼청구서에도 그동안 우근호는 전방에서 군인의 일만 하고 서울 가정은 몇 번 안 온 걸로 봐서 자녀 양육을 함경희가 하는 것이 타당하다고 봅니다. 그는 이혼 후에도 두 자녀 중 막내가 만 20세 되는 12월 31일까지는 양육비를 보내기 바랍니다. 만약 양육비를 고의로 안 보내면 계좌 동결도 가능하니 그 점 명심하기 바랍니다."

그때 내가 고3이고 개구쟁이 천명은 중2였다.

엄마로부터 아빠가 야무지지 못하고 마음만 여려서 맨날 남에게 치여서 이 모양 이 꼴로 산다고 하는 말을 많이 들어서 가정법원 판사의 질문에 서슴없이 엄마하고 산다고 대답했다. 내 나이 이제 스물아홉.

금년만 지나면 내 나이도 계란 한 판이다. 엄마는 25세에 결혼해서 26세에 나를 낳았고 스물아홉이면 내 나이 당당한 4살이다.

동생은 20××년 11월 3일 군에 갔다. 내가 고3에서 대학 진학할 무렵 우리 가정은 풍비박산이 났다. 엄마, 아빠는 부부지만 형식상 부부고 거의 하루 종일 서로 말 한마디 없이 지냈다. 나는 학교에서 편집부장도 했고, 공부도 상위 1% 안에 들었고, 대외 봉사로 국회의장상도 받은 경험이 있어 수시로 S대학교에 합격했다. 하지만 입학금이 없어서 외가에 부탁해도 안 되고, 친가는 이미 남보다 더 먼 사이가 된 지 오래였다. 동생 천명은 중2에서 학업을 포기했다. 나는 대학을 못 가더라도 천명은 대학을 보내려고 나는 고졸 사회 초년병이 되었다.

처음 취직한 곳은 의류회사였다. 동대문 시장에 가서 원단을 시장 조사하고 남자 직원과 원단을 사오는 일을 했다. 대졸은 대졸이라는 이유로 똑같은 일을 하고 월급 230만 원을 받을 때, 나는 130만 원을 받았다. 그것도 4대 보험 공제하고 나면 내가 수령하는 금액은 120만 원 정도였다. 돌아다니다 보니 구두가 불편해 운동화를 신었더니 왜 운동화 신고 출근하느냐고 지적을 받았다. 시장조사를 하는데 많이 돌아다니다 보니 발이 아파 운동화 신었다고 하니 운동화를 회사에 하나 두고 출퇴근은 정장으로 구두로 하라고 했다. 의류회사를 11개월 다니고 나니 재계약을 하면 퇴직금을 주어야 한다고 해고를 했다. 나는 11개월 일하고 백수가 되었다.

두 번째 찾은 직업은 신발회사였다. 회사가 아니라 신발 판매 매장이었다. 여기도 11개월 일하고 또 해고되었다. 그 다음 간 곳은 ○○건설 회사였다. 건설회사 경리직원인데 총무를 봐야 했다. 어떤 때는 먹줄 작업하는 공사과장의 조수가 되어 줄자와 먹줄 시작점을 잡아 주는 일을 했다. 먹줄 잡아 주어 일 빨리 끝났다고 소장이 과장과 일찍 나가라고 했다. 좋다고 나왔는데 그게 좋은 것이 아니었다. 김포 공사 현장을 나와 버스 정류장으로 가는데 소장이 벤츠 중고차량을 몰고 와서 타라고 했다. 차는 한강변을 한참 달려 산속의 흑염소, 토종닭을 하는 음식점으로 왔다. 소장과 공사과장, 나, 소장의 애인이라는 조선족 여자가 일행이었다. 소장과 애인이 나란히 앉자 나는 과장 옆에 앉게 되었다. 공사과장은 나이 40이 넘은 노총각이었다. 토종닭이 나오고 소주 한 잔, 두 잔 마시자 남자가 본색을 드러냈다. 소장이 지 옆에 앉은 애인의 젖가슴을 주무르자 과장도 내 허락도 없이 손이 내 가슴으로 들어왔다. 자리에서 벌떡 일어났다.

"내가 일하러 회사 취직했지, 술시중 들러 온 거 아닙니다."

내가 스마트폰으로 현장 사진을 찍었더라면 고발할 수도 있었는데 그걸로 끝이었다.

세 번째 찾은 회사는 약품 관리 회사였다. 300여 개 약품 이름과 같은 이름이라도 용량 크기에 따라 박스 처리해서 병원이나 약국으로 납품하는 일이었다. 그런데, 여기서도 내가 일이 아닌 구청 위생과의 검열 나온다고 나보고 검열관 안내를 하라는 것이었다. 말이 안내지 접대라는 것을 나는 짐작했다. 여기서도 나는 한 달을 못 넘기고 그만두었다.

　현재 근무하는 곳은 상표와 저작권 업무를 하는 곳이다. 회사 대표 겸 사장, 부장, 과장, 대표의 여동생 기옥 언니가 대리, 나머지 나처럼 평사원은 여자 3명, 남자 2명이다. 기옥 언니가 회사일 마치면 미아 씨는 바로 퇴근하지 말고 남으라고 했다. 나는 화장실에서 아빠에게 문자를 보냈다.

　'은사님, 기옥 언니가 오늘 퇴근 말고 남으라는데 왜일까요?'

　'글쎄, 너 최근 회사 일 잘못한 거 있거나 곧 1년이 되어가니 퇴직금 안 주려고 11개월 차에 해고 통지하는 건지 모르겠다.'

　'왠지 좋은 느낌은 안 들어요.'

　'남의 회사서 돈 벌기 쉬운 일 아니다. 하지만 해고되어도 거기 부장, 과장, 대리보다 네가 경제적 어려움 빼고는 훌륭하고 나이 젊은 것이 너의 재산이라 여기고 회사 나와.'

　'내가 뭐 훌륭해?'

　'야, 병원 침대에 누워 있는 이건희 회장이 누가 제일 부러울 거 같아?'

　'아하, 건강?'

　'그래. 건강한 청춘은 돈으로 1조 원으로도 살 수 없는 거야.'

　'그치?'

　'그러니까 기옥 언니가 뭐라 해도 생긋 웃으면서 대해.'

　'예.'

　저작권 관련 회사를 그만두었다. 아버지의 짐작대로 나에게 퇴직금

주는 것 아끼느라 11개월에 나를 해고한 것이다. 다시 백수가 되었다. 고용노동부의 워크넷, 사람인, 잡코리아, 알바몬 등에 이력서를 다시 작성해 올렸다. 총무사원 한 곳에서 면접 연락이 왔다.

"왜 이 회사를 지원했어요?"

"제가 충분히 할 수 있을 것 같아 지원했습니다."

"세금관계 잘 알고 액셀 잘 다루어야 하는데 가능해요?"

"예, 제가 이력서에 구질구질 다 기록 안 했는데, 법무사 사무소에도 일했었고, 약품 도매상에서 재고관리도 해서 엑셀 잘 다룹니다."

"만약 우리 회사 합격 후 2개월 후에 우리 회사보다 월급 20만 원 더 준다는 회사 나타나면 어떻게 하시겠습니까?"

"없는 사람에게 월 20만 원이면 큰돈인데, 20만 원에 회사 바꿀 만큼 천박한 사람은 아닙니다."

"왜 천박해요?"

"돈 20만 원에 회사 이동하는 것은 천박한 자본주의 정신입니다."

"20만 원을 너무 우습게 아는 거 아닙니까?"

"아닙니다. 20만 원이면 자장면 40그릇입니다. 큰돈이지만 어려서 부모님으로부터 돈은 소중하다 배웠지만 세상을 살아가는데 돈으로 되는 것이 있고 돈으로 안 되는 것을 구분 잘 하라고 교육받고 자랐습니다."

"예, 돌아가시면 합격 여부는 내일 문자로 알려드립니다."

다음 날 문자가 왔다. 합격을 축하하며 주민등록등본, 초본, 사진 1

매, 급여통장 사본을 지참해서 출근하라고 했다. 내가 다니던 저작권 관련 회사를 그만두고 새롭게 총무사원이 된 것은 두 남자 때문이다. 내 나이 29세에 띠 동갑인 41세 남자와 사귀고 있다. 그런데 똑같은 띠 동갑 박영귀 부장이라는 사람이 회사 내에서 노골적으로 내 책상에 꽃도 놓아 주고 외근 때는 꼭 동행자를 나를 지명했다. 회사에서 외근이라는 것은 위험한 일을 하는 것이었다. 상표위반 저작권 위반을 인터넷에서 걸러낸 것을 실제 시장에서 위반하는 증거를 잡아내는 것이기에 내 얼굴을 알 수 없게 선글라스를 쓰고 모자도 하나 헐렁한 것을 푹 눌러 쓰고 가격이 비싸지 않은 것은 현금으로 구매하고 현금영수증을 받으면서 시간을 끌고 스마트폰으로 현장 배경을 촬영했다. 그러니 어설프게 하다가 걸리는 날에는 현장에서 욕을 먹고 심한 경우는 멱살을 잡히는 일도 있다. '당신이 단속 경찰이냐? 공무원이냐? 신분증 제시하라'고 하면 꼼짝없이 죄송하다고 하고 현장을 빨리 이탈해야 했다. 박 부장이 나를 외근 파트너로 데리고 가는 이유는 외근 단속 증거를 확보하고 나서 수고했다고 저녁 식사를 하고 술도 한잔하면서 나를 한번 데리고 놀고 싶어 하는 것임을 뻔히 알지만 그놈의 돈 때문에 나는 꾹 참으면서 일했다.

한번은 단속이 아니라 회사 대 회사의 미팅에 나를 대동했다. 우리 회사에게 많은 일감을 주는 14K 귀금속제품 회사 사장을 만나는 자리에 동행했다. 그 회사 미팅 룸에서 공식적인 미팅을 마치고 회사 근처의 식당에서 식사를 했다. 암소 한 마리를 저녁 식사로 하고 소주도 마셨다. 2차로 노래방을 가자고 했다. 나는 정중하게 거절을 했다.

회사 일로 여기 회사에 와서 미팅을 하고 저녁을 먹은 것으로 말단 평사원의 책임은 다한 것이다. 나는 퇴근을 하겠다고 퇴근을 했다. 다음 날 회사에 출근을 하니 대표이사의 얼굴이 늙은 호박처럼 푸석푸석했다.

"우미아 씨?"

"예?"

"어제 미팅 잘했어요?"

"잘했습니다. 암소 한 마리 사 줘서 잘 먹었습니다."

"잘했는데 들어왔던 오더가 취소되었어요?"

"아닌데, 미팅에서 분명히 다음 달도 자기들 상표 도용하는 거 계속 추적해서 통보해 달라고 했습니다. 박 부장님도 들었습니다."

"여기 메일을 읽어 봐요. 그동안 단속 감사합니다. 회사에 사정이 생겨서 다음 달은 귀사의 의뢰한 것을 취소합니다. 미안합니다. 보여요?"

"예, 하지만 낮에 회사에서 미팅할 때는 분명히 거절의사 없었습니다."

"하여튼 박 부장하고 우미아 씨가 미팅 가서 들어왔던 오더를 물거품 만들었으니 그에 대한 책임을 각오하세요."

"책임이라면 회사를 그만두는 것이네요? 그렇지 않아도 단속 나가면 내 얼굴 알아보고 나가라고 하는 회사도 있는데, 이 회사 오래 다닐 곳이 아니라고 생각했는데 잘되었군요. 일단 제 개인 사물 다 빼겠습니다. 이번 달 월급 오늘 근무까지만 시급으로 정산해 주세요."

여자 직원을 노래방 도우미로 착각하는 일부 남자들 때문에 회사를 1년 이상 다니기 힘들었다. 회사에서 교묘하게 퇴직금을 안 주려고 11개월 부려먹고 12개월 차에 해고하는 경우도 있었지만 내가 노래방 도우미가 싫어서 그만둔 경우도 있었다.

나와 사귀는 안병근은 나와 띠 동갑이었다. 병근 씨는 나에게 회사의 박 부장을 어떻게 알고 박 부장을 조심하라고 했다. 안병근을 처음 만난 곳은 여의도 KBS 방송국 근처의 무지개 스튜디오다. 당시 나는 주식회사 한복나라에서 주최하는 한복 홍보대사 선발에 출전했다. 내가 다니던 연기 학원에서 3명이 한복 홍보대사에 출전했다. 그때 안병근은 공익 광고 촬영감독이었다. 우리 연기 학원에서 남녀 2명이 여의도 무지개 스튜디오서 촬영을 했다. 나는 감독이 하라는 대로 남자와 다정한 포즈를 취하고 안 감독은 촬영을 했다. 촬영을 마치고 나 혼자 갈 수가 없어 다른 사람들 촬영이 끝날 때를 기다리고 있는데 조감독이 메모를 가지고 나에게 왔다.

"우미아 씨, 감독님이 보자고 합니다."

"예?"

메모를 들고 감독에게 갔다.

"감독님 찾으신다고 해서 왔습니다. 우미아입니다."

"반가워요, 우미아 양!"

"무슨 일이신지요?"

"무슨 일은 아니고 저녁시간 되었으니 식사나 하자고 불렀어요."

"예. 감사합니다."

여의도 '일송정'이라는 한식집은 방과 방 사이에 파티션 작업을 해서 방에서 식사하는 일행이 다른 일행을 볼 수 없게 꾸몄다. 안병근 감독과 나는 맥주와 소주를 시켜서 소맥을 만들었다. 안병근 감독과 초면인데 어디서 많이 본 듯한 인상이었다. 자세히 보니 개구쟁이 내 동생 천명 얼굴이 비슷했다. 앞니가 토끼 이빨처럼 넓적한 것도 비슷했다.

"미아 씨, 촬영 처음이죠?"

"예, 그렇습니다."

"처음치고는 너무 차분하게 앵글에 비치는데, 얼굴이 자연 미인이더군요."

"예, 저는 쌍꺼풀도 아빠, 엄마 두 분 다 쌍꺼풀이라 자연산입니다."

"예, 요즘은 성형수술 안 한 사람 찾기가 힘들어요. 정말 미아 양은 그 몸 그대로 자연으로 유지 잘해요."

"예, 감사합니다."

"자, 식사합시다."

"예, 감사히 먹겠습니다."

"훌륭한 촬영을 위해 축배 한잔 소맥으로 합시다."

"예."

"우미아 양, 좋은 촬영을 위하여!"

"위하여!"

소맥 한잔을 하고 밥을 먹다가 중간에 예고 없이 허리를 끌어안았다. 비명소리도 지를 수 없었고 숨만 할딱할딱 쉬었다. 이어 내 입술에 자기 입술을 포개더니 내 옷 속으로 손을 넣었다. 내 젖꼭지를 만지작거렸고 내 꼭지는 탱탱해졌다.

식당을 나가 바로 여의도 한강이 잘 보이는 모델의 반 하나를 잡았다. 첫 만남에서 그는 나의 모든 것을 가져갔다. 아니, 내가 그에게 모든 것을 주었다고 할 수 있다. 그 많은 남자들을 만나고 헤어지고 했어도 첫 만남인데 어디서 본 듯한 얼굴이고, 끌리는 이 남자 뭐지? 이 남자가 나에게 청혼을 해 오면 엄마에게 인사시켜야지. 나 혼자만의 착각일까?

천명은 20××년 11월 3일 입대하여 20××년 8월 2일 전역했다. 아버지 직업이 군인이라 나나 천명이나 어린 시절을 군인 아파트, 군대 관사에서 보냈기에 우리는 엄마, 아빠라는 단어 다음으로 배운 말이 '충성!'이다.

군인 아저씨들이 아침마다 구보를 하고 군가를 부르고 우리 집에 오면 아빠에게 충성! 하면 아빠도 충성! 하거나 손만 올렸다. 가끔 장관 후보자 국회 청문회에서 군대 미필이거나 꽃보직 이동 등의 문제가 불거질 때마다 아빠는 저런 놈을 공직에 그것도 장관에 앉힐 만큼 이놈의 나라에는 그렇게 인물이 없냐고 한탄했다.

가수 유승준처럼 병역 기피 목적으로 미국 시민권을 획득한 사람은 영원히 한국 입국을 통제해야 한다고 했다. 천명은 과체중이다, 키는 185cm인데, 몸무게가 100kg이었다. ○○사단신병교육대에 11월 3일

입소하고 군의관이 체중초과니 귀향 조치한다고 하자 군의관 앞에서 닭똥 같은 눈물을 흐리면서 신병교육 기간에 체중 줄여 현역 규정에 맞게 하겠다고 그때도 체중이 안 줄면 귀향하겠다고 해서 신병 훈련을 받았다.

신병 훈련 600여 명 중에 사격 훈련에 20발 명중한 사람은 5명인데, 그중 한 명이 천명이었다. 초등학교 시절 한국교육에 맞지 않는 아이라는 소리 들었는데 그 거구가 사격 만점이라는 것이 이해가 안 되었지만 사실이었다. 그 증거가 신병교육 수료식에 가니 엄마와 나에게 신병교육 우수 수료 표창장을 보여 주었다. 그리고 그 표창장이 근거가 되어 표상휴가를 이등병 때 나왔다. 천명은 주특기 통신을 받았다. ○○사단 포병연대 낙석대대 본부중대 통신병이었다. 제주도에서 건설일용직으로 일하는 아버지에게 천명이가 메신저로 문자를 보냈다.

'아버지 예비역 소령인데 군대오니 소령이 높은 계급인 줄 알게 되었어요.'

'이병이 보면 높지만 예비역 소령들 대부분은 불만이 많다.'

'주특기 통신입니다.'

'통신이면 자대 가면 무조건 시간 날 때 음어 미리 외워라. 음어 못 외우면 고역이다.'

'음어 아무나 볼 수 없어요.'

'그러니까 상황 근무 때 장교에게 부탁해 한 부 꺼내서 상황을 보면서 음어 써 보고 외우고 음어 쓴 종이는 반드시 세절하거나 태워 흔적

을 없게 해.'

'예, 잘 알겠어요.'

아버지 조언대로 이등병 시절에 음어를 외웠다. 이등병에서 일병이 될 무렵 사단 음어대회가 개최되었다. 사단 음어 대회에 낙석부대에 대표로 이등병 우천명이 뽑혀 사단 대회에 갔다. 다들 병장이거나 상병이 수두룩한 상태에서 이등병이 당당하게 1등을 했다. 사단 창설 이래 이등병이 음어대회 1등은 처음이라고 사단장이 표창수여는 직접 수여했다. 또한 우수자 금, 은, 동상 수상자는 점심시간에 사단장과 같은 식탁에서 식사하는 영광을 얻었다. 부상으로 시계를 받았다. 휴가 나와서 엄마와 누나에게 시계 자랑을 했다.

"엄마 이게 사단 음어대회 1등 해서 받은 부상이야."

"어머나, 어떻게 음어를 이등병이 1등 했어?"

"건설현장 일하는 아버지에게 메시지로 코치를 받았지."

"어떻게?"

"처음 통신병이라고 문자 보내니 미리 음어 외우라고 해서 상황 근무 때 상황장교에게 부탁해 음어 꺼내 연습해 음어 외우고 다 외웠다고 문자 보내니 그럼 아버지, 어머니 음어로 보내 봐 하시더군."

"그 다음은?"

"애국가를 음어로 보내라고 해서서 그건 어렵다고 하니 음어 조립 분야, 해역 분야 다 외우고 나면 군가를 음어로 써 보라고 하시더군. 군가를 백지에 음어로 썼어."

"그래서?"

"음어로 군가 6곡을 음어로 쓸 수 있어요 했더니 네가 쓴 음어를 네 토막 내서 토막토막 한글로 고쳐 봐 하시더군."

"그랬더니?"

"애국가 1절부터 4절까지 음어로 해 보라고 해서 그것도 연습해서 해 봤다고 했어."

"그 다음은?"

"마지막 난코스라고 하면서 괄호(( ), 〈 〉)랑 특수 문자(&, *, $)랑 역 괄호() (, 〉〈)같이 단어도 아닌 말 문장이 이어지다 끊어진 말을 연습해 보라고."

"그 다음은?"

"그 정도면 입상은 한다. 1등을 하려면 실력이 아니라 강심장이 필요해 하면서, 강심장이란 내가 외운 실력에 대한 믿음이야. 사단대회 선수쯤 되면 각자 부대서는 다 한가락 하는데 사단 대회 나오면 떨려 아는 음어도 맞았는지 손가락으로 짚어 가면서 답을 쓴다. 넌 손가락 일체 사용 안 하고 답 쓰면 1등을 한다고 하시더군."

"그 다음은?"

"더 연습할 거 없어요? 했더니 국방일보에 난 대통령 연설문이나 음어로 연습해 봐. 통으로 다하진 말고 100단어씩 끊어서 해 봐."

천명은 아빠의 문자 조언 그대로 연습했다. 정말 국방일보에 난 대통령 연설문 연습을 한 것이 효과 만점이었다. 김정은, 핵 포기,

THAAD, 평화통일, 남북의 공동발전, 대륙간탄도미사일, 잠수함 등등 연습한 것이 음어 시험에 절반이나 출제되었다.

그는 속으로 좋아한다는 것이 하마터면 아싸! 하는 소리를 지를 뻔했다.

사단 음어대회에서 이등병이 1등한 것은 낙석부대 창설 이후 처음이라고 했다. 부대장과 주임원사, 대대 전 장병의 축하를 받았다. 아울러 부대에서 부대장을 포함한 간부들이 천명이 부사관 지원하게 아니 지원을 강요하다시피 했다. 하지만 엄마도, 혼자 사시는 아빠도 나도 천명을 부사관으로 군대에 머물게 하고 싶은 사람은 없었다. 결국 부사관 권유를 거절하고 병장으로 만기 전역의 길을 택했다. 5일간의 포상휴가를 나왔다. 일병, 상병, 병장을 달고 20××년 8월 2일, 전역을 20여 일 앞두고 마지막 휴가를 나왔다.

"누나? 나 휴가 나왔다."

"어서 와, 동생!"

"누나, 군대 부사관 지원 안 하길 천만다행이야."

"왜?"

"나 이번 휴가 마치고 복귀하면 징계위원회 회부할 거래."

"왜?"

"나보다 한 달 고참병이 있었어. 그런데, 전역하기 전에 전역빵을 한다고 나보다 후임들이 모포를 뒤집어씌우고 때렸거든. 그걸 전역해서 부모가 국가인권위원회와 청와대 민원실로 민원을 올린거야. 사단 헌병대서 실사조사 나오고 조사결과에 내 후임병 가담자는 바로 헌병대 구속이고 나는 자대 징계하라고 지시 내려왔어."

"아니, 네가 왜?"

"최고선임으로 방조죄래."

"그래서 아빠가 군대는 내 잘못으로 처벌받는 경우보다 다른 사람 잘못으로 처벌받는 경우가 더 많다고 했나 봐."

"군대 가기 전에는 아빠 말을 이해 못 했는데, 가끔씩 던진 아빠 말이 군대서는 진리야."

"그래서 아빠가 너 부사관 지원을 말했을 때 반대하신 거지."

"난 군대서 철이 들었는지 전역할 때 군대 충성마트에서 통신소대장 명의 빌어 양주 한 병 사 가려고."

"술은 왜?"

"아빠 맨 싸구려 소주, 막걸리만 마시는데, 아주 고급은 아니지만 그래도 중급의 술 한번 마시게 하려고. 군대 가서 느낀 건데 가정법원에서 엄마, 아빠 이혼하면 누구랑 살고 싶냐? 판사가 물은 거 기억나?"

"너랑 나랑 모두 엄마하고 살고 싶다고 했지?"

"그거 잘한 말일까?"

"잘하고 못하고가 어디 있어? 우리는 어렸고, 엄마가 시키는 대로 한 건데. 그게 왜?"

"요즘, 아니 군대 입대하고 훈련받는 기간에 우리가 가정법원 간 일이 꿈에 나타났어. 가정법원 판사가 부모님 이혼하면 누구와 살고 싶어요? 하는 질문에 누나는 엄마, 나는 아빠라고 대답했어."

"그건 네가 아빠 그리워하는 생각이 꿈에 그렇게 나타난 거야."

"나 전역하는 날 아빠 근무 마치고 쉬는 날 택해서 우리 집에서 수산 시장에서 횟감 사다가 회와 매운탕으로 오랜만에 4명이 식사했으면 좋겠다."

"아빠가 우리 집으로 오시라고 하면 오시겠어? 차라리 밖에 음식점서 먹자고 하지."

"그래, 나도 그게 걱정이야. 아빠가 이혼당하고 엄마랑 다시 마주 앉아 식사하자면 오실까. 안 오시면 따로 엄마랑 전역 축하 식사하고 날 잡아 밖에서 아빠랑 식사해야지 뭐."

"어머, 내 동생 개구쟁이가 어른 다 되었네?"

"그럼, 나도 이제 8월 2일이면 예비역 병장 우천명이다."

"정말 군대가 사람 철이 들게 한다더니 널 보니 그 말은 맞는 거 같다."

"뭔 소리야? 난 군대 가기 전에도 철이 들었어."

8월 2일 낙석부대 우천명 외 3명의 병장들은 대대장 신고를 마치고 문산 역에서 양평까지 가는 경의 중앙선 열차를 타고 서울로 향했다. 용산 내려 파란색 506번 시내버스를 타고 신림동 집에 도착했다.

의무복무 군대생활도 지겨워 죽겠는데 아버지는 21년을 아버지는 어떻게 참고 지내셨나? 아버지의 인내심을 존경한다. 집에는 아무도 없다.

엄마는 양재동의 모 한의원에 간호조무사로 출근했고, 나는 취직 상담을 하러 고용노동부 관악지사에 갔다. 텅 빈 집에 천명은 무거운 군화를 벗어 검은 비닐에 넣어서 신발장 맨 위에 놓았다. 올해는 전역 1년 차라 동원이 면제되니 내년 동원예비군 훈련통지서 올 때까지는 군화 신을 일이 없다. 군복과 런닝 팬티를 세탁기에 넣고 전원 버튼 누르고 잠시 후 동작 버튼을 눌렀다.

'윙 철썩' 하는 세탁기 소리를 들으면서 방청소를 했다. 그러고 보니 누나, 엄마가 해 주는 밥 먹고 빨래 한 번 안 하던 녀석이 제대하고 자기 군복과 속옷을 세탁기에 돌리고 세탁기 돌아가는 시간에 방청소를 한다는 것은 그전에는 상상도 못할 일이었다. 냉장고를 열었다. 냉장고가 텅 비어 있고, 밥은 언제 해 먹었는지 밥솥에 밥이 누렇게 굳어 있었다. 일단 밥솥을 꺼내 개수대에서 물을 가득 받아 밥알을 물에 불게 했다. 청소를 마치고 세이브 마트에 가서 라면과 반찬거리 몇 종류를 샀다. 엄마가 퇴근하기 전에 밥을 하고 반찬도 준비했다. 나도 고용노동부 관악지사서 상담 마치고 집으로 돌아왔고 엄마도 한의원서 퇴근을 했다.

"천명, 전역 축하해."

"아들, 전역 축하해."

"누나, 아빠는 오신다고 했어?"

"전화하니 아빠 근무 마치는 시간에 근무교대 들어오는 아저씨가 장염으로 병원을 가서 오늘이 아빠 근무일이 아닌데 계속 근무 서는 중이래."

"그럼, 아들 전역하는 날 술 한잔 약속 못 지키는 거네?"

"아니야, 장염 치료하면 바로 근무 교대 해 주고 아빠 오실 거야."

"누나, 그런데 24시간 근무 24시간 휴무 노동법 위반 아냐?"

"엄격히 말하면 8시간 근로규정 위반이지, 경비직 3교대하면 인건비 너무 나간다고 24시간 맞교대로 뽑고 경비들은 약자니 누구에게 말도 못하고 그냥 근무를 하는 거야."

"오늘은 엄마, 나랑 누나 셋이서 내 전역 축하주 마시고 아빠 쉬는 날 다시 하지 뭐."

"그래. 그렇게 하자. 엄마, 뭐해? 아들 전역 축하 한 말씀 해야지?"

"자, 잔을 들어 주세요. 아버지가 있으면 더 좋았겠지만 사정상 못 오는 양반은 빼고 우리끼리 우천명 전역을 위하여!"

"위하여!"

"우리는 네 식구 밥 한번 먹기 정말 힘드네!"

"다 운명이라고 생각해."

"아쭈구리~ 군대 제대했다고 어른스럽게 말하는데."

"누나 원래 내가 좀 생각이 깊고 항상 파닥거리며 앙앙거렸어."

"야, 너 기억나니? 가납 초등학교 금붕어 사건."

"기억나지. 아이, 끔찍해."

"엄마 학교 불려가서 담임에게 천명은 한국 교육제도에 맞지 않는 아이 소리 들었지?"

"아이, 지금 생각해도 끔찍해. 담임 송미정 선생 얼마나 독종인지 우리 초등학생을 완전 군인 다루듯 선착순 시키고 오리걸음까지 시켰어."

"너 그런 거 초등학교서 마스터해서 군대 신병교육 잘 받은 거 아녀? 선생님께 고맙다고 해야겠다."

"누나 군대 한 번은 의무니 가지, 두 번 가라고 하면 유승준 처럼 미국으로 이민을 간다."

"천명아, 너 말년에 영창을 간다는 소리 듣고 엄마가 얼마나 놀랐는지 알아?"

"영창 안 가고 전역한 것은 고맙지만 나는 낙석부대 불 질러 버리고 싶다니까."

"왜?"

"그 부대에 기여한 것이 얼마인데, 선임 제대한다고 후임들이 모포 씌워 놓고 몇 대 두들긴 것이 뭐 그리 큰 죄라고 나를 영창을 보내려고 해?"

"군대 규정이 그러니 그렇지."

"규정? 계급 높은 인간들이 규정을 더 어겨. 봐 봐. 국방부 장관 후보자도 중령 시절 음주운전 무마하고 대장까지 진급하고 국방부 장관 한다고 나왔지? 지들이 더 규율 어기고 아랫놈들만 잡는 게 군대야."

"야, 다 잊고 이제 전역했으니 사회생활 잘해."

"그래, 이 좋은 날 좋은 말만 하자. 아들 전역 축하한다. 위하여!"

"위하여!"

엄마, 천명, 나 셋이 건배를 몇 번 외치고 나니 문밖에서 "미아야!"

부르는 소리가 들렸다.

대문에 나가니 아빠였다. 대퇴부 골절로 다리를 쩔뚝거리면서 양손에 물건을 들고 오신 것이다. 미리 전화를 했다면 버스 정류장까지 마중 나가는데 전화도 없이 바로 오신 것이다.

"천명아, 엄마, 아빠 오셨어!"

"아버지, 전역인사 드려요."

"그래, 군대서 얼마나 고생이 많았냐?"

"뭐 똑같이 하는 건데요?"

"말년에 영창가게 되었다고 해서 얼마나 걱정했는지…."

이때 엄마가 끼어들었다.

"우근호 씨 인사나 합시다. 오랜만입니다."

"그동안 잘 지냈소? 함경희!"

"나 이제 함경희 아니거든요, 함예은이에요."

"함예은?"

"경희라는 이름이 너무 무거워서 내가 힘들게 살아온 거래요. 예은으로 바꾸어 잘 풀린다고 해요."

"그래, 이름 중요하지. 그러나 더 중요한 것이 심성이야."

"엄마, 아빠. 오늘은 전역 축하하는 날이니까 천명을 주목해 주세요."

"그래, 아들 군대생활 얼마나 힘들었니?"

"군대생활 힘든 것은 다 같이 겪는 거라 참을 만했지만 마지막 전역 직전의 징계위원회 회부는 정말 분했어요."

"징계위원들이 뭐라고 하든?"

"방관자라고 영창 5일 결정을 대대장이 결재과정에서 근신으로 경감시켜 주었어요."

"야, 천명아. 내 아들이지만 너무한다. 너는 잘못이 없고 부대 간부들이 멍청하다고 하는데, 내가 행정보급관에게 전화통화 할 때는 대대장은 이미 너를 8월 2일 전역하는 데 문제없게 하려고 마음을 굳혔는데 네가 엄마, 아빠에게 메신저를 날려 문제가 커진 거래."

"엄만 행정보급관 말을 믿어?"

"믿지."

"부대 간부 놈들 중에 훈련 때 컵라면이 아니라 봉지라면 안 먹은 놈 있으면 나와 보라 그래. 지들은 몰래 배낭에 버너 준비해서 라면 끓여 먹고 나는 충성마트서 컵라면 먹은 것도 문제 삼고 그게 규정 준수야?"

"너 라면뿐만 아니라 휴가 나와서 독립기념관 다녀온다고 휴가 더 쓰고 독립기념관도 안 갔다고 하더라."

"갔어!"

"간 건 병장 때 간 거고, 그전 상병 때 안 갔다고 하더라."

"독립기념관 갔는데, 차가 막혀 도착하니 개방시간 끝나서 천안까지 전철 영수증, 천안에서 독립기념관 버스 영수증 그날 거 냈으면 된 거지, 뭐가 문제야?"

"독립기념관 안에 들어가야 간 거지."

"그럼 나보고 다음 날 독립기념관 구경하고 휴가 복귀 하루 늦게 하라고?”

“아니, 시간 활용 잘해서 문을 닫기 전에 독립기념관 갔어야 한다는 소리야.”

“정말 너무하네! 에이씨, 이럴 바에 군대 전역 안 하고 말뚝이나 박는 건데….”

“천명, 넌 병장도 힘들게 전역한 놈이 무슨 말뚝이야?”

엄마와 동생의 말다툼에 아버지가 끼어들어 중재를 했다.

“됐다. 천명은 병장 전역했으면 되었고 더 이상 군대 징계위원회 말은 하지 말거라. 군대는 군대야. 한 번 다녀왔으면 끝나는 거야. 이제는 사회에서 제대로 취직하고 의식주 해결할 방도를 찾아야 한다. 난 이만 가겠다. 잘 있어.”

그는 황급히 자리를 떴다. 대문을 쾅! 닫고 나갔다.

10년 전에 남부가정법원에서 어쩔 수 없이 이혼하는 자리에서 엄마를 선택해서 아버지와 떨어져 살아온 아쉬움을 달래 보고자 동생 전역을 빌미로 오게 한 것인데 아버지의 정을 느끼기 전에 떠났다. 이혼 이후의 살아온 이야기를 조곤조곤 말해 보자고 했던 남매의 소박한 희망 사항은 그렇게 끝이 났다. 떠나는 그의 뒷모습에 시나브로 눈물이 났다.

천명은 8월 2일 전역을 앞두고 7월 26일 대대 징계위원회에 회부되었다. 징계위원장은 부대대장 문상옥 소령이고 위원들은 대대의 상사, 원사들 5명으로 구성했다. 표결 결과 영창 5일로 결정이 났다.

"비행인 병장 우천명은 선임인 배상수 병장의 전역을 앞두고 후임 병사들이 배 병장을 모포로 씌우고 무차별 폭행한 것을 묵인했지요?"

"예."

"비행인은 복도로 나가 대기하기 바랍니다. 위원들은 무기명 징계 형량을 기입하여 함에 넣기 바랍니다."

"징계 결과는 영창 5일이 최다 득표로 결정되었습니다."

책을 마치며

〈홍길동전〉에서 길동이 아비를 아비라 부르지 못하는 것은 조선시대 규범으로 서자는 아들로 대우를 받지 못하는 조선시대 규범 때문이었습니다. 지금은 역사 교과서에 군사정변, 쿠데타 용어가 사용되지만 제 학생 시절에는 쿠데타를 쿠데타라 부르지 못하고 민주화운동을 ○○사태로 불렀습니다.

이 책에 실린 대부분의 소설은 40여 년 전에 썼습니다만 서울과 지방 신춘문예 공모하는 곳마다 보내도 뽑아 준 곳은 없었습니다.

지금 생각하니 원고를 바로 쓰레기통에 보낸 분들이 저를 도와준 분이라고 생각합니다. 만약, 그 시기에 이런 소설이 책으로 나왔다면 아마도 남영동이나 홍제동에 불려갔을지도 모르니까요.

40년 전의 빛바랜 초안을 다듬어 나이 60에 등단했습니다. 늦게 등단한 만큼 오래도록 글을 쓰겠습니다. 40년 전의 맞춤법으로 쓴 글을 최신 어법에 맞게 수정해 주신 좋은땅 출판사 여러분에게 감사드립니다.